Schokolade ist auch nur Gemüse

Ulrike Renk und Silke Porath

Schokolade ist auch nur Gemüse

Roman

Amelie

Für unsere Lieben und alle Schokoholics

Das Orakel erwacht

Maja

Der perfekte Abend geht irgendwie anders. Okay, ich habe zwei Tafeln Milka, das gönne ich mir sonst selten. Nicht wegen der Kalorien, sondern wegen meines Budgets. Aber heute kam die Kohle vom Amt, einen Tag früher als gedacht. Mit den verbliebenen 5 Euro und 72 Cent habe ich also Schokolade, eine neue Kerze und ein Fläschchen Prosecco für mich gekauft. Wie gesagt, die Zutaten für einen perfekten Abend wären eigentlich im Haus. Nur … mit einer Flasche Blubberbrause allein kann ich mir das Fernsehprogramm auch nicht schöntrinken. Ich habe weder Lust auf dummdusselige Fragen von Günther Jauch noch auf getauschte Frauen, liebesbedürftige Bauern oder New Yorker Superpolizisten. Und Silke geht nicht ans Telefon. Wahrscheinlich muss sie wieder Überstunden schieben, die ihr kein Mensch bezahlt. So gesehen hat es auch seine Vorteile, dass ich nicht ins Büro muss. Nicht mehr. Seit über einem halben Jahr bin ich »Kundin« beim Arbeitsamt. Was ich anfangs auch noch okay fand, denn ganz ehrlich: Meinen Pleitegeier von Chef und seine funktionsuntüchtige Veranstaltungsagentur vermisse ich nicht wirklich.

Aber so langsam langt's. Urlaub macht nur dann Spaß, wenn man sich eine Reise leisten kann. Oder mal neue Klamotten. Beides ist mit Arbeitslosengeld nicht drin. Ich mag gar nicht dran denken, was ich in den vergangenen Monaten alles nicht gekauft habe.

Meine Laune ist trotz Schokolade also nicht die beste. Einen kurzen – sehr kurzen! – Moment wünsche ich mir Sven zurück. Aber eigentlich kann der bleiben, wo der Pfeffer wächst. Drei Jahre mit einem Schönling, der eine Ersatzmama und keine echte Frau wollte, waren genug. Ich vertreibe das schwache Kribbeln beim Gedanken an ihn mit der Erinnerung an hochgeklappte Klobrillen, langweilige Fußballabende und Berge von Hemden, die ich vor vier Monaten noch bügeln musste.

»Hier ist die elektronische Silke. Nachrichten bitte nach dem Piep.« Na prima. Das war der siebte Versuch. Sie ist wirklich nicht zu erreichen. Ich mache den Fernseher aus und fahre den Laptop hoch. Ein Überbleibsel aus besseren Tagen. Silke hat dasselbe Modell. Wir haben es vor anderthalb Jahren gemeinsam gekauft, in einem schnuckeligen Computerladen an der Alster. Mit einem schnuckeligen Verkäufer. Der leider schnuckelig schwul war. Aber mit Computern kannte er sich aus und er hat auch nicht gelacht, weil uns die Gehäusefarbe wichtiger war als das technische Innenleben. Ich hacke auf der Tastatur herum und wünsche mich in unsere WG zurück. Dreieinhalb Zimmer in Harvestehude. Nur Silke und ich. Und Sven, klar, aber nicht jeden Abend. Erstens hätte ihn Silke sonst kaltgemacht. Und zweitens wäre unsere sogenannte Beziehung dann vermutlich schon nach wenigen Wochen in die Brüche gegangen. Was im Nachhinein betrachtet wohl besser gewesen wäre.

Mit einem kräftigen Biss in Schoki Nummer eins vertreibe ich die Geister der Vergangenheit und logge mich bei Facebook ein. »Silk Stockings sent you a gift for your farm at Farmville.« Na, immerhin hat meine beste Freundin daran gedacht, mir einen

Bonus für die Farm zu schicken. Silke ist im Netz nicht Silke, sondern Silk Stockings. Und ich bin nicht Marianne, sondern Bee Maja. Erstens weiß man nie, welcher potenzielle Arbeitgeber einen googelt, und zweitens ist Marianne ... unsexy. Aber so was von. Deswegen nenne ich mich auch im richtigen Leben Maja, im Netz kommt eben noch das »Bee« hinzu.

Und die Biene schwirrt nun zur Farm. Prima, mein virtueller Mais ist fertig und kann geerntet werden. Ich finde im Hühnerstall ein goldenes Ei, pflücke das Obst von den Bäumen und ... habe nichts mehr zu tun. Aber noch einen langen Abend vor mir. Im Chat ist tote Hose und klar, Silke ist nicht online. Entweder sitzt sie wirklich noch am Schreibtisch oder sie genießt das Berliner Nachtleben. Wäre sie nicht meine beste Freundin, dann wäre ich neidisch auf sie.

Bei Facebook scheint heute Abend nichts los zu sein. Kaum neue Meldungen. Eine Menge langweiliger Musikvideos wurden gepostet. Dämliche Quizfragen. Sonst nix. Ich scrolle nach unten. Weiter nach unten. Und dann endlich mal eine richtige Statusmeldung. Von einem Teenager, aber was soll's. Je später der Abend, desto gleichgültiger ist mir das. Mal sehen, was das Mädel so treibt. Sie ist die Nichte eines Bekannten einer Bekannten. Oder so. Keine Ahnung, wie wir im wahren Leben miteinander verbunden sind. Virtuell steht sie jedenfalls auf der Liste meiner 769 Freunde. Ich klicke auf Kevsers Profil. Dort steht: »Schreib mir eine private Nachricht mit einer Zahl zwischen 1 und 500 und ich poste unter dieser Zahl in meinem Profil, was ich über dich denke. Kein anderer wird wissen, wer gemeint ist.«

Okay, Kevser. Mach ich: »42«. Ich lehne mich zurück, lasse mir ein Stück Schokolade auf der Zunge zergehen und spüle mit einem Schlückchen Prosecco nach.

»Hier ist die elektronische Silke. Nachrichten bitte nach dem Piep.«

»Hey Süße, geh doch mal ans Telefon. Es ist gleich halb zehn. Ich versuche seit Stunden, dich zu erreichen. Es gibt nur eine Entschuldigung, die ich dir durchgehen lasse, wenn du nicht zurückrufst: Du hast ein Date mit George Clooney, der gerade in Berlin seinen neuen Werbespot für pervers teure Kaffeekapseln dreht. Ich sitze hier übrigens mit Robbie und tröste ihn über den ersten Ehekrach mit seinem Topmodel hinweg. Also ruf mich an, wenn du mit Mr Clooney fertig bist.«

Statt an Robbies Ohr lutsche ich an einem weiteren Stückchen Alpenmilchschokolade. Mindestens genauso lecker, versuche ich mir einzureden. Ich lade Kevsers Profilseite neu und tatsächlich, sie hat geschrieben: »42: Du bist toll. Voll nett. Echt.« Na super. Da sind ja die Horoskope in den bunten Blättern aussagekräftiger. Ich drücke trotzdem auf »Gefällt mir«, will ja schließlich kein kindliches Trauma auslösen. Aber eigentlich … Das geht doch besser!

Ich schicke Kevser eine private Nachricht: »Danke für den Spruch, echt krass nett! Ich klau mir die Idee, das ist lustig.« Keine zehn Sekunden später habe ich den Aufruf in meinem Profil gepostet. Ich gieße mir noch ein Gläschen ein und warte.

Lange gedulden muss ich mich nicht. Schon nach einer knappen Minute kommt die erste Nachricht. Von Kevser: »499.« Alles klar, Mädchen, dann zeig ich dir mal, wie das richtig geht.

»Du bist jung, du bist verdammt hübsch und du bist eine richtig gute Freundin.« Hmm. Nichtssagend. Ich klicke mich durch Kevsers Profil, schaue die hochgeladenen Fotos an: Teenager beim Tanzen, Familienfotos, Kevser mit ihren großen Schwestern. »Allerdings vertraust du nicht immer auf deine Stärken. Das kannst du aber, denn du bist innerlich größer, als du glaubst. Geh den Weg, der dir gefällt, und lass dich nicht von anderen zu Dingen drängen, die dir widerstreben.«

Wow. Klingt gut, Bee Maja muss sich selbst loben. Der Orakelspruch für 499 wandert ins Netz. Und das erste Stück von Milka-Tafel Nummer zwei in meinen Mund. Noch einmal versuche ich, Silke zu erreichen. Immer noch das verdammte Band. Aber eine Nachricht von Kevser lenkt mich ab: »Boah, Wahnsinn. Das stimmt total!«

Bingo! Ich grinse und proste dem Bildschirm zu. Da flattert schon die nächste Anfrage in meinen Postkasten: »13«. Meine Cousine, die einen Reitstall bei Fürth betreibt.

»13 – Mit dir kann man Pferde stehlen – wenn man dich als Freund hat. Jedem öffnest du dein Herz nämlich nicht. Aber wer es in deinen Augen wert ist, der hat eine Freundin fürs Leben. Du bist warmherzig und nutzt deine Talente sehr erfolgreich.«

Und da ist schon 65. War mal in meiner Parallelklasse, ist jetzt verheiratet, lebt auf Sylt und ist Hobbykoch. Ich orakele: »65 – Wer dich zum Freund hat, der kann sich tausendprozentig auf dich verlassen. Du setzt dich für die Dinge ein, von denen du überzeugt bist. Und das mit vollem Elan. Dein Leben lang hütest du das Kind in dir wie einen Schatz. Gemeinsam blickt ihr staunend auf eine wundervolle Welt.«

Leider unterbricht eine Nachricht von 13 meinen Schreibfluss. Cousinchen schreibt: »Hey Marianne, sag mal ... wo hast du das abgeschrieben? Das stimmt total!«

Abgeschrieben? Hallo, geht's noch? »Karin, das hab ich selbst erfunden! Grüß mir deine Mutter.« Abschreiben? Also bitte ... Bee Maja braucht zum Wahrsagen nur ein bisschen Schokolade. Okay, der Prosecco tut auch seinen Dienst.

Jetzt für 103. Eine Autorin, deren Bücher ich im Regal stehen habe. Persönlich kenne ich sie nicht. Sie bekommt folgenden

Orakelspruch: »103 – Das Leben ist eine Kunst und du beherrschst sie. Ich kenne dich (noch) nicht persönlich, was schade ist, aber ich bin sicher, dass du mir eine Menge sagen könntest, von dem ich profitiere.« Ist doch so. Die Frau kennt sich mit dem Schreiben aus und so ein, zwei Tricks, wie ich meine Orakelsprüche verbessern kann, hätte sie bestimmt. Nach fünf Sekunden klickt sie auf »Gefällt mir«. Damit verrät sie zwar ihre Identität, ist aber nicht mein Problem.

Meine Herren, das flutscht ja! Da hab ich die träge Facebook-Gemeinde doch ein bisschen aufgerüttelt. Mein Postfach füllt sich im Sekundentakt mit neuen Nachrichten. Selbst meine Zahnärztin will, dass ich für sie orakele. Bitte, gern: »290 – Normal kann jeder ... Du suchst das Besondere, weil du selbst etwas Besonderes bist. Deine Freunde überschüttest du mit Liebe, wer dir dumm kommt, dem zeigst du die Zähne.«

Prost Maja, du bist echt gut! Außerdem macht das bedeutend mehr Spaß, als stur in die Glotze zu starren. Ich sage einem netten, aber erfolglosen Hobbydichter, was ich von ihm halte: »317 – Du bist kreativ, ohne abgehoben zu sein. Du bist ein Wortkünstler, der sein Handwerk beherrscht. Du bist ein Zauberer der Buchstaben – und ein irrsinnig sympathischer Mensch obendrein!« Der Poet bedankt sich prompt: »Echt? Oh Mann, das tut mir jetzt aber gut. So etwas Nettes hab ich lange nicht gehört.« Ich grinse. Verdient hat er es, denn seine Texte sind wirklich nicht schlecht. Leider will kein Verlag seine Bücher herausbringen. Darüber wettert er regelmäßig hier bei Facebook. Ich freue mich ... nur ein paar Sätze und schon hab ich den Abend eines frustrierten Menschen gerettet. Bee Maja, Queen of Oracle. Darauf stoße ich mit mir selbst an, lutsche ein bisschen Schokolade und mache weiter.

Nummer 6. Die Bedienung in der Videothek, in der ich bis vor Kurzem noch Stammkundin war. Jetzt kann ich mir nur noch die abgenudelten Uraltfilme aus der öffentlichen Bibliothek leisten. Ich hätte große Lust, mal wieder in den kleinen Laden zu gehen, denn die Gespräche mit Wiebke, bei einem Kaffee aus dem Pappbecher, waren immer witzig. Vor allem dann, wenn sie von ihren Kids erzählt hat. »6 – Macht gute Laune und hat gute Laune, kennt aber auch die ernsten Seiten des Lebens. Du bist ein Familientier. Man muss dich nur einmal live erleben, um deinem Witz, Charme und Esprit sofort zu erliegen!« Wiebke drückt fast augenblicklich auf »Gefällt mir«. Gefällt mir, wenn's ihr gefällt! Ich beschließe, demnächst mal wieder auf einen Kaffee zu ihr zu gehen.

Oh verdammt – gleich Mitternacht! Einmal versuche ich noch, Silke in Berlin ans Rohr zu kriegen. »Hier ist die elektronische …« Mist. Wieder nichts.

Zum Abschluss des Abends gönne ich mir einen letzten Orakelspruch. Eine Frau aus dem Schwarzwald. Keine Ahnung, wie die auf meiner Freundesliste gelandet ist. Ich schaue auf ihrem Profil nach. Sie vermietet Ferienwohnungen und hat eine Menge Makroaufnahmen eingestellt. Ein Käfer in Nahaufnahme, Blumen, eine Biene. Na dann: »121 – Du lässt dich von den kleinen Dingen begeistern, den winzigen Details, die das Leben lebenswert machen. Danach gestaltest du dein Umfeld. Trotzdem oder gerade deswegen behältst du das große Ganze im Blick. Du bist offen für Neues, kennst aber deine Wurzeln. Du bist mit einer guten Portion Humor ausgestattet und der seltenen Gabe, dass andere sich bei dir im Handumdrehen willkommen fühlen.«

Ganz schön anstrengend, so ein Job als Orakel. Nur gut, dass ich morgen ausschlafen kann. So wie übermorgen. Und den Tag danach. Und den danach auch. Beinahe hätte ich vergessen, dass ich selbst ein Problem habe, weil ich etwas ganz Entscheidendes nicht habe: einen Job. Wäre ja auch zu schön gewesen, wenn ich mal fröhlich ins Bett gekommen wäre. Ah! 121 schickt eine Nachricht: »Bee Maja, das ist das Schönste, was mir ein Mensch seit Langem gesagt hat. Und es stimmt zu hundert Prozent.«

Das ist jetzt wiederum das Schönste, was ich seit Monaten gehört habe. Ich fahre den Laptop runter und träume kurz darauf von einem Heuschober im Schwarzwald. Robbie streichelt ein Kälbchen und sieht mich dabei sehr verliebt an ...

Geschäftsessen und andere Widrigkeiten

Silke

Neun Anrufe in Abwesenheit, sechs Nachrichten auf der Mailbox, alle von Maja. »Silk, wo bist? Immer gehst du nicht dran, wenn ich dich brauche.« Ach. Liebelein. Der Akku war leer. Maja ist meine beste Freundin. Immer schon, seit dem Sandkasten. Mit ihr kann man Pferde stehlen, wobei es in der Hamburger City nicht allzu viele Pferde gibt, feiern, lachen, weinen, gemütlich auf der Couch lümmeln oder aufgebrezelt die Stadt unsicher machen. Zusammen schaffen wir es, zwanzig Leute mit einem Fünf-Gänge-Menü zu beeindrucken oder eine ganze Kneipe zu unterhalten. Bis vor einem Jahr haben wir uns sogar eine Wohnung geteilt. Aber dann wurde ich versetzt. Von Hamburg nach Berlin. Maja ist seit ein paar Monaten Single und arbeitslos. Und ich bin nur am Wochenende in Hamburg. Drei Dinge, die nicht wirklich gut für sie sind.

Ich streife die Stiefel von meinen Füßen, stoße sie in die Ecke des Flures, lasse die Jacke fallen, öffne den Kühlschrank und stelle entsetzt fest, dass kein Weißwein mehr kalt steht. Zum Glück ist noch eine Flasche Pinot im Abstellraum. Nicht meine Lieblingssorte, aber besser als gar nichts. Klirrend lasse ich zwei Eiswürfel in mein Glas fallen, fülle es und schalte den PC an. Ich will sehen, was bei Facebook los ist. Ich habe mich dort als Silk Stockings und nicht als Silke Strümpf angemeldet. Silke Strümpf, was für ein bescheuerter Name! Den Nick dagegen finde ich gut. Silk Stockings hat etwas Verruchtes – nicht, dass das wirklich zu mir passen würde ...

Bis vor acht Monaten war ich mir übrigens ziemlich sicher, meinen bescheuerten Nachnamen noch vor Jahresablauf ändern zu können. Doch dann habe ich Jochen mit einer anderen überrascht und der Traum vom neuen Nachnamen und Goldring am Finger rückte in weite Ferne.

Es ist weit nach Mitternacht. Das Geschäftsessen war zäher als Tarifverhandlungen im öffentlichen Dienst. Eine Weile habe ich befürchtet, dass ich bis morgen früh in dem Lokal ausharren muss. Aber zumindest das Steak war fantastisch.

Ich bin in der Redaktion einer aufstrebenden Kochzeitschrift beschäftigt. *EatArt* war in den Neunzigern das Hobbyprojekt eines großen Verlegers, lange bevor es hip wurde, Fernsehköchen zuzuschauen und sich Kochduellen zu stellen. Inzwischen erscheint die Zeitschrift nicht mehr halbjährlich, sondern monatlich, und ist auf Hochglanz poliert. Schöne Bilder von schönen Menschen, die schöne Dinge kochen und essen. Und ich bin von der Praktikantin, die meistens nur schlechten Kaffee kochte, zur Leiterin der Redaktion in Berlin aufgestiegen. Wie das passieren konnte, frage ich mich manchmal selbst.

Es dauert ewig, bis der Laptop hochgefahren ist. Das Gehäuse ist ein Traum, aber ein wenig mehr Leistung täte dem Gerät echt gut. Aber ich hänge daran, schließlich haben Maja und ich uns als Symbol unserer Freundschaft identische Laptops gekauft. Auf Facebook sind nur noch drei meiner »Freunde« unterwegs – die üblichen Nachtschwärmer, die in den dunklen

Stunden zu virtueller Höchstleistung auflaufen, aber am Tag und im richtigen Leben versagen.

Majas Pinnwand ist voll mit seltsamen Statusmeldungen. »104 – Du hast dir das Kind im Manne bewahrt. Darauf kannst du stolz sein! Du magst ruhige Zeiten, brauchst aber dann und wann auch ein wenig Action.«

Was zum Teufel ist das? Ich scrolle weiter runter und finde diesen Eintrag: »Schreib mir eine private Nachricht mit einer Zahl zwischen 1 und 500 und ich poste unter dieser Zahl in meinem Profil, was ich über dich denke.« Verblüfft lese ich die Nachrichten. Zwanzig hat Maja an diesem Abend geschrieben. Was ist in sie gefahren? Die Einträge sind zum Teil wirklich witzig und schlüssig. Ich überlege, welche Person zu welcher Zahl passen könnte, und lege eine kleine Liste an. Der Blick auf die Uhr beschert mir eine unliebsame Überraschung, es ist schon nach zwei und in vier Stunden muss ich wieder aufstehen. Zum Glück ist es Freitag, sodass ich mich am Mittag in die Bahn schmeißen und nach Hamburg düsen kann. Maja ist mir eine Erklärung schuldig, auf die ich schon sehr gespannt bin. Schnell schicke ich ihr eine PN mit der Zahl 365, dann gehe ich schlafen.

Ich träume von Zahlen und seltsamen Meldungen, von langweiligen Essen und eiskaltem Wein. Verdientermaßen habe ich eine dicke Zunge, die an meinem Gaumen klebt, als der Wecker klingelt. Noch fünf Minuten, denke ich.

Als ich das nächste Mal die Augen öffne, scheint die Sonne in mein Schlafzimmer. Scheißescheißescheiße! In Windeseile ziehe ich mich an, klatsche mir kaltes Wasser ins Gesicht und greife nach meiner Handtasche. Das ist nicht das erste und bestimmt auch nicht das letzte Mal, dass ich verschlafe, deshalb habe ich eine erstaunliche Routine, wenn alles ganz schnell gehen muss. Deo, Schminkzeug und ein paar T-Shirts zum Wechseln warten im Büro auf mich. Dort steht auch der Kaffeevollautomat. Bisher habe ich es nämlich noch nicht geschafft, mir eine intravenöse Kaffeeleitung legen zu lassen. Heute wäre mal wieder ein Tag, an dem ich die gebrauchen könnte.

Nach zehn Minuten habe ich mich einigermaßen restauriert, doch ich fühle mich schon jetzt verbraucht. Zum Glück steht nichts Besonderes an. Ich fahre den PC hoch und checke meine Mails. Der langweilige Typ von gestern hat mir doch tatsächlich eine Nachricht geschickt: »Es war nett, mit Ihnen zu plaudern. Dennoch denke ich, dass die Artikelserie in die Hand eines Mannes gehört, schließlich dominieren Männer die Sterneküche.« Wieder so ein Typ, der nicht davon überzeugt ist, dass es eine gute Idee war, Frauen das Wahlrecht zu geben. Pech gehabt, denke ich, entweder mache ich das oder keiner. Ich formuliere meine Antwort etwas höflicher und schicke sie ab. Er will etwas von uns, versuche ich mich zu überzeugen, er wird also zustimmen. Das Klingeln des Telefons reißt mich aus meinen Gedanken. Ich schaue auf das Display: die Nummer meines Chefs in Hamburg.

»Strümpf«, melde ich mich und versuche, beschäftigter zu klingen, als ich es bin.

»Silke, wie geht es dir?« Frank säuselt ins Telefon. Ich hasse es, das macht er nur, wenn er etwas von mir will.

»Wun-der-bar!«, sage ich betont fröhlich. »Habe nur viel zu tun.«

»Das habe ich befürchtet. Heißt das, dass du dieses Wochenende nicht nach Hamburg kommst?« Das ist eine Fangfrage, ich spüre es genau.

»Warum?«

»Ach, ich dachte nur …« Nein Frank, du willst etwas von mir. Nur was? »Falls du am Wochenende in Hamburg sein sollltest …« Wieder stockt er. Das ist eine seiner Maschen. Er windet sich, bis er das hört, was er hören will.

»Sagst du mir jetzt, was du von mir willst, oder kommt erst noch der Werbeblock? Ich habe hier jede Menge Arbeit auf dem Tisch«, lüge ich.

»Hat es geklappt mit dem Auftrag?« Frank klingt erfreut.

Alles, was hier in der letzten Zeit klappt, sind die Türen, denke ich, aber das sage ich nicht. Stattdessen: »Sieht fast so aus.«

»Wunderbar, das ist ganz wunderbar. Ich wusste ja, dass du die Richtige für den Posten bist.«

»Und was soll ich jetzt in Hamburg?«

»An der Alster hat ein neues Lokal aufgemacht. Molekularküche. Es nennt sich Reagenzglas und heute Abend ist die Einweihungsfeier. Wir sind eingeladen, aber ich kann nicht.«

Das kann ich mir denken. Frank mag Molekularküche ebenso wenig wie ich. Wir beide haben lieber etwas Festes zum Kauen als ein Hauch von Nichts in Wolkenform auf dem Teller.

»Heute Abend?« Ich blättere hörbar in meinem Terminkalender. »Sieht schlecht aus.«

»Du würdest mir einen riesigen Gefallen tun. Bitte.«

Die Tage, an denen Frank »bitte« sagt, streiche ich mir rot im Kalender an, in diesem Jahr waren es schon drei, dies ist der vierte. Dem Restaurant muss jetzt schon ein wahnsinnig schlechter Ruf vorauseilen.

»Du dürftest anschließend in ein Lokal deiner Wahl gehen. Auf Kosten der Zeitschrift.«

»Mit Begleitung?«, frage ich vorsichtig. Maja würde es guttun, mal wieder richtig auszugehen.

»Mit Begleitung, ja.«

»Getränke inklusive?«

Frank zögert, ich trommele mit den Fingern auf dem Schreibtisch, er soll ruhig mitbekommen, dass ich nicht alle Zeit der Welt habe.

»Okay, Getränke inklusive.«

»Dann mach ich es. Schick mir die Einladung per Mail.«

»Der Bericht über die Einweihung sollte positiv sein«, sagt er leise.

»Das versteht sich von selbst. Ich bin Profi, Frank.«

»Ja, das bist du!« Die Erleichterung ist ihm deutlich anzuhören und ich frage mich, ob noch etwas im Kleingedruckten steht, das er mir verschweigt. Sei's drum, heute Abend werden Maja und ich erst das Reagenzglas besuchen und es uns dann so richtig gut gehen lassen. Ich nehme mein Handy und drücke die Kurzwahltaste. Maja meldet sich verschlafen.

»Maja, ich habe eine Überraschung für dich!«

Chemie versus Tristesse

Maja

»Moleku … was?« Herrje, so sehr ich Silke mag – mitten in der Nacht kann sie mich so gern haben wie ein Versicherungsvertreter.

»Mo-le-ku-lar-kü-che«, wiederholt Silke, als würde sie einer Vierjährigen erklären, wie man sich die Schuhe zubindet. Zugegeben, im Moment befinde ich mich geistig auf diesem Niveau. Trotzdem will ich ernst genommen werden! »Süße, schmeiß dich heute Abend in Schale und lass dich überraschen. Und bitte zieh nicht wieder die Biber-Bettwäsche auf, die mag ich nicht«, kommt es aus dem Hörer.

Ehe ich auch nur ansatzweise sortieren kann, was mir eben mitgeteilt wurde, ist die Leitung auch schon tot. Ich schäle mich aus dem Bett und latsche in die Küche.

Kaffee – das Einzige, was hilft! Während die Maschine blubbert, rekapituliere ich: Silke kommt heute. Zu mir. Über Nacht. Und wir gehen essen. Irgendein neues Lokal an der Alster wird eröffnet. Silkes Chef zahlt.

»Yeah!«, rufe ich und ziehe die Kanne aus der Maschine, noch ehe das komplette Wasser durchgelaufen ist. Meine Saeco hat vor zwei Monaten den Geist aufgegeben und seitdem brühe ich mir dünnen Filterkaffee. Schmeckt zwar nicht, ist aber von den Kosten her absolut Arbeitslosengeld-kompatibel.

Eine halbe Tasse später ist mir klar, dass leider nicht nur meine Kaffeekochmethode, sondern auch meine Garderobe von vorgestern ist. Ich muss gar nicht im Schrank wühlen, um zu wissen, dass da nur Sachen lagern, deren große Zeit längst vorbei ist. Und die wenigen Designerteile, die ich hatte, habe ich meistbietend bei eBay vertickt. Mist. Ein Notruf ist fällig! Keine fünf Minuten später schicke ich eine Mail los.

An: SilkStockings@web.de
Von: BeeMaja@t-online.de
Gesendet: Freitag, 5. Mai, 9.34 Uhr
Betreff: Kleines oder großes Schwarzes

Süße,
ich freu mich auf dich! Aber willst du wirklich, dass ich nackt in dieses Chemielabor-Lokal gehe? Mein Kleiderschrank ist der traurigste Ort der westlichen Hemisphäre. Wenn du dich nicht blamieren willst, bring mir bitte, bitte etwas zum Anziehen mit. Stell dir ruhig vor, wie ich dich auf (nackten!) Knien anflehe! Oder ist es angebracht, das Reagenzglas im weißen Kittel mit Schutzbrille zu besuchen?

Deine Maja

P.S.: Du bekommst die Baumwoll-Bettwäsche mit den hellblauen Streifen!

Ich klicke auf »Senden« und freue mich, dass Silke und ich dieselbe Kleidergröße haben. Schon zu seligen WG-Zeiten haben wir ständig Klamotten getauscht. Denn was die eine nicht im Schrank hatte, war bei der anderen garantiert zu finden.

Ich freue mich übrigens, dass Silke mal rauskommt aus dem Berliner Mief. Sie sitzt viel zu oft in der Redaktion dieser Kochzeitschrift, in der alle Fotos aussehen, als ob das Essen aus Plastik wäre. Silke hat mir mal verraten, dass die Lebensmittel meistens roh sind, wenn sie fotografiert werden. Oder tiefgekühlt. Oder mit Haarspray präpariert, damit die Scheinwerfer nicht gleich alles zum Schmelzen bringen. Das Schärfste ist aber, dass die Fotografen appetitanregende Hochglanzbilder abliefern und die Redaktion erst dann passende Rezepte entwirft, getreu dem Motto: »Wie könnte das gekocht worden sein, wenn es nicht roh wäre?« Meistens haben sie nicht mal Zeit, ihre Anleitungen selbst auszuprobieren. Kein Wunder also, wenn Millionen Hausfrauen am heimischen Herd zusammenbrechen, weil das angeblich kinderleichte Sternemenü aussieht wie der Mageninhalt einer Katze. Wie immer im Leben gilt: mehr Schein als Sein.

Ich beschließe, heute Abend jünger zu scheinen, als ich es bin, und quetsche den letzten Rest Jungbrunnenmaske aus der Tube auf mein Gesicht. Die Maske hält in der Regel, was sie verspricht, und ich freue mich auf den seidigen Teint, der in einer knappen halben Stunde unter ihr zum Vorschein kommen wird. Noch sehe ich eher aus wie ein Monster. Wie gut, dass ich keine Webcam habe, denke ich und logge mich bei Facebook ein.

Mit Traditionen soll man nicht brechen, und so ignoriere ich die sieben privaten Nachrichten erst einmal und schaue nach meiner Farm. Der virtuelle Hund darf Enten jagen, ich ernte ein paar Erdbeeren und finde einen schnieken Hengst, der mir ein paar fette Bonuspunkte beschert. Aus Spaß besuche ich Silkes Farm. Die ist viel kleiner als meine. Außerdem sind alle Weizenfelder vertrocknet. Und sie könnte sich wirklich mal ein bisschen liebevoller um ihre Hühner kümmern! Tierfreundin, die ich bin, miste ich Silkes Hühnerstall aus, was mit einem goldenen Ei belohnt wird. Nach der Farmarbeit wage ich mich nun doch an die privaten Nachrichten. Und staune Bauklötze: Zwei Orakelkunden bedanken sich überschwänglich, fünf weitere wollen meine Einschätzung hören. Sofort kribbelt es in meinen Fingern und Bee Maja legt los.

»110 – Du tanzt durchs Leben, ohne die Bodenhaftung zu verlieren. Du bist eine facettenreiche Persönlichkeit, nie langweilig, immer überraschend. Du bist denen treu, die es verdienen, aber wenn es sein muss, fährst du auch mal die Krallen aus (was ich sehr gut finde – aber um *den* Nagellack beneide ich dich trotzdem).« Das war für eine Bekannte, die sich im Profilbild als Ballerina präsentiert. Ehrlich gesagt, wusste ich bis eben nicht, dass sie tanzt. Aber ich kenne den Nagellack ... Chanel. Ein Traum. Für Bee Majas Geldbeutel derzeit leider eine Nummer zu groß.

Die nächste »Kundin« ist Carina. Sie ist auf verschlungenen Wegen in meiner Freundesliste gelandet und gibt auf Facebook regelmäßig bissige Kommentare ab. Ich schaue mir schnell ihr Profil und ein paar Fotos an. Dann antwortet das große Orakel: »68 – Du bist schön. Du bist klug. Du bist witzig. Du bist eine Frau, um die andere Kerle deinen Mann beneiden. Ich kenne dich noch nicht persönlich, aber ich wette, wenn wir uns mal begegnen, dann hat das Zwerchfell jede Menge Arbeit. Du hast Witz. Einen sehr scharfen Blick. Manchmal ein (angenehm) loses Mundwerk. Miesepeter kannst du nicht ab. Du genießt den Moment, hast aber immer auch dein großes Ziel vor Augen. Um das zu erreichen, tust du mehr, als andere schaffen würden.«

Ich finde mich echt gut und gönne mir noch ein Tässchen Kaffee. Ein Blick auf die Uhr verrät, dass ich noch eine gute

Viertelstunde unter der Wundermaske vor mir habe. Zeit genug, um noch ein paar Menschen glücklich zu machen. Nummer 286 zum Beispiel. Die Frau wohnt laut Profil in Hannover. Wie sie aussieht? Keine Ahnung. Das einzige Bild von ihr zeigt den Umriss einer Frau, die sich ein Stück Pappe vors Gesicht hält. Entweder ist sie grottenhässlich – oder ein Promi. Das Orakel bedient auch VIPs!

»286 – Dein wahres Gesicht weißt du zu verbergen. Aber deine Freunde wissen, was für ein toller Mensch du bist. Schwarz-Weiß-Denken gibt's bei dir nicht. Die Welt ist bunt und deine Persönlichkeit ist es auch!«

So. Entweder habe ich ein hässliches Entlein glücklich gemacht, oder ich werde demnächst von einer Filmschauspielerin zu einer Premiere eingeladen. Mit der Kaffeetasse proste ich mir selbst zu. Und weiter geht's: 365. Hey! Silk Stockings! Also war Silke gestern Nacht doch noch online? Na, da muss ich nichts recherchieren. »365 – liebste Freundin! Ich bin so stolz, dich zu kennen. Du bist humorvoll, auf deine ganz eigene Art, die ich so liebe. Das Leben hat dir auch seine dunklen Seiten gezeigt. Aber du hast es dennoch geschafft, immer eine Lichtgestalt zu bleiben. Dir macht keiner was vor. Missgunst und Lügen sind dir ein Gräuel. Für deine Lieben bist du der Fels in der Brandung, du bist stark und zart, fröhlich und auch mal ernst. Du bist eine der tollsten Frauen, die ich kenne. Ach, was schreibt das Orakel: Du bist *die* tollste.« Mir wird ganz warm ums Herz, als ich das tippe. Ich wollte Silke schon längst mal sagen, wie wundervoll ich sie finde. Und am Bildschirm ist es weit weniger kitschig als ihr gegenüber auf der ausgesessenen Couch in meinem winzigen Wohnzimmer.

Jetzt aber schnell, ab ins Bad, die Pampe vom Gesicht waschen. Wehe, ich sehe darunter nicht aus wie Angelina Jolie!

Aber ohne die Schlauchbootlippen, bitte. Was ich mit den Haaren anstellen soll, weiß ich nicht. Mein letzter Friseurbesuch war kurz nach dem Aussterben der Dinosaurier, die Haarspitzen sehen aus wie die Fransen an einem alten Teppich. Und natürlich ist kein Tropfen Haarkur mehr in der Tube. Dasselbe traurige Nichts ist im Lippenstift, der Lidschatten bröselt in seiner abgegriffenen Schachtel vor sich hin und der Nagellack ist eingetrocknet. Scheiß auf meine Finanzen! Ein chemisch hergestelltes Essen verlangt nach einem chemisch behandelten Gesicht. Also nichts wie los in den Drogeriemarkt.

Hey Boss, ich brauch Klamotten

Silke

Das kleine gelbe Symbol in meiner Taskleiste blinkt auf. »Sie haben Post«, murmele ich. Bestimmt ist das die Mail von Frank mit den Eckdaten zur Einweihung des Reagenzglas. Grundgütiger, warum habe ich mich nur darauf eingelassen? Wenn das Lokal hip oder cool wäre, hätte Frank das selbst übernommen. Die Sache hat doch einen Pferdefuß!

Doch die Mail ist von Maja. Ich klicke auf »Antworten«, lehne mich zurück und denke nach. Majas finanzielle Lage ist desaströs. Dieser Idiot, mit dem sie zuletzt zusammen war, hat es geschafft, ihre gesamten Ersparnisse auf den Kopf zu hauen und ihr zusätzlich auch noch Schulden zu hinterlassen. Daran knabbert sie mehr als an der beendeten Beziehung. Was sie an diesem Langweiler Sven gefunden hat, ist mir sowieso nie klar gewesen. Aber das ist das Schöne an unserer Freundschaft: Wir werden uns nie um einen Mann streiten, weil wir einfach zu verschiedene Beuteschemata haben.

Den Job hatte Maja schon vorher verloren, was eigentlich kein richtiger Verlust war, denn dieser dusselige Eventmanager hatte sowieso keine Ahnung von dem, was er tat. Nun ja, das trifft bedauerlicherweise auf viele Männer zu. Ich versuche seit einiger Zeit, Maja im Verlag unterzubekommen, doch bis auf unbezahlte Praktikantenstellen gibt es hier momentan nichts.

Wieder schaue ich auf meinen PC – eine weitere Mail ist angekommen. Diesmal ist sie von Frank. Ich drucke sie aus, fahre den PC runter und beschließe, für heute Schluss zu machen. Heike, meine Mitarbeiterin, schaut mich erst verblüfft, aber dann durchaus dankbar an, als ich auch sie ins Wochenende entlasse. Was soll's, noch haben wir den Auftrag für die Artikelserie nicht, da können wir auch eher Feierabend machen, schließlich läuft uns die Arbeit nicht weg.

Auf dem Weg zum Parkplatz überfliege ich die Mail von Frank. »Es wird um elegante Abendkleidung gebeten.« Na toll. Was ziehe ich heute Abend an? Obwohl mein Kleiderschrank besser gefüllt ist als der von Maja, habe ich oft das Gefühl, nur einen Haufen Nichts zu besitzen. Aber der Dresscode kann nicht der Grund sein, warum Frank den Termin nicht wahrnimmt. Er verbringt sicherlich mehr Zeit im Bad als Maja und ich zusammen. Na ja, fast. »Falls jemand eine Lebensmittelallergie hat, möge er das vorab mitteilen. Das Food wird non-convenience produced, wir verwenden ausschließlich functional food und instincto food.« Alles klar, denke ich, sie gebrauchen derart viele Fremdwörter, weil sie nicht wissen, was sie tun. Frank hat sicher schon Informationen unter der Hand bekommen.

Überrascht sehe ich, dass die Mail nicht nur einen, sondern zwei Anhänge hat. Auch der zweite ist eine Einladung für Frank. Sie kommt vom Weissen Haus in der Speicherstadt, einem der absoluten In-Restaurants in Hamburg – selbst nach Tim Mälzers Rückzug. »Kleine geschlossene Gesellschaft ...« Okay, keine Frage, dieses Lokal wäre auch meine erste Wahl gewesen. Ich überlege, ob ich sauer sein soll, lasse es dann aber. Es lohnt sich einfach nicht. Maja und ich werden uns kurz in der Experimentierküche umschauen, einen Sekt trinken und uns dann lächelnd in das Nachtleben Hamburgs verabschieden.

Da fällt mir ein: Noch immer ist die Frage nach dem richtigen Outfit nicht beantwortet. Elegante Abendkleidung? Natürlich hängt der eine oder andere Fummel in meinem Kleiderschrank, es gibt immer wieder Einladungen dieser Art, die ich wahrnehmen muss. Doch jetzt, denke ich und ziehe grinsend das Handy aus meiner Tasche, wäre es an der Zeit, mir ein paar neue Teile für meine Garderobe zu besorgen.

»Frank«, säusele ich lächelnd, als er sich meldet. »Das find ich aber großartig von dir.«

»Silke?«

»Ja, ich habe gerade die Einladung bekommen. Eine kleine geschlossene Gesellschaft im Weissen Haus. Super, da wollte ich schon lange mal hin.«

»Was?«

»Na, die Mail, die du mir gerade geschickt hast. Versuchen die sich dort inzwischen auch in der Molekularküche? Das schmeckt sicherlich grandios.« Ich unterdrücke ein Auflachen.

»Was? Weisses Haus? Ja, äh … Nein, du sollst das Reagenzglas begutachten. Ich muss dir die falsche Einladung geschickt haben …« Er klingt hektisch, ich grinse diebisch.

»Oh nein, und jetzt hatte ich mich so gefreut.« Ich ziehe einen Schmollmund und bilde mir ein, dass er es hören kann. »Können wir nicht tauschen?«

»Nein, das geht auf keinen Fall. Meine Frau …«

Ah, daher weht der Wind. »Ach so, deine Frau möchte lieber ins Weisse Haus, das kann ich verstehen. Ich ja auch. Nun ja, auf der Einladung vom Reagenzglas steht aber, dass man in eleganter Abendkleidung erscheinen soll.«

»Richtig.«

»Das ist ein Problem, Frank. Meine Abendkleidung ist schon lange nicht mehr elegant. Und etwas Neues ... ich wollte sowieso mal mit dir über eine Gehaltserhöhung sprechen. Weißt du, seit ich hier auch repräsentative Termine für die Zeitschrift wahrnehmen muss ...«

»Gehaltserhöhung? Spinnst du?«

»Nein. Schau mal, die elegante Abendkleidung ist doch quasi Arbeitskleidung für mich. Muss so etwas nicht der Arbeitgeber zahlen?«

Wir diskutieren noch eine Weile und irgendwann spüre ich seinen Widerstand bröckeln. Kurze Zeit später habe ich ihm einen netten Betrag aus den Rippen geleiert. Genug, um mit Maja shoppen zu gehen. Ich lege auf, setze mich in meinen Wagen und drücke die Kurzwahl ihrer Nummer. »Maja, wo bist du? Du wirst nicht glauben, was ich dir jetzt erzähle.«

Von der Raupe zum Schmetterling

Maja

Das ist das Paradies. Und Bee Maja ist mittendrin! »Na los, husch, geh suchen, hol das Kleidchen«, ruft Silke und schubst mich in die Designerboutique. Ich fürchte, ich fange gleich an, zu sabbern wie ein Köter beim Anblick eines Knochens. Der Laden ist verdammt leer, also verdammt teuer. Nur einige ausgewählte Stücke hängen auf den Kleiderstangen, die Schuhe thronen einzeln auf beleuchteten Podesten und die passenden Handtäschchen warten hinter Glas auf neue Besitzerinnen.

Ich dachte ja erst, Silke würde einen Scherz machen, als sie mir die Höhe des Betrags nannte, den sie ihrem Chef für »Arbeitskleidung« abgerungen hat. Aber sie scherzte nicht – kaum hatte ich sie am Hauptbahnhof in Empfang genommen, rauschten wir schon per U-Bahn zu den Bleichen. Hier kaufen sonst nur die hanseatischen Unternehmergattinnen ein. Oder die gut verdienenden Huren aus der Herbertstraße. Heute aber sind Bee Maja und Silk Stockings dran. Oder fast, denn Silk Stockings hat einen Plan, wie sie ihrem Chef neue Klamotten *und* ein paar Extrataler für die abgebrannte Freundin abluchsen kann.

»Bonjour«, säuselt eine Stimme aus dem Off. »Wie kann isch die Damen 'elfen?« Eine Gestalt tritt hinter einer spiegelverkleideten Säule hervor. »Je suis Yves, aber nischt der Designer«, sagt die Erscheinung.

Silke reißt die Augen auf und starrt den Kerl an. Ich kann mich gerade noch in einen Hustenanfall flüchten, ehe ich laut lospruste. Vor uns steht ein schmächtiges Männlein mit angedeutetem Oberlippenbart, gehüllt in edelsten schwarzen Zwirn und von oben bis unten wie ein Christbaum mit Glitzer und Flimmer behängt. An jedem Finger seiner Hände trägt er zwei Ringe, von denen einer größer ist, als es Harald Glööckler erlauben würde.

»Bonjour Yves«, flötet Silke, als kaufe sie täglich in solchen Läden ein. »Wir suchen ein kleines Kleidchen für eine kleine Einladung.«

»Oh, isch versteh, isch weiß«, säuselt Yves und umrundet uns wie ein Tänzer des Bolschoi-Balletts. »Kleine Kleid, oh, isch 'abe Traum für die Damen, Momeeent, warten Sie!« Dann verschwindet er im hinteren Teil des Ladens, um gleich darauf einen Kleiderständer hervorzuziehen, der vorher nicht zu sehen war. »Ist noch nischt offiziell in die Läden, ist neue Kollektion, direkt aus Paris.« So, wie er »Paris« sagt, könnte man meinen, er lutsche ein Praliné. Aber von mir aus kann Yves quatschen, was und wie er will. Denn auf dem Kleiderständer reiht sich ein Traumkleid an das nächste.

»Wow«, flüstere ich. Und auch Silke kann sich ein »Oooh« nicht verkneifen. Auch wenn sie gut verdient, ist es nicht so viel, dass sie ständig in Edelboutiquen einkaufen könnte.

Und dann legen wir los. Meine Hände zittern, als ich das erste Kleid anprobiere. Rote Seide, der Rock so raffiniert geschnitten, dass ich mit einem Schlag einen perfekten Hintern *und* perfekte Knie zu haben scheine. Das Oberteil macht aus meinem A-Körbchen dank viel Seide ein B. Mindestens.

»Silke, schau!«, rufe ich und schwebe aus der Umkleide, die hier kein muffiges Kabuff mit einem löchrigen Vorhang ist, sondern ein richtiges Zimmer, in dem locker meine Küche Platz hätte.

»Boah!«, kommentiert meine Freundin, die sich ihrerseits in einem schwarzen Tafttraum vor dem Spiegel dreht. Das Kleid ihrer Wahl ist im Rücken verboten tief ausgeschnitten, hat eine kleine Schleppe und ist ansonsten so schlicht, dass es nur teuer sein kann.

»Parfait, c'est jolie!«, säuselt Yves und dreht ein paar Pirouetten um uns.

»Hast du mal auf den Preis geschaut?«, flüstere ich Silke zu.

Sie grinst. »Ist ungefähr so viel, wie dir das Amt in vier Monaten überweist, schätze ich?«

»In fünf. Mindestens!«

»Bingo!«, ruft Silke und wir schlagen ein. »Yves«, sagt sie dann huldvoll, »das ist ganz nett, aber würden Sie uns noch weitere Modelle zeigen? Ein ähnliches trug Scarlett Johannson bei den Academy Awards …« Sie verzieht beinahe angewidert das Gesicht und Yves hüpft wie ein Gnom hin und her, präsentiert hellblaue Kleider und dunkle aus Samt, kurze und sehr lange, weit geschnittene, zu weit ausgeschnittene. Immer bringt er ein Paar traumhafter Schuhe, die exakt auf das jeweilige Kleid abgestimmt sind. Und wenn er merkt, dass uns ein Modell zusagt, hat er nur Sekunden später die passende Handtasche parat.

»Puh«, sage ich nach anderthalb Stunden und lasse mich – jetzt wieder in Jeans und Bluse – neben Silke auf die wuchtige Couch sinken. Silke nimmt einen Schluck Champagner, den Yves zusammen mit frischen Erdbeeren kredenzt hat, und lässt den Blick über die Traumkleider schweifen, die mittlerweile wieder in Reih und Glied auf der Stange hängen. Yves hat sich dezent zurückgezogen. Ich nehme an, er poliert seine Ringe.

»Und, Maja, welches Kleid darf's sein?«

Ich schaue Silke in die Augen. Nein, das hier ist definitiv kein Scherz. Ich werde in wenigen Augenblicken die Trägerin eines waldgrün schimmernden Seidentraums sein, der meine Schultern umspielt wie ein Moosbett den Körper einer Märchenprinzessin. »Das grüne«, antworte ich und zeige mit zitternden Fingern auf das Kleid. Es wird mir zwar nur einen Abend lang gehören … aber immerhin!

»Ich find auch, dass dir das am besten steht«, sagt Silke. »Und ich nehme das cremefarbene. Der Faltenwurf kaschiert alles, was es zu kaschieren gibt.« Ich wüsste zwar nicht, was Silke kaschieren will, aber ich muss zugeben, dass das Kleid wie für sie gemacht ist.

»Yves!«, ruft Silke gönnerhaft. »Zahlen, bitte!«

»Un moment, Mesdames, isch 'ole die Chef.«

Ein paar Minuten später hängt Silke am Hals eines Hünen, der besser als Türsteher in die »Ritze« passen würde als in eine Nobelboutique. »Uwe!«, quietscht sie und lässt sich von dem Stallone-Verschnitt knutschen. Gerade auf dem Weg hierher hat sie mir die schräge Story erzählt, wie sie diesen Uwe in einem Stuttgarter Gourmettempel kennenlernte, in dem sich ein Haufen Neureicher zum Schauessen traf. Er kommt tatsächlich aus dem Rotlichtmilieu, hat sich dann aber in eine seiner »Damen« verknallt und ist mit einer Designerboutique sesshaft geworden. Den Goldklunkern um Hals und Handgelenke nach zu urteilen, scheint auch das ein einträgliches Geschäft zu sein. Ich würde mich nicht wundern, wenn sein Dienstwagen ein flachgelegter knallroter Ferrari wäre.

Silke zieht Uwe zur Seite und flüstert ihm irgendwas ins Ohr. Immer mal wieder werfen die beiden einen Blick zu mir. Ich starre abwechselnd auf meine Füße und auf die Manolo Blahniks, die sich direkt vor mir im Licht eines einzelnen Scheinwerfers auf einem elektrischen Teller drehen. Je länger Silke flüstert und gestikuliert, desto verschlagener wird Uwes Grinsen. Schließlich weist er Yves an, die gewählten Kleider einzupacken. Silke und Uwe gehen zur Kasse. Uwe tippt eine pervers hohe Zahl ein, lässt die Kasse rattern und drückt meiner Freundin dann einen Packen Scheine in die Hand.

»Schönen Abend, Ladys«, ruft er und schnippt mit den Fingern in Richtung Yves. Der glitzernde Tänzer schwebt herbei, und nur Minuten später sind wir um wunderschöne Schuhe, Taschen und Kleider reicher. Silkes Chef ist dafür um gut viertausend Euro ärmer.

»So, abzüglich Leihgebühr bleibt noch ein feiner Etat für Powershopping bei Zara und Mango!« Silke strahlt und hakt sich bei mir unter. Okay, das ist zwar nicht Saint Laurent oder Dior, aber den Klamotten sieht man das nicht unbedingt an. Und mal ehrlich: Lieber kaufe ich mir fünf Kleider und sechs Hosen als ein winziges, teures Seidenfähnchen. Wie meine kluge Freundin mit den manchmal etwas undurchsichtigen Kontakten eben bewiesen hat, kann man sich die Designerstücke auch leihen. Und solange Karl Lagerfeld nicht erkennt, dass Bee Maja und Silk Stockings Stars sind, die man zu Werbezwecken mit einer ganzen Kollektion ausstatten sollte, müssen wir die Modebranche eben ein wenig austricksen.

Dass wir so schnell keinen Friseurtermin mehr ergattern konnten, ist natürlich jammerschade. Aber nicht wirklich schlimm, denn meine liebste Freundin hat es geschafft, mithilfe von gefühlt fünfzig Haarnadeln aus den Spargelstrippen, die sich meine Haare nennen, eine ansehnliche Frisur zu zaubern.

Zauberhaft sieht auch Silke aus, als sie neben mir im Taxi sitzt. Der Fahrer, ein ganz junger Kerl, schaut immer wieder in den Rückspiegel.

»Halt! Bitte anhalten!«, ruft Silke plötzlich. »Sofort!«

Das Taxi bremst abrupt.

»Wir sind doch noch gar nicht an der Alster«, sage ich.

»Nein, aber goldrichtig«, antwortet sie, zieht einen Zwanziger aus der bestickten Tasche und verlässt mit einem nonchalanten »Stimmt so« das Taxi. Ich habe ein wenig Mühe, mich mit den Zehn-Zentimeter-Absätzen und dem hautengen Rock aus dem Auto zu schälen. Als ich es endlich geschafft habe, stehe ich vor einer Würstchenbude.

»Das ist aber nicht dein berühmtes Reagenzglas!«

»Nein, Maja, das ist langjährige Erfahrung. Wir essen jetzt erst mal eine fette Currywurst mit Pommes. Sonst werden wir nachher den Hungertod sterben!«

Chemie gehört ins Labor, nicht in die Küche

Silke

Ich schaue Maja an, die ihre Pommes in die Mayonnaise tunkt, ein glückliches Lächeln im Gesicht. So entspannt habe ich sie lange nicht mehr gesehen. Plötzlich stößt sie mich in die Seite, nur mit Glück schaffe ich es, keine Currysoße auf meinen Leihfummel zu kleckern.

»Guck mal da drüben«, wispert Maja.

»Hmm?« Ich wische mir schnell den Rest Soße von den Händen und folge ihrem Blick.

»Nicht so auffällig!« Maja kichert. »Die Frau in dem grünen Rock.«

»Grundgütiger«, murmele ich. »Das ist doch Sabine mit ihrer Lebensgefahr.«

Das Pärchen steht an der Ampel und streitet sich lautstark.

»Genau, das ist Nummer 67.«

»Nummer 67?« Dann fällt mir Majas Orakelspiel auf Facebook ein. »Was hast du ihr geschrieben? Dass sie sich von der Lebensgefahr befreien soll?« Der Typ hat ordentlich Durchzug im Oberstübchen, ich sehe förmlich die Gardinen aus den Fenstern flattern. Jedes Mal, wenn ich die beiden treffe, macht er sie wegen Nichtigkeiten nieder. So etwas wie den braucht kein Mensch.

»So in der Richtung. Ich habe es nur in freundlichere Worte verpackt.«

»Liebes Orakel, manchmal helfen nur klare Ansagen.«

Maja schaut mich an, ihre Augen funkeln. »Vermutlich hast du recht, aber ich wollte trotzdem etwas einfühlsamer sein, schließlich bin ich ein Orakel und keine Kummerkastentante.«

»Hast du ihr auch orakelt, dass sie an ihrem Kleidergeschmack arbeiten soll? So ein giftgrüner Rock wirkt wie ein Alarmsignal.«

Wir kichern und essen die restlichen Pommes.

Bald darauf schlendern wir an der Alster entlang zum Reagenzglas. Das Lokal ist gut gefüllt, man spürt die Erwartungshaltung, die wie Elektrosmog in der Luft hängt. Meine Erwartungen dagegen sind nicht sonderlich hoch, doch der Perlsekt, der uns lauwarm in Plastikgläsern gereicht wird, unterbietet sie noch.

»Ein Grauen.« Maja schaut sich um, doch es gibt noch nicht einmal Grünpflanzen, in denen man das Getränk hätte leeren können. Überhaupt scheint das Restaurant eine schwere Identitätskrise zu haben, es kann sich nicht entscheiden, ob es eine Hip-Kneipe oder ein Edelrestaurant sein will. Zudem sind auch noch Landgasthauselemente eingestreut, die vermutlich so etwas wie Atmosphäre verbreiten sollen, aber dabei wirken, als wäre man im Sozialkaufhaus. Ein wahlloser Mix aus Edelstahl, Plastik und Weichholz – zum Schaudern.

Wir halten genau zwei Gänge aus, dann machen wir uns davon, zusammen mit etwa zwanzig anderen Gästen.

»Du hattest recht«, sagt Maja und atmet tief durch, als wir ins Taxi steigen. »Das war nichts.«

»Stellen wir mal die Eieruhr und warten ab, wie lange es sich hält. Ich tippe auf drei Monate.«

»Höchstens.«

»Ich habe mal ein traumhaftes Melonenkaviar gegessen, aber das, was die heute angeboten haben, schmeckte wie Hundefutter, nur nicht so gut.« Wieder schüttele ich mich.

»Hmm.« Ich schaue Maja an, aber sie ist ganz in Gedanken versunken. »Erde an Bee Maja! Wo bist du?«

»Ach, ich habe vorhin Nummer 33 entdeckt. Sie war auch im Lokal.«

»Hat Nummer 33 auch einen Namen, den ich zuordnen kann?«

»Anja.«

»Ach Anja. Das ist auch eine deiner Facebookfreundinnen? Mit wem bist du eigentlich nicht befreundet?«

Maja grinst mich schief an.

»Bei ihr hat man den Eindruck, sie würde immer in höheren Sphären schweben.« Ich muss schmunzeln. »Wonach sucht sie dort eigentlich? Nach Außerirdischen?«

»Ja, sie hat sonst immer etwas Abgehobenes. Das habe ich ihr auch orakelt und heute machte sie einen ganz anderen Eindruck. Lebhafter.«

Ich überlege einen Augenblick und stelle fest, dass Maja recht hat. »Stimmt. Sie war deutlich mehr an ihrer Umwelt interessiert als sonst. Sie hat mich sogar mit Namen begrüßt.«

»Und sie hat mich nach Sven gefragt. Ich hätte nicht gedacht, dass sie sich seinen Namen gemerkt hat.«

»Sven? Wer war noch mal Sven?«

Nun lacht Maja schallend. »Keine Ahnung.«

»Worauf hast du jetzt Lust«, frage ich sie. »Einmal Bar auf Verlagskosten?«

»Bar klingt gut.«

Wenig später sitzen wir am Tresen des Bolero und genießen einen Sex on the Beach.

Sex on the Beach, ein Heulkrampf und jede Menge Grünzeug

Maja

Sex on the Beach macht nur Spaß, wenn frau wirklich Sand in allen Ritzen und einen knackigen Sonnyboy dabeihat … aber mein Kopf fühlt sich an, als ob mein Hirn von einer Sandlawine überrollt worden wäre. Sex on the Beach mit Silke ist verdammt lecker. Aber leider bleibt es nie bei einem Cocktail. Gestern waren es fünf. Oder sechs. Oder?

Ich versuche, meine Augen langsam an das Licht zu gewöhnen, das durch das Fenster ins Schlafzimmer fällt. Vielleicht nützt es, wenn ich nur ein Lid ganz leicht hochklappe? Nein. Allein diese winzige Muskelbewegung genügt, um den bösen, dicken Kater aufzuwecken. Der beginnt sofort, gegen meine Schädeldecke zu springen, und zerrt gleichzeitig an dem toten Hamster, der in meinem Mund übernachtet hat. Mit geschlossenen Augen taste ich nach der Evian-Flasche, die ich stets neben dem Bett auf dem Boden parke. Das Wasser weckt einen mickrigen Lebensgeist. Ich lausche in die Stille der Wohnung. Aus dem Wohnzimmer dringt leises Frauenschnarchen. Silke weilt also noch im Land der Träume. Ich drehe mich auf die andere Seite und versuche, das Puzzle des gestrigen Abends zu sortieren.

Ach ja. Das Reagenzglas. Ein Reinfall in Reinkultur. Silke hat mir auf dem Heimweg (wie gut, dass wir uns gegenseitig stützen konnten!) schon den kompletten Verriss verraten, den sie in der nächsten Ausgabe bringen will. Eigentlich hat sie den besten Job der Welt, wenn es darum geht, Frust loszuwerden – einfach eine fiese Kritik schreiben und sie fühlt sich blitzschnell besser. Wobei sie sich gestern blendend fühlte: ein fetter Auftrag in Sicht, den Chef um ein paar Scheine erleichtert ...

So rosig sah es bei 67 nicht aus. Silke und ich waren bei Drink Nummer drei, als sich eine grüne Wuchtbrumme zur Bar vorfräste.

»Ist das nicht Sabine?« Silke knuffte mich in die Seite.

»Doch. 67.« Ich versuchte, mich hinter meinem Glas zu verstecken.

»Die Lebensgefahr ist nicht da«, kommentierte Silke trocken und prostete mir zu. Über ihre Schulter hinweg sah ich, wie Sabine einen Whiskey hinunterstürzte und gleich darauf noch einen bestellte. Auch der verschwand in Sekundenbruchteilen. 67 knallte das Glas auf den Tresen, wechselte ein paar Worte mit dem Barkeeper und hielt bald darauf ein sehr buntes Getränk mit Papierschirmchendeko in der Hand. Sie sah sich suchend in der Bar um. Wir machten uns ganz klein ... vergebens. Sabine steuerte auf unseren Tisch zu.

»Du bist Bee Maja«, sagte sie und ließ sich ungefragt auf den freien Stuhl plumpsen. Ihr Cocktail schwappte über und tropfte auf den apfelgrünen Rock, der sich über ihren massigen Schenkeln spannte. Ich verfluchte mich selbst – wieso nur hatte ich bei Facebook ein Profilbild eingestellt, das aussah wie ich? Silke grinste und stieß mich unter dem Tisch an.

»Alles klar, Mädels?« 67 rülpste, schlug sich die Hand vor den Mund und verschmierte dabei den zu dick aufgetragenen

Lippenstift. Silke verdrehte die Augen. »Das ist so, so, soooo toll, dich zu sehen. Ich mein, so in echt, nicht so auf dem Bildschirm.« Sabine strahlte mich an. Ich starrte auf den roten Streifen, der sich von ihrem rechten Mundwinkel über die Wange zog, und schwieg.

»Mann, was für ein Abend«, schwadronierte sie weiter. »Hat so gut angefangen und dann ...« Sie stockte und ich sah, wie ihre Augen feucht wurden. Bitte, jetzt kein Heulkrampf!

»... und dann ...« Doch. Heulkrampf deluxe. Silkes Körper sah aus, als wäre er aus Götterspeise, das unterdrückte Lachen schüttelte sie komplett durch. Ich versuchte, ernst zu bleiben und kramte ein Tempo aus meiner Designertasche. 67 schnappte danach, putzte sich in Elefantenlautstärke die Nase und reichte es zurück. Mit spitzen Fingern griff ich nach dem nassen Lappen und ließ ihn unter den Tisch fallen. Ich warf Silke einen hilflosen Blick zu, aber sie lehnte sich zurück. Klar, für sie war das hier besser als Kino!

»Du hattest sososo recht. So recht.« 67 rieb sich die Augen. Die verschmierte Wimperntusche gab ihr das Aussehen eines Pandabären. Die richtigen Maße hatte sie ja allemal.

»Womit?«, fragte ich.

»Mit dem Orakel. Er ist nicht der Richtige.«

Ach. Treffer! Dass sie und ihre Lebensgefahr nicht zusammenpassten, sah ein Blinder mit Krückstock. Sabine war klein und rund – ihr Macker groß, schlank und ja, das musste ich zugeben, verdammt sexy.

Allerdings hatte ich auf seinem Profilbild bei Facebook dieses fiese kleine Grinsen gesehen. Und den Augenaufschlag Marke Muttersöhnchen. Solche Typen suchen keine Frau ... die brauchen eine Ersatzmama. Und Sabine sah nun mal aus wie eine Big Mama.

»Aber ich liebe ihn doch sooooo!« 67 warf sich quer über den Tisch an meinen Hals. Die Cocktails kippten um und der klebrige Inhalt landete beinahe auf meinem Leihkleid. Scheiße! Jetzt war es mit Silkes Fassung vorbei. Sie sprang auf und verschwand laut lachend an der Bar. Mein Hals wurde feucht von Sabines Tränen. Hilflos streichelte ich ihr über den Rücken. Die Jungs am Nebentisch (allesamt leckere Kekschen) grinsten. Ehrlich gesagt verstand ich kein Wort von dem, was 67 mir an den Hals heulte. Silke kam mit drei Gläsern Prosecco zurück, die sie geschickt balancierte. Die vielen Abende in Nobelrestaurants hatten offensichtlich abgefärbt, sie machte das sehr professionell. Ich griff nach einem Glas und stürzte es in einem Zug runter, wobei ich mir den Hals ziemlich verdrehen musste, um nicht gleichzeitig an Sabines Haarspray-klebriger Frisur zu lutschen. Silke ließ sich in ihren Sessel gleiten, schlug die Beine übereinander und prostete mir zu. Dann lehnte sie sich zurück und genoss grinsend das Schauspiel. Wobei … viel passierte nicht. Das Schluchzen wurde allmählich leiser und ging in einen Schluckauf über. Dann hörte auch der auf und Sabine schnarchte. Tatsächlich! Sie war eingepennt!

Ich machte Silke ein Zeichen und gemeinsam schafften wir es, 67 in ihren Sessel zurückzuwuchten. Der Nebentisch johlte und klatschte. Sabines Kopf fiel nach hinten, ihre Arme baumelten über den Lehnen. Das Schnarchen schwoll an. Silke winkte den Jungs zu. Unter Beifall verließen wir die Bar.

An mehr kann ich mich nicht erinnern, aber zumindest wird das Trommelfeuer in meinem Kopf schwächer. Hallelujah! Ich rolle mich auf die andere Seite. Noch ein halbes Stündchen Schlaf und die Welt sieht wieder rosig aus. Ich dämmere weg.

Ich stehe am Bahnhof. Mitten auf den Gleisen. Eine Dampflok braust heran und hupt. Hupt und hupt. Sie kommt näher und näher. Wird lauter. Schrillt. Schrillt und ... verdammt! Wer klingelt denn um diese Uhrzeit an meiner Tür? Wie ein gestrandeter Wal wälze ich mich auf dem Bett.

»Mach das aus!«, ruft Silke aus dem Wohnzimmer. Ihre Stimme klingt heiser und ich ahne, dass sie demnächst nach Aspirin verlangen wird. Ich schwanke zur Tür und reiße sie auf.

»Marianne Schäfer?«, fragt mich ein Blumenstrauß. Das heißt: Hinter einem Urwald aus Callas und Grünzeug höre ich eine Stimme.

»Ja?«

»Ich soll das abgeben.« Die Stimme drückt mir den Wald in die Hand. Die Folie knistert und klebt an meiner Wange.

»Bitte?«, frage ich perplex.

»Ist ein Kärtchen dran. Schönen Tag noch!« Ich höre, wie Schritte auf der Treppe leiser werden. Mit dem Fuß kicke ich die Tür zu und lege den größten Strauß, den die Welt je gesehen hat, auf den Boden. Ich muss förmlich drüberklettern.

»Wow!«, ruft Silke, die verschlafen am Türrahmen lehnt. »Da hat dich aber einer gern!«

»Keine Ahnung, wer die schickt«, murmele ich und überschlage in Gedanken den Preis für die Blumen. Ein guter Wochenlohn für eine Kundin des Arbeitsamtes wie mich, schätze ich. Ich wühle mich durch das Grünzeug und finde tatsächlich ein Kuvert. Ich reiße es auf. Eine rote Karte ist darin.

»Danke fürs Zuhören! 67.«

Chat mit 67 – Lebenshilfe

Maja

Als ich mich gerade auf der Farm einloggen und ein paar Bonuspunkte sammeln will, ploppt das Chatfenster auf. 67 tickt mich an.

Sa Bine: Bist du da?

Bee Maja: Ja.

Sa Bine: ☺

Bee Maja: Danke für die Blumen! Woher weißt du eigentlich, wo ich wohne?

Sa Bine: Gerne! Google weiß alles.

Bee Maja: War ein bisschen übertrieben …

Sa Bine: Findest du? Naja, eigentlich waren die von Jakob. Aber ich reagiere allergisch auf Lilien. Ich dachte, du freust dich darüber.

Bee Maja: Ich freu mich auch. Habe nur keine so große Vase. Musste einen Eimer nehmen.

Sa Bine: *lach* – Jakob hat sich entschuldigt. Ist das nicht schön?

Bee Maja: Oh. Oooookay.

Sa Bine: Die Kollegin hatte Probleme im Büro. Was Internes in der Firma. Jakob sollte ihr helfen. Er dachte, ich komme hinterher.

Bee Maja: Sabine?
Sa Bine: Ja?
Bee Maja: Das glaubst du jetzt nicht wirklich?
Sa Bine: Wieso? Er hat doch Blumen geschickt! Und eine SMS!
Bee Maja: Und wo ist dein Jakob jetzt?
Sa Bine: Zu Hause.
Bee Maja: Bei wem? Sabine – bei WEM?
Sa Bine: Warte mal, krieg eine SMS!

Das glaube ich jetzt nicht! Gestern ist Sabine ein Häufchen (naja, eher ein Haufen) Elend. Und jetzt genügen ein paar Blumen, damit sie ihr Herz und wahrscheinlich noch mehr für ihre Lebensgefahr öffnet? Was hat der Typ, abgesehen von der Tatsache, dass er rasend gut aussieht? Naja, vielleicht sollte ich die Frage andersrum stellen: Was hat Sabine nicht? Selbstbewusstsein. Und genau das muss ich der Frau klarmachen.

Bee Maja: Bist du noch da?
Sa Bine: Jaaaaa! Jakob kommt nachher! Er hat Hunger!
Bee Maja: Und du kochst ihm natürlich was.
Sa Bine: Ja klar. Was meinst du, soll ich Pasta machen oder ein Lachsgratin?

Am besten machst du gar nicht erst die Tür auf, würde ich am liebsten schreiben. Aber ich beherrsche mich.

Bee Maja: Sabine, wie wär's, wenn ihr erst mal redet? Sei doch mal ehrlich ... das war doch gestern nicht der erste misslungene Abend bei euch.
Sa Bine: Ja, schon ...

Bee Maja: Okay, fangen wir ganz von vorne an. Wie lange seid ihr zusammen?

Innerlich stöhne ich. Und eigentlich hab ich gar keine Zeit für so etwas. Andererseits ... meine Farm kann warten und, ich gebe es zu, die ganze Geschichte macht mich neugierig.

Sa Bine: Fast zwei Jahre.
Bee Maja: Wie habt ihr euch kennengelernt?
Sa Bine: Interessiert dich das echt?
Bee Maja: Ja!
Sa Bine: Du bist so nett! Also, Jakob und ich arbeiten beide im selben Gebäude. Er ist in einem Maklerbüro, ich bin einen Stock tiefer bei einem Rechtsanwalt. Ich hab ihm in der Kantine meine Cola auf die Hose geschüttet.
Bee Maja: Aus Versehen?
Sa Bine: *lach* Fast ...!
Bee Maja: Wohnt ihr zusammen?
Sa Bine: Nein. Jakob hat sich das Dachgeschoss bei seinen Eltern ausgebaut. Für zwei wäre das aber zu klein, sagt er.
Bee Maja: Wie viel zu klein in Quadratmetern?
Sa Bine: Keine Ahnung.
Bee Maja: Hast du die Wohnung denn schon mal gesehen?
Sa Bine: Nein. Seine Mutter ist krank und braucht absolute Ruhe. Außerdem braucht er die Wohnung als Büro. Er hat zwei Jobs. Das darf aber niemand wissen, sonst bekommt er Ärger mit seinem Chef.

Ich wette, diese beiden Jobs haben Titten!

Bee Maja: Was sind das für Jobs?

Sa Bine: Das darf nicht mal ich wissen. Jakob sagt, er will mich damit nicht belasten.
Bee Maja: SABINE! Wach mal auf!
Sa Bine: Was meinst du damit?
Bee Maja: Du sagst nachher zu Jakob, dass das nächste Treffen in seiner Wohnung stattfindet. Und bitte besteh darauf, dass er sie dir zeigt. Lass keine Ausrede zu!
Sa Bine: Meinst du? Wozu soll das gut sein?

Oh Mann, die Frau ist ein harter Brocken. Das Orakel muss sich ganz schön was einfallen lassen.

Bee Maja: Schau mal ... Ein Mann meint es ernst mit einer Frau, wenn er sie seinen Eltern vorstellt. Noch nie gehört? Datingregeln Basiswissen!
Sa Bine: Ach so! Also gut, mach ich. Was soll ich denn jetzt kochen?
Bee Maja: NICHTS! Entweder lädt er dich zum Essen ein, oder er hat Pech.
Sa Bine: Das bring ich nicht fertig ...
Bee Maja: Dann schieb eine Pizza in den Ofen. Mehr nicht.
Sa Bine: Okay. Was verlangst du für deine Beratung eigentlich?
Bee Maja: ???
Sa Bine: Geld, Honorar, Stundensatz?

Sie will mich bezahlen? Sie will mir allen Ernstes Geld geben?

Sa Bine: Du hilfst mir echt. Ich hoffe, ich nerve dich nicht. Also: Was bin ich dir schuldig?
Bee Maja: ... ich denk mal drüber nach, okay?

Sa Bine: Okay!
Bee Maja: Ciao! Viel Glück!
Sa Bine ist offline.

Geld? Dafür? Ich bin sprachlos. Was selten genug vorkommt. Aber heißt es nicht, dass gute Leistungen honoriert werden müssen? Andererseits … das Arbeitsamt erlaubt mir kein Einkommen. Das hat diese Zicke bei der ersten »Beratung« gesagt. Vielleicht sollte ich Sabine um ein Essen bitten. So ein Lachsgratin … warum nicht? Ich klicke auf mein Profil und tippe als Status: »67 – Du schaffst das! Habe mich für das Lachsgratin entschieden!«

Kopfschmerzen und Tatendrang

Silke

Lichtblitze. Ist schon Silvester? Ich kneife die Augen wieder zusammen. Es riecht intensiv nach Blumenladen oder Tropenhaus im Zoo. Silvester im Zoo? Ich habe bestimmt einen dieser verrückten Träume, die wie die Wirklichkeit daherkommen. Doch einen Traum mit so gigantischen Kopfschmerzen braucht kein Mensch. Aufwachen, Silke, befehle ich mir und öffne wieder die Augen. Alles dreht sich und verschwimmt. Schnell schließe ich sie wieder.

Sex on the Beach. Mindestens fünf, wenn nicht sogar sechs müssen es gewesen sein, fällt mir ein.

»Maja«, stöhne ich leise. »Hilfe. Aspirin …«

Ich höre das eifrige Klappern der Tastatur aus dem Nebenzimmer. Meine Freundin sitzt schon am Computer. Wie macht sie das bloß?

Ich taste vorsichtig den Boden neben dem Sofa ab, finde die Flasche mit Wasser und trinke sie leer. Immerhin kann ich die Wüste in meinem Mund wegspülen, ein ekeliger Geschmack bleibt.

Ganz langsam und immer noch mit geschlossenen Augen setze ich mich auf. Windstärke 9, schätze ich, irgendwo auf dem Atlantik. Oder Kettenkarussell. Brauche ich beides nicht. Ich könnte mich wieder hinlegen und versuchen, weiterzuschlafen, aber ich muss dringend für kleine Königstiger. Immer noch mit geschlossenen Augen stehe ich auf. In Majas Wohnung kenne ich mich fast besser aus als in meiner, hier finde ich auch blind das Badezimmer.

Nach zwei Schritten spüre ich etwas an meinen Waden, es fühlt sich seltsam und fremd an, erschrocken reiße ich die Augen auf. Da steht ein Gebüsch mitten im Raum. Ich schlafe doch noch. In Majas Wohnung gibt es nur eine Yukkapalme und dies ist keine Palme.

»Maja«, keuche ich. »Wer ist gestorben?«

»Was?«

»Hier steht ein riesiges Gebinde – sieht aus wie frisch vom Friedhof.«

»Bist du endlich wach?« Maja kommt um die Ecke und grinst breit. »Die Blumen hat mir Sabine geschickt.«

»Sabine? Die Wurst in grüner Pelle mit grellrotem Lippenstift? Nummer sowieso?«

»67, sie ist Nummer 67.« Maja kichert. »Offensichtlich lebst du noch und hast auch dein Gedächtnis nicht ganz verloren.«

»So langsam kommen die Erinnerungen wieder«, stöhne ich. »Ich brauche dringend …«

»Aspirin, ich weiß«, fällt sie mir ins Wort und reicht mir einen Tablettenblister. »Kaffee läuft gerade durch, extrastark. Und im Kühlschrank steht eiskalter Orangensaft.«

»Du rettest mein Leben«, murmele ich und steige über den gigantischen Blumenstrauß. »Boah, was stinkt hier so? Riecht nach toter Maus.«

»Das sind die Lilien.«

Ich schüttele den Kopf, drücke mir zwei Tabletten auf die Handfläche und schlucke sie trocken. Das Badezimmer erreiche ich gerade noch rechtzeitig. Auf dem Klo lasse ich meinen schmerzenden Kopf in die Hände sinken. Nie wieder Alkohol, schwöre ich mir. Auf jeden Fall nicht vor heute Abend um acht.

Eine halbe Stunde, zwei Becher Kaffee und drei Gläser O-Saft später fühle ich mich wieder halbwegs lebendig. Eine ausgiebige Dusche tut ihr Übriges. Voller Tatendrang gehe ich zu Maja, sie sitzt immer noch vor dem Rechner.

»Mach die Kiste aus.«

Sie dreht sich um und sieht mich erstaunt an. »Hast du etwas vor?«

Ich schaue auf die Uhr. »Es ist schon halb zwei. Lass uns die Fummel wegbringen und ein wenig shoppen gehen. Gibt es Pläne für heute Abend?«

»Bisher noch nicht. Wonach steht dir der Sinn?«

»Ich muss mal meine Leute fragen.« Ich überlege. »Auf Ausgehen habe ich keine Lust, davon hatten wir gestern reichlich. Aber was hältst du davon, wenn wir ein paar Leute einladen und lecker kochen?«

»Super Idee!«, kreischt Maja und springt auf. Ich verziehe das Gesicht, denn der kleine Mann hämmert noch immer in meinem Kopf. Doch ein wenig frische Luft wird das schon richten.

»Ich muss mich nur eben restaurieren«, flötet meine Freundin und verschwindet im Badezimmer. Ich suche die Klamotten zusammen, sie haben trotz unseres feucht-fröhlichen Abends keine Schäden davongetragen, zum Glück. Nur am Kragen von Majas Kleid ist eine Spur Lippenstift zu sehen, ein Überbleibsel von Sabines emotionalem Vulkanausbruch. Ich verziehe das Gesicht. Wie kann man sich nur so gehen lassen? Egal, wenn ich das Kleid geschickt zusammenlege, fällt der Fleck bestimmt nicht auf. Beinahe wäre ich wieder über das Gebüsch gefallen, das zwar sehr dekorativ, aber auch sehr störend mitten im Raum steht und wie ein ganzes Gewächshaus riecht.

»Ich habe eine Idee«, rufe ich Maja zu. »Wir schenken die Blumen dem Typen in der Boutique, der fährt bestimmt darauf ab.«

»Der mit dem rosa Hemd? Wunderbare Idee!«

Yves macht sich vor Freude fast in die Hose, als wir ihm das Gebüsch überreichen. »Magnifique!«, kreischt er und legt die Tüte mit den Fummeln zur Seite, ohne sie zu kontrollieren. Wunderbar, so sollte es sein.

Jetzt stinkt es in der Boutique nach Friedhof und Affenhaus, wir sind die Sachen los und ein wunderbarer Tag liegt vor uns. Zwei Straßen weiter gibt es ein kleines, aber feines Geschäft mit französischen Spezialitäten, frischem Käse und Gemüse und Obst vom Bauern. Zufällig kenne ich die Inhaberin.

»Hast du dir schon Gedanken gemacht, wen wir einladen könnten?«, frage ich Maja. Wie sich herausstellt, hat sie bereits auf Facebook recherchiert: »Imke ist in der Stadt und würde sich freuen, aber nur, wenn sie ihren Bruder und dessen Freund mitbringen kann.«

Imke habe ich ewig nicht gesehen, das ist eine fabelhafte Idee. »Kennen wir den Bruder samt Freund?«, frage ich. »Ist das ein Pärchen?«

»Nee und nee.«

»Nee und nee? Maja?« Ich bin kurz vor einem Lachflash.

»Nee, kennen wir nicht, und nee, das ist kein Pärchen.«

»Umso besser. Was ist mit Torsten und seiner neuen Flamme? Dann wären wir sieben.«

»Hört sich gut an.« Maja zückt ihr Handy und tippt schnell eine Nachricht, keine fünf Sekunden später hat sie Antwort. »Geht klar, Torsten und Flamme kommen.«

»Wunderbar, dann müssen wir nur überlegen, was wir kochen«, sage ich und ziehe sie in den Laden.

Alles Käse, Barbie

Maja

Ich hätte niemals gedacht, dass man aus all dem Grünzeug, Hühnerfleisch und den Gewürzen, deren Namen ich noch nie gehört habe, etwas Essbares machen kann. Silke hat den halben Laden leer gekauft und wir müssen ganz schön schleppen, um alle Zutaten unseres Galadinners in meine Küche zu verfrachten.

»Du weißt schon, was du da tust?«, frage ich skeptisch.

»Klar!« Silke lacht und packt die Tüten aus. Kurze Zeit später stehen die Kochutensilien und Zutaten wie kleine Soldaten in Reih und Glied auf meinem eigentlich viel zu kleinen Küchentisch.

»Schürze!«, ruft Silke. Ich angle das rotkarierte Teil vom Haken hinter der Tür.

»Brett!« Unterste Schublade.

»Messer, zwei, klein und groß!« Oberste Schublade.

»Sieb. Töpfe, Wok ...« Ich komme mir vor wie eine OP-Schwester, die Frau Professor bei einer neurochirurgischen Glanzleistung assistiert. Silke lässt die Messer fliegen, als hätte sie nie etwas anderes getan. Die Zucchini, eben noch krumme Gurken, zerlegt sie in hauchdünne Scheiben. Die Blüten, die ich weggeschmissen hätte, legt sie beiseite. (»Für den Salat, oder ich frittiere sie, mal sehen.«)

»Sag mal, brauchst du mich hier eigentlich?«, frage ich lachend, nachdem sie mich zum dritten Mal angerempelt hat. »Ich stehe doch bloß im Weg!«

»Nein, du bist entlassen. Wie wär's, wenn du dich um die Tischdeko kümmerst? Und um deine eigene auch, dann kann ich nach dir ins Bad.«

»Zu Befehl!«, rufe ich und salutiere. Deko ist eindeutig mehr mein Ding als all die Blätter und Hähnchenteile. Während Silke in der Küche werkelt, durchforste ich meine Dekoschublade. Schade eigentlich, dass wir den Blumenstrauß nicht mehr haben, die Lilien würden sich phantastisch machen. Jetzt muss ich eben improvisieren. Hartz IV auf Sternelokal pimpen.

Eine Stunde später tippt Silke auf meine Schulter. Mit ihr kommt ein verführerischer Duft ins Zimmer.

»Wow!«, rufe ich und schnuppere.

»Schick!«, sagt sie und begutachtet das Ergebnis meiner Deko-Mühen. Das Leinentuch (Erbstück von Oma) habe ich in der Tischmitte mit lila Servietten aufgemotzt. Dazwischen liegen Kieselsteine, die ich unten im Garten aufgesammelt habe. Die gleichen Steine zieren jeden einzelnen Platz.

»Da soll nachher jeder mit Lackstift seinen Namen draufschreiben«, erkläre ich. »Ich kann ja schlecht ›Torstens Flamme‹ schreiben.« Silke lacht.

»Die Zweige sind superschön«, sagt sie. Finde ich auch. Und es fällt hoffentlich keinem anderen Hausbewohner auf, dass der Busch neben den Briefkästen neuerdings schmaler ist. Jetzt bleibt nur zu hoffen, dass meine Teelichter, die ich in simplen Gläsern auf dem Tisch verteilt habe, den Abend über reichen. Ich war schon seit Ewigkeiten nicht mehr bei Ikea und der Vorrat an Kerzen und Servietten ist nun endgültig aufgebraucht.

»Ab ins Bad, dekorier dich, Maja!«, ruft Silke und gibt mir einen Klaps auf den Po.

»Aye-aye, Sir!«, sage ich, salutiere und verschwinde. Dank des gestrigen Einkaufs komme ich wenig später in einem um die Bauchregion sehr dehnbaren und deswegen Menü-kompatiblen taubenblauen Kleid aus der Werkstatt. Mit der blauen Spange und dem blauen Lidschatten gefalle ich mir heute selbst. Ich werfe meinem Spiegelbild eine Kusshand zu. Dann melde ich: »Bad frei!«

»Siehst du mal nach dem Huhn?«, ruft Silke und verschwindet nun ihrerseits im Bad. Über dem Arm hat sie drei verschiedene Kleider. Ich wette, sie entscheidet sich für Nummer vier, das noch in der Tüte im Schlafzimmer steht.

»Nach dem Huhn sehen«, murmele ich und gehe in die Küche.

»Okay, Maja, sieh nach dem Huhn …« Ich habe keine Ahnung, was ich tun soll, also sehe ich quasi nach allem. Verdammt, riecht das lecker in den Töpfen! Mir läuft das Wasser im Mund zusammen. Ich mache den Kühlschrank auf und stoße einen spitzen Schrei aus.

»Ist was passiert?«, ruft Silke aus dem Bad.

»Ja! Willst du mich heiraten?«

»Was? Ist was mit dem Huhn?« Silke stürzt in die Küche.

»Wow, sexy!«, kommentiere ich den roten BH und den Seidenslip. »Du solltest das andere Auge aber auch noch schminken!«

Silke macht sich an den Töpfen zu schaffen.

»Hey, alles gut«, beruhige ich sie. »Das meine ich!« Ich zeige in den Kühlschrank, in dem sieben Sektkelche stehen … gefüllt mit Mousse au Chocolat und dekoriert mit Johannisbeeren und Erdbeerscheiben.

»Puh!« Silke atmet auf.

In dem Moment schellt es. »Ach du Scheiße, so spät schon?« Sie flitzt wie von der Tarantel gestochen zurück ins Bad und knallt die Tür zu.

»Vergiss nicht, dein linkes Auge zu schminken!«, schicke ich ihr hinterher und öffne die Tür.

»Imke!« Diese blonden Locken sind sensationell, denke ich mal wieder und lasse mich von Imke an ihren Busen drücken. Mein Gesicht verschwindet in einem Fellkragen (hoffentlich von einem Polyestertier!) und ich werde einmal feste durchgeknuddelt. Dann schiebt Imke mich ein Stück von sich und mustert mich von oben bis unten.

»Toll siehst du aus, Maja!«

»Danke, du auch«, gebe ich zurück und versuche, an Imkes Schulter vorbei in den Flur zu schielen. Aha. Oh wow. Oh WOW! Da stehen zwei Sahneschnitten, die ... einfach nur lecker sind. Der Blonde drängt sich an Imke vorbei und schmatzt mir links und rechts einen Kuss auf die Wange. Meine Herrn, riecht der gut!

»Du musst Imkes Bruder sein«, sage ich perplex.

»Genau. Zoran. Danke für die Einladung, Maja.« Meine Knie tanzen einen kurzen Wackelpuddingblues, als er mir eine einzelne Gerbera überreicht.

»Meine Lieblingsblume!«, staune ich und winke Zoran an Imke vorbei in die Wohnung. »Geht schon mal durch, linke Tür!«

»Hallo, ich bin Al. Eigentlich Alfred. Aber sag das bitte nie zu mir«, begrüßt mich ein Sonnyboy, der direkt aus Florida eingeflogen sein muss: rote Locken, stahlblaue Augen und ein sonnengebräunter Teint, den keine einzige Bartstoppel verunstaltet. Al, denke ich, du bist haargenau Silkes Typ!

»Ich bin Maja«, antworte ich und lasse mich von Al knutschen. »Eigentlich Marianne. Aber nenn mich niemals so!«

Al lacht und folgt den beiden anderen ins Wohnzimmer. Ich will eben die Tür schließen, da taucht Torsten auf. Im Schlepptau hat er Barbie. In der brünetten Version.

»Hi Maja«, ruft er und klopft mir auf die Schulter. »Nice to meet you!« Ach Torsten, denke ich, lass gut sein, du kommst aus Harvestehude und nicht aus New York.

»Hi«, sage ich stattdessen und strecke ihm die Hand entgegen.

»Das ist Ariane«, vermeldet er mit stolzgeschwellter Brust und deutet auf Barbie, als sei sie ein Sechsender, den er soeben höchstselbst erlegt hat.

»Guten Abend«, flötet Ariane. Noch bevor das »Abend« aus ihrem Mund kommt, weiß ich, dass ich sie nicht leiden kann. Aber es ist Silkes Abend, irgendwie, und so mache ich gute Miene zum zickigen Spiel.

»Hallöli«, flöte ich zurück und zeige den beiden den Weg ins Wohnzimmer. Dann klopfe ich an die Badezimmertür und flüstere: »Kannst rauskommen!«

Wenig später haben alle ihre Steinchen beschriftet und Platz genommen. Silke ist zusammen mit Al in der Küche verschwunden. Ich höre die beiden lachen, dann scheppert etwas, wieder lachen beide und endlich balancieren sie die Vorspeise herein: Zucchiniröllchen mit Frischkäse und einer Chiligarnitur.

»Oh!« und »Ah!« machen die Gäste.

»Igitt«, macht Barbie, »ich esse keinen Käse.«

»Gib her«, sagt Torsten und pikt das Röllchen von Arianes Teller. »Ich liebe Käse.« Sie sieht uns pikiert beim Essen zu. Torsten hat nur Augen für die Röllchen. Ich schiele zu Zoran, der genüsslich schlemmt. Imke poltert über ihre Gruselmumme, so nennt sie die Schwiegermutter, und Silke und Al starren einander abwechselnd an. Da scheinen die Funken zu fliegen.

Ich freue mich und muss unwillkürlich lächeln. In dem Moment sieht Zoran auf, zieht die rechte Augenbraue nach oben und grinst mich an. Mir wird heiß. Kalt. Wieder heiß.

»Und, was machst du so?«, fragt Torsten. Er war schlauer und hat den Absprung aus der Agentur viel früher geschafft als ich. Trotzdem hat er mir immer zugehört, wenn ich über ausbleibende Löhne und später die Kündigung gejammert habe. Man kann über den Trampel sagen, was man will, aber wenn man Torsten braucht, dann ist er da.

»Ich bin immer noch arb...«, will ich sagen, als Silke mir ins Wort fällt: »Maja ist selbstständig!«

Bin ich das? Aha. Jetzt wird's spannend. Zoran legt das Besteck weg und mustert mich neugierig. Mir wird noch heißer.

»Sie schreibt.«

Aha.

»Was schreibst du denn?«, fragt Imke und wischt den letzten Rest Soße mit einem Stück Weißbrot auf. »Wusste ich ja noch gar nicht!«

»Maja schreibt Lebenshilfe. Sozusagen. Läuft alles über Internet. Ein Wunder, dass sie heute Abend Zeit für uns hat«, schwadroniert Silke. Toll! Ich bin eben Geschäftsfrau geworden. Zoran nickt anerkennend, Ariane zieht die Schnute kraus. Silke will weitermachen, aber ich unterbreche sie. Ich kenne meine Freundin: Wenn sie jetzt weiterspinnt, dann habe ich in wenigen Minuten zwanzig Mitarbeiter und ein Büro direkt am Hafen.

»Was machst du so?«, frage ich Zoran. Erstens fällt mir nichts Besseres ein, zweitens will ich es wirklich wissen.

»Wir sind quasi Kollegen«, zwinkert er mir zu. »Ich schreibe auch.«

»Ja, und was er schreibt, ein Wahnsinn!«, mischt sich Imke ein. »Nächsten Monat erscheint sein erster Thriller! Mein

Bruder wird Schriftsteller, ich bin so stolz auf dich!« Sie drückt Zoran einen Schmatzer auf die Wange.

»Wow«, sage ich.

»Das muss ich mir unbedingt kaufen«, sagt Torsten.

»Ich lese nicht so gern«, sagt Ariane.

Das Gespräch während des Hauptgangs bestreitet Zoran quasi im Alleingang … was mir nur recht sein kann, ich versinke von Minute zu Minute mehr in seinen moosgrünen Augen. Seine warme Stimme klingt so verdammt sexy, wenn er über das Zerlegen von Leichen und das Seelenleben von Psychopathen berichtet.

Silke ist ein wenig unzufrieden. Nicht wegen des Essens, das ist wie immer dermaßen lecker, dass alle (außer Ariane, die an einer Scheibe Weißbrot mümmelt) gerne noch Nachschlag hätten. Viel schneller als erwartet steht die Mousse au Chocolat vor uns. Silke sieht mich fragend an. Habe verstanden, sie traut sich nicht! Bee Maja regelt das.

»Al, du hast noch gar nichts von dir erzählt«, sage ich und schaue ihn auffordernd an.

»Och, jaaa«, sagt er, leckt genüsslich an seinem Dessert und fixiert dabei Silke. Ich erwarte eine Story von wilden Surferabenteuern am Strand von Malibu. Stattdessen: »Ich komme aus Krefeld, da habe ich ein kleines Lokal.«

»Oh«, sagt Silke. Ich stelle mir vor, wie sie im Geist alle Restaurants in Krefeld durchgeht. Sie kennt die Branche schließlich.

»Wo denn genau?«, fragt sie.

»Am Großmarkt.«

»Aber doch nicht zufällig das Cicero?«

»Doch! Genau das!«, strahlt Al. »Du kennst meinen Laden?«

»Leider nicht persönlich, aber wir hatten neulich eine Kritik im Heft …«

»… sag bloß, du bist bei *EatArt*?«

»Ja«, haucht Silke und lutscht an ihrem Löffel. Bingo!

»Leute, Leute, war das lecker!«, ruft Imke und lehnt sich zurück. Dann sieht sie auf die Uhr. »So spät schon. Seid mir nicht böse, aber ich hab noch ein Date!«

»Jaja, mit dem Frosch?«, frozzelt Zoran.

»Frosch?«, frage ich verblüfft.

»Na ja, er heißt Jörg.« Zoran grinst, aber ich habe die Pointe immer noch nicht. »Jööööööööörrrrrrrrrg. So klingt es, wenn man auf einen Frosch tritt.«

Nun pruste ich los, beinahe hätte ich den letzten Löffel Schokoladenmousse auf Arianes Dekolleté gespuckt.

»Jörg ist nur ein Freund!« Imke steht auf. »Ein Freu-heund, Brüderchen, nicht mehr!«

»Ist klar.« Zoran zwinkert.

»Mir ist schlecht«, sagt Ariane und mustert Imke angewidert. »Ich will nach Hause.«

»Schon?«, fragt Torsten. »Aber wir …«

»Jetzt. Wir gehen!« Barbie springt auf, verabschiedet sich mit einem Kopfnicken und verschwindet. Torsten zuckt mit den Schultern und hastet ihr hinterher.

»Na dann!«, ruft Silke und prostet mir, Al und Zoran zu. »Wie wär's mit einem Verdauungsspaziergang?«

Chat mit 67 – Noch mehr Lebenshilfe

Maja

Fluch der Karibik. Oh ja: Da hat jemand einen fantastischen Urlaub an irgendwelchen Traumstränden gehabt. Mir bleibt die Spucke weg, als ich mich durch das bei Facebook eingestellte Fotoalbum klicke. Aber ich bin nett und klicke bei jedem dritten Foto auf »Gefällt mir«. Es gefällt mir ja auch … aber noch viel besser gefallen würde es mir, wenn ich solche Fotos in meinem eigenen Profil hätte. Mit mir vor Palmen. Das Chatfenster ploppt auf.

Sa Bine: Maja, bist du da?
Bee Maja: Ja. Hi!
Sa Bine: Jakob war da.
Bee Maja: Und?
Sa Bine: Scheiße.

Ich kann quasi durch den Bildschirm sehen, wie Sabine heult.

Bee Maja: Komm, erzähl!
Sa Bine: Ich hab deinen Rat befolgt und nichts gekocht.
Bee Maja: Braves Mädchen!
Sa Bine: Ach Maja, ich wär so gern so wie du …

Bee Maja: Sabine, jetzt erzähl erst mal!

Sa Bine: Okay. Also: Ich habe statt zu kochen geduscht. Und neulich habe ich in diesem Dessousladen an der Alster diese Seidenwäsche gefunden. Ist ja nicht so leicht in meiner Größe. Ich schick dir mal einen Link, wirklich ein toller Laden, leider ein bisschen teuer.

Bee Maja: Sabine! Du wolltest von Jakob erzählen!

Sa Bine: Sorry. Also, die Wäsche hat er gar nicht gesehen. Als er kam, war alles okay. Er hat mir das noch mal erklärt mit den Problemen, die seine Kollegin hat. Hab's nicht ganz kapiert, aber egal. Jedenfalls hab ich dann gesagt, dass ich uns eine Pizza machen kann. Jakob war ein bisschen beleidigt, glaube ich. Weißt du, ich koche wirklich gut. Aber er hat ferngesehen, ich habe die Pizza gemacht und nach dem Essen habe ich es getan.

Bee Maja: Was getan?

Sa Bine: Deinen Rat befolgt. Ich hab ihm gesagt, dass ich gerne seine Mutter kennenlernen will.

Bee Maja: Gut gemacht.

Sa Bine: Ich weiß nicht. Jakob war ziemlich ranzig. Er hat mir ja auch schon oft genug erzählt, dass seine Mutter krank ist und absolute Ruhe braucht.

Bee Maja: Lass mich raten ... Du glaubst das.

Sa Bine: Warum sollte ich nicht?

Bee Maja: S-a-b-i-n-e!!! Was ist denn dann passiert?

Sa Bine: Nichts. Jakob musste gehen. Hatte noch einen Termin bei einem Kunden.

Oh Mann. Die Frau ist eine harte Nuss. Aber mein Ehrgeiz als Orakel ist erwacht. Ich überlege einen Moment, dann erkläre ich 67 meinen Plan.

Bee Maja: Bist du bereit, dich auf ein Experiment einzulassen?
Sa Bine: *kicher* Ja. Was denn?
Bee Maja: Du kennst Jakobs Adresse?
Sa Bine: Na klar!
Bee Maja: Und warst du schon mal da, ich meine, wenigstens von außen?
Sa Bine: Nein.
Bee Maja: Hör zu: Du gehst hin und klingelst. Basta.
Sa Bine: Nie im Leben! Jakob wird stinksauer!

Oder du, denke ich ... na gut, dann wird das Orakel dir anders die Augen öffnen, Liebchen!

Bee Maja: Pass auf. Gib mir die Adresse. Den Rest erledige ich. Du hast mit der ganzen Sache nichts zu tun!
Sa Bine: Ich weiß nicht ...
Bee Maja: Willst du mal raus aus dem Tal der Tränen?
Sa Bine: Ja.
Bee Maja: Also dann: Wo wohnt er?

Chat mit 67 – Perwoll für schlechte Nachrichten

Maja

Ich bin Bee Maja, das Orakel der Orakel. Ich bin gut. Verdammt gut. Leider muss ich gleich jemandem das Herz brechen. Ich logge mich bei Facebook ein, ignoriere die privaten Nachrichten mit Bitten um Orakelsprüche und ticke Sabine an. 67 ist tatsächlich online.

Bee Maja: Mission erfüllt!
Sa Bine: Oh. Jetzt bin ich gespannt.

Kannst du auch sein, Liebchen. Hol schon mal ein paar Taschentücher …

Bee Maja: Willst du zuerst die gute oder die schlechte Nachricht?
Sa Bine: Die gute, bitte!
Bee Maja: Jakobs Mutter geht es blendend.
Sa Bine: Echt? Und die schlechte?
Bee Maja: Sie ist 35. Und sehr blond.
Sa Bine: Was?
Bee Maja: Tut mir echt leid.

Sa Bine: Maja, ich versteh nicht!

Okay. Jetzt muss es raus. Ich versuche, Sabine alles so schonend wie möglich zu erzählen. Aber da gibt's eigentlich keinen Schongang. Wann erfindet mal jemand Perwoll für schlechte Nachrichten?

Bee Maja: Ich war bei Jakobs Haus. Schick, sehr schick. Und es standen nur drei unterschiedliche Namen auf den Klingeln. Ich hatte ein Klemmbrett dabei und habe bei »J. & K. Baumann« geschellt.
Sa Bine: Mir ist schlecht ...
Bee Maja: K. Baumann hat die Tür aufgemacht. Ich dachte erst, es bestünde eine winzige Chance, dass sie die Putzfrau ist. Ich sagte, ich wäre von einem Umfrageinstitut. K. Baumann heißt Karin, ist 35 und seit sechs Jahren mit Jakob verheiratet. Mit deinem Jakob.
Sa Bine: Das kann nicht sein!
Bee Maja: Süße, tut mir leid. Es ist so. Sie hatte keinen Grund, mir eine Story zu erzählen. Übrigens haben sie keine Kinder. Und noch was: Sie verdient mehr als er.
Sa Bine: Maja, sag mir, dass das nicht stimmt.
Bee Maja: Würde ich gerne ...
Sa Bine: Was mach ich denn jetzt?
Bee Maja: Konfrontationstherapie.
Sa Bine: Scheiße. Scheiße. Scheiße. Ich bin so blöd!
Bee Maja: Hey ... *trööööst*
Sa Bine: Hilfst du mir?
Bee Maja: Klar. Ich bin für dich da. Weißt du doch!

Identitätskrise im Reagenzglas

Silke

Ich schalte den Computer ein, während Maja eine Runde um den Block joggt. Ein wenig Sport würde mir auch guttun, vor allem nach der Kalorienbombe gestern, doch ich muss heute noch den Bericht über das Reagenzglas an die Redaktion mailen, damit er gesetzt werden kann.

Neues In-Lokal an der Alster?

Am Freitag eröffnete das Reagenzglas und versprach aufregende kulinarische Erlebnisse. Makrobiotische Küche in Verbindung mit Molekulartechniken – an sich ist das nichts Neues, aber solche Gaumenerlebnisse können sehr lustvoll sein.

Können – da ist es, das Wort, das man unterstreichen muss. Das Reagenzglas könnte ein nettes Restaurant sein, mit edler Ausstattung …

Pling, macht der Messenger.

Sa Bine: Bee Maja?

Oh nein, das ist doch Nummer 67, die grüne Wurstpelle. Was mach ich denn nun?

Bee Maja: Japp.
Sa Bine: Schön, dass du online bist.

Naja, das kann ich nicht zurückgeben. Aber man kann ja höflich bleiben.

Bee Maja: Wie geht es dir?
Sa Bine: Es ist alles so fuuuuuuuuuuuuurchtbar.

Das würde ich auch sagen, wenn ich in ihrer Haut steckte. Ob ich ihr die Brigitte-Diät empfehlen soll?

Bee Maja: Ist es nicht. Nur im Moment fühlt es sich so an. Aber das wird schon wieder.
Sa Bine: Nein, das wird nicht mehr. Jakob hat mir das Herz gebrochen. Wie konnte er nur?

Ich muss kurz nachdenken, was dieser Jakob angestellt hat, abgesehen davon, dass er seiner Jetzt-Ex-Freundin ein Friedhofsgebinde geschickt hat. Wie war das noch? Er ist verheiratet, aber nicht mit Sabine?

Bee Maja: Man kann anderen immer nur vor den Kopf schauen, nie hinein.

Zu blöd, dass seine Frau es auch nicht kann. Plötzlich kommt mir eine Idee.

Bee Maja: Aber findest du nicht, dass sie eine Chance auf Bewusstseinserweiterung haben sollte?
Sa Bine: ???
Bee Maja: Naja, diese Karin weiß doch auch nicht, dass ihr Mann in Scheibenwelten lebt – hier eine Scheibe von mir für Sabine, dort eine für Karin und vielleicht ist auch noch eine Petra dabei?
Sa Bine: Petra? Wer ist das denn?

Grundgütiger, ist sie wirklich so naiv und blöd?

Bee Maja: Petra war nur ein Beispiel.
Sa Bine: Ach so. Jetzt verstehe ich. Glaube ich. Du meinst, seine Frau ahnt nichts davon?
Bee Maja: Wie lange warst du mit ihm zusammen?
Sa Bine: Zwei Jahre ...
Bee Maja: Und seit wann weißt du, dass er verheiratet ist?
Sa Bine: Seit heute. *heul*
Bee Maja: Und was glaubst du, weiß seine Frau von euch?
Sa Bine ist offline.

Na, wunderbar, denke ich und schalte wieder zu meinem Text.

NEUES IN-LOKAL AN DER ALSTER?

Am Freitag eröffnete das Reagenzglas und versprach aufregende kulinarische Erlebnisse. Makrobiotische Küche in Verbindung mit Molekulartechniken – an sich ist das nichts Neues, aber solche Gaumenerlebnisse können sehr lustvoll sein.

Können – da ist es, das Wort, das man unterstreichen muss. Das Reagenzglas könnte ein nettes Restaurant sein, mit edler Ausstattung, wenn man sich denn auf einen Stil hätte einigen können.

So hat man hier gemütliche Elemente aus Weichholz mit Hochglanz-Edelstahl und »very chic« gepaart – dazu auch noch Plastik und Retrostyle. Dieses Lokal hat eine deutliche Identitätskrise. Etwas mehr … Pling

Sa Bine: Ich kann immer noch nicht glauben, dass es diese Frau gibt.

Oh my God!

Bee Maya: Dann geh dort vorbei und sieh selbst nach.
Sa Bine: Das kann ich nicht.
Bee Maja: Doch, kannst du. Vielleicht tut es dir gut, es tatsächlich zu sehen. Nun los. Geh!
Sa Bine: Wirklich?
Bee Maja: Ja.
Sa Bine: Okay. Melde mich später.

Grundgütiger, bitte nicht! Ich muss arbeiten. Wird sie wirklich an den Ort des Grauens gehen und sich der Realität stellen? Ich kann es kaum glauben. Aber selbst wenn, ich *muss* diesen Artikel schreiben. Okay, wo war ich stehen geblieben?

So hat man hier gemütliche Elemente aus Weichholz mit Hochglanz-Edelstahl und »very chic« gepaart – dazu auch noch Plastik und Retrostyle. Dieses Lokal hat eine deutliche Identitätskrise. Etwas mehr Entscheidungskraft täte dem Lokal gut.

Und jetzt kommen wir zur Küche …

»Siiiiiiiiiiiiiiiiiiiiiilk!« Maja stürzt in die Wohnung, verschwitzt, aber absolut heiter. »Ich bin wieder da.«

»Hör ich.« Ich seufze.

»Lass uns einen Kaffee trinken gehen.«

»Kaffee?«

»Oder Latte macchiato, oder Espresso oder einen Kakao mit Sahne.«

»Ich nehme ein Wasser«, seufze ich und stehe auf. Den Artikel kann ich auch nachher schreiben. »Wohin?«

»Lass uns an die Alster fahren.«

Die U-Bahn bringt uns zur Alster und wenig später sitzen wir in der Sonne. Ich habe dann doch einen Espresso gewählt, dazu gibt es das Wasser gratis – nicht, dass ich mir ein Wasser nicht leisten könnte.

»Zoran.« Maja strahlt.

»Zoran ist Imkes Bruder. Fast. Ihr Halbbruder. Sie entsprang einer alten Bremer Dynastie, die Motoren oder so herstellen, er entsprang einem Seitensprung des Vaters mit einer Ungarin.«

»Er ist …«

»Er ist zauberhaft, ja. Aber er hat kein Geld. Das bleibt in der Familie.«

»Geld. Ach je, das spielt doch keine Rolle.« Maja verdreht die Augen.

»Nun ja, man braucht doch etwas Einkommen, um zu überleben, und Schriftstellerei gehört zu den brotlosen Künsten, wenn mich nicht alles täuscht.«

»Aber wenn er einen Bestseller landet?«

Ich kann mein Lachen nicht unterdrücken. »Jetzt bist du wie die 67 – die giftgrüne Wurstpelle, die immer noch versucht, sich ihren Jakob schönzureden. Einen Bestseller? Bist du jeck? So etwas gibt es kaum und wenn, gibt es nicht viel Geld dafür.«

»Geld ist nicht alles«, beharrt Maja.

»Richtig, aber mit Geld bezahlt man Rechnungen und davon hast du mehr als genug. Nichts gegen Zoran, er scheint ein wirklich toller Typ zu sein. Aber nimm dich in Acht. Du bist schon einmal auf einen Wolkenkuckucksheimträumer reingefallen und zahlst jetzt noch seine Schulden ab.«

»Sven war ganz anders.«

»Dunkelhaarig«, murmele ich. »Und kleiner.«

»Silk, sei nicht so gemein.« Maja zieht einen Schmollmund.

Ich muss lachen. »Okay, du hast gewonnen.«

Landung an den Landungsbrücken

Maja

Zoran. Zoooraaaan. ZORAN! Ein Name wie ein Sturm. Oder wie ein leiser Hauch, je nachdem, wie ich ihn ausspreche.

Ich stehe vor dem Spiegel und strahle mich selbst an. Zo-ho-hooo-ran, summe ich. Leider reißt mich das Piepsen meines Handys jäh aus meinen schönen Träumen.

»Graaah!«, rufe ich und renne ins Wohnzimmer.

»Aaaah«, hauche ich Sekunden später. Eine SMS von Zoran! »War schön am Samstag. Wiederholung morgen Abend?« Das Mobilteil fällt mir scheppernd aus der Hand, so sehr zittere ich. Ich bücke mich und knalle mit der Stirn gegen die Tischplatte. Scheiße! Mir wird schwummerig, ich schwanke. Aber das kann auch vom Herzklopfen kommen. Ich habe Mühe, die kleinen Tasten zu treffen. Aber irgendwie gelingt mir doch eine Antwort: »Gerne! 20 Uhr an den Landungsbrücken?« Ich drücke auf »Senden«.

Landungsbrücken? Maja, was willst du mit diesem Traummann an den Landungsbrücken? Anscheinend war der Zusammenprall mit der Tischkante doch heftiger, als ich dachte. Vorsichtig betaste ich meine Stirn, auf der sich eine Beule breitmacht. Autsch! Sekunden später piepst mein Handy erneut. »Prima! Freue mich!«

Hmm. Für einen Schriftsteller nicht gerade eine ausführliche Antwort.

Aber erstens kommt es auf den Inhalt an und zweitens kommt die Nachricht von Zoran. Zohohoooran! Ich weiß gar nicht, was Silke hat. Er sieht so gut aus – der Mann müsste schon allein wegen seiner Augen auf die Bestsellerlisten!

Wieso wohnen Silke und ich bloß nicht mehr zusammen? Ich brauche dringend eine Freundin an meiner Seite. Was ziehe ich morgen an? Was mache ich mit meinen Haaren und vor allem mit dieser Beule? Aber Silke hockt seit heute Morgen wieder in Berlin im Büro und macht mit ein paar Worten aus einem Sternelokal ein No-go.

Na schön, wenn sie arbeitet, dann arbeitet Bee Maja eben auch. Ich logge mich bei Facebook ein. Ich will gar nicht wissen, wie übel es auf meiner Farm aussieht. Wahrscheinlich ist übers Wochenende das komplette Saatgut verdorrt. Egal, ich habe Lust aufs Orakeln! Siebzehn private Nachrichten. Wow, der Laden brummt! Eine Stunde arbeite ich konzentriert und gebe Lebenshilfe, Tipps und manchmal auch einen versteckten Schubs. Mit Zoran in meinen Gedanken läuft es wie geschmiert … Ob sein schriftstellerisches Talent schon auf das kleine Maja-Orakel abfärbt?

Der Chat öffnet sich. 452, der ich eben einen Spruch von wegen »Du kennst deine Wurzeln, solltest aber auch den Mut haben, neue Wege zu gehen« geschrieben habe:

Carolin Krümel: Hallo Bee Maja, danke für das Orakel. Ich weiß jetzt, was ich zu tun habe!
Bee Maja: Freut mich.

Carolin Krümel: Ich nehme die Wohnung! Du konntest es ja nicht wissen, aber ich war so unschlüssig, ob ich das Appartement in der City oder die Maisonette in meinem Kuhkaff mieten soll.
Bee Maja: Lass mich raten: Kuhkaff?
Carolin Krümel: *lach* Genau. Wie viel kriegst du eigentlich für deine Beratung?

Ja, doch, ich lese richtig. 452 will mich für meinen Orakelspruch bezahlen. Bezahlen! Geld! Penunze! Kohle, Asche, Steine. Kies! Genau das, wovon ich definitiv zu wenig habe.

Carolin Krümel: Huhu? Noch da?
Bee Maja: Ja. Nix. Ich meine, das kostet doch nichts!
Carolin Krümel: Echt? Aber deine Ratschläge sind so super, ich hab das schon von Freundinnen gehört. Du solltest wirklich Honorar nehmen. Glaub einer Bankerin!
Bee Maja: Danke für das Kompliment! Ich denk drüber nach.
Carolin Krümel: Tu das!
Carolin Krümel ist offline.

Hm. Hmmm. Hmhmhm. Eigentlich hat sie ja recht. Das mit dem Orakel hat mittlerweile ganz schön Kreise gezogen. Ein paar Stunden am Tag investiere ich schon. Und den meisten gefällt, was ich schreibe, anscheinend helfe ich ihnen tatsächlich. Andererseits … darf ich überhaupt Geld verdienen als »Kundin« beim Arbeitsamt? Google sagt nach wenigen Sekunden: Nein, darf ich nicht. Aber Google sagt auch, dass man sich aus der Arbeitslosigkeit heraus selbstständig machen kann. Und dass man dabei noch vom Amt gefördert wird. Wieso sagt mir meine Trulla von Beraterin so etwas nicht? Damit ich fein still in der Statistik rumlungere? Aber wenn ich ehrlich bin ... Maja mit Glaskugel ist nicht das, was ich beruflich machen will. Klar helfe ich Menschen gerne, stöbere in ihrem Leben und sehe Dinge, die sie betriebsblind nicht wahrnehmen. Ein bisschen wie Doktor Sommer in der *Bravo* ...

Bravo! Na klar! Vielleicht könnte ich meine Dienste bei einer Zeitschrift anbieten? Die haben doch alle ihre Ratgeberecken. Ich muss sofort Silke anticken, die kommt ja aus der Branche. Als Journalistin ist sie auch notorisch online. Mit viel Glück hat sie sogar heimlich Facebook geöffnet, während sie in der Redaktion neue Rezepte liest. Bingo! Silk Stockings ist online

Bee Maja: Silk? Bist du da?

...

Bee Maja: SILK?

...

Anscheinend doch nicht. Wahrscheinlich liegt sie gerade lachend unter dem Tisch und erzählt den Kollegen vom Reinfall im Reagenzglas. Na gut, dann gehe ich eben meine virtuellen Kühe bei Farmville melken.

Silk Stockings: Maja?
Bee Maja: Du bist ja doch da!
Silk Stockings: Maja ... Super-GAU. Schweineärger mit dem Chef!
Bee Maja: Scheiße.
Silk Stockings: Oberscheiße. Warte, ich ruf dich an!

Die halbe Wahrheit

Silke

Ich hatte völlig verdrängt, dass mein Chef eine positive Besprechung des Reagenzglas haben wollte. Als Frank meinen Verriss gegengelesen hat, ruft er mich an.

»Bist du des Wahnsinns fette Beute?«, schreit er so laut, dass ich den Telefonhörer einen Meter weghalten kann und trotzdem jeden Laut verstehe. Er stößt einen anderthalb Meter langen, nicht jugendfreien Fluch aus. »Der Inhaber des Reagenzglas ist mein zukünftiger Schwager.«

»Ich würde ihm dringend empfehlen, sich einen neuen Küchenchef und einen Raumausstatter mit Geschmack zu suchen«, sage ich trocken. Das Kind ist eh in den Brunnen gefallen, schlimmer geht nimmer. Aber da täusche ich mich.

»Und ich sollte mir eine neue Redakteurin suchen.«

»Frank, was bringt es, wenn ich das Lokal über den grünen Klee lobe und die Gäste das feststellen, was ich auch gesehen und geschmeckt habe? Nämlich lauter Scheußlichkeiten.«

»So was hast du aber auch schon mal besser formuliert.«

Nun ja, wo er recht hat, hat er recht. Aber ich habe seinen Hinweis auf eine freundliche Beurteilung vor lauter Highlife und Konfetti einfach vergessen.

»Es tut mir leid«, murmele ich und versuche, aufrichtig zu klingen.

»Das wird Konsequenzen haben«, droht er böse und legt auf.

»Welche?«, frage ich in das atmosphärische Rauschen des beendeten Gesprächs.

Ich wähle die Kurzwahl von Maja.

»Driet, ich glaube, ich hab's verbaselt.«

»Das Reagenzglas? Schlimmer als es ist, kannst du es doch gar nicht machen.«

»Der Inhaber wird der Schwager meines Chefs.«

»Du lieber Himmel – du hättest etwas Nettes schreiben sollen?«

»So sieht es aus.« Ich seufze. »Wenn ich Pech habe, kann ich mich demnächst neben dir beim Amt anstellen.«

»Das wollen wir doch nicht hoffen. Allerdings könnten wir dann wieder zusammenwohnen.« Maja stockt kurz. »Das bringt mich übrigens zu meiner nächsten Frage. Was soll ich morgen anziehen und wie verdecke ich eine riesige Beule an meiner Stirn?«

»Anziehen? Zu welchem Anlass?«

»Ich treffe mich mit Zoran. An den Landungsbrücken.«

»Ist nicht wahr!«

»Doch!«

Ich verdrehe die Augen. So sehr ich Maja Glück, Liebe und eine neue Beziehung gönne, ein Mann mit einem ordentlichen Job wäre besser. Aber wo die Liebe hinfällt … da kann man nichts machen.

»Zieh das rote Kleid an, das steht dir hervorragend. Du kannst dir meine roten Schuhe ausleihen, die müssten bei dir im Schrank stehen. Die Haare steckst du hoch und nimmst ein Tuch.«

»Ja, genial – das passt. Du bist ein Schatz. Bussi! Auf das rote Kleid bin ich gar nicht gekommen, das habe ich ewig nicht angehabt.«

Stimmt, denke ich, Svenni mochte es nicht und Maja hat sich lange genug nach seinem schlechten Geschmack gerichtet. Mir fällt Sabine ein. Ob sie die giftgrüne Wurstpelle Jakob zuliebe getragen hat? Dort gibt es bestimmt noch Beratungspotenzial, aber das ist eher was für das Orakel.

Als hätte sie meine Gedanken gelesen, sagt Maja nun: »Diese Sache mit dem Orakel, die läuft richtig gut.«

»Ja, ich hab's gelesen. Du steckst da ordentlich Zeit rein.«

»Zeit habe ich ja genug. Jetzt bin ich schon mehrfach gefragt worden, was ich dafür als Honorar nehme.«

»Ernsthaft?«

»Ja, tatsächlich. Aber ich darf doch gar kein Geld verdienen, zusätzlich zum Amt.«

»Doch, darfst du. Ich glaube, hundert Euro hast du als Freibetrag im Monat. Wenn es mehr wird, musst du etwas zurückzahlen. Das weiß ich von unserer Praktikantin.«

»Wirklich?«

Ich kann förmlich sehen, wie Maja auf ihrer Lippe kaut.

»Wirklich.«

»Ich hatte nämlich überlegt, ob ich nicht so eine Briefkastentante bei einer Zeitschrift werden kann.«

Maja als Beraterin für alle Lebenslagen – gar keine schlechte Idee. Ich könnte so was ja nicht, Lebenshilfe gehört nicht zu meinen Kernkompetenzen. »Ja, warum nicht?«, sage ich nachdenklich. »Ich kann mich ja mal umhören.«

»Du bist klasse. Danke!«

Nachdem sie aufgelegt hat, wähle ich Imkes Nummer. Eigentlich widerstrebt es mir, mich in das Liebesleben meiner besten Freundin einzumischen, aber es wäre toll, wenn mal etwas bei ihr klappen würde.

»Imke? Was macht der Frosch?«

»Quak!« Sie klingt, wie immer, etwas hektisch.

»Rufe ich ungünstig an?«

»Hier brennt die Hütte.«

»Also alles wie immer«, feixe ich.

»Sozusagen. Was kann ich für dich tun? Übrigens, dein Menü war ein Traum. Ich bräuchte die Rezepte.«

»Wozu? Du hast doch sowieso keine Zeit zum Kochen.«

»Stimmt, aber manchmal schmücke ich mich mit fremden Federn.« Imke lacht. »Vor allem vor meiner Schwägerin und der Gruselmumme.«

»Was macht denn deine Lieblingsfeindin?«

»Sie würde allen einen Gefallen tun, wenn sie zufällig in die Jauchegrube fallen würde.«

»Vor allem dir. Dass du immer noch nicht darüberstehst. Was meint denn Thommy dazu?«

»Mein Mann hat keine enge Bindung zu seiner Parentalgeneration, wie du weißt. Das wird auch mit den Jahren nicht besser. Blöderweise hängt die Brut an ihnen und umgekehrt. Willst du das Neuste von der Gruselfront hören? Sie haben Mia einen Hund geschenkt. Und das, obwohl ihr Sohn eine Hundeallergie hat.«

»Nette Idee.« Ich überlege, wie ich unauffällig zu meinen Fragen überleiten kann.

»Aber um Geschichten aus meiner verkorksten Familie zu hören, hast du sicherlich nicht angerufen. Es wird mal wieder Zeit, dass wir eine Nacht durchquatschen.«

»Definitiv. Komm mal nach Berlin. Du kannst auch deine Brut mitbringen, ich liebe deine Kinder.«

»Ich weiß, allerdings versteh ich immer noch nicht warum. Das letzte Mal hat Yoshi deine Kommode mit Nagellack angemalt.«

Das hatte ich bis eben erfolgreich verdrängt. »Wir könnten ihn fesseln und knebeln«, schlage ich vor.

Imke lacht. »Dazu müssen wir ihn erst einfangen, und das ist schier unmöglich. Außerdem ist mein Terminkalender in den nächsten Wochen schon wieder übervoll.«

»Du willst eben immer Hansdampf in allen Gassen sein.«

»Treffer versenkt. Komm mal auf den Punkt, du hast doch bestimmt nicht aus Nächstenliebe angerufen. Ich habe hier Kunden, die etwas von mir wollen.«

Ich überlege, aber nur kurz. Bei Imke lohnen sich Umwege und höfliche Formulierungen nicht, sie erkennt Täuschungsmanöver sofort.

»Es geht um Zoran.«

»Eieieieiei. Du hast dich doch nicht etwa in seine Strahleaugen verguckt?«

»Ich nicht, aber ...«

»Maja. Ja, mir war so, als hätte ich ein Knistern gehört. Ich gebe zu, es gibt noch ein paar Männer auf dem Friedhof, die schöner sind als mein Bruder, aber viele sind es nicht.«

»Wie ist er so? Ich meine, ist er zuverlässig?«

»Du meinst, ob ich ihn meiner besten Freundin ans Herz legen würde, ohne Schlafprobleme zu bekommen?« Imke zögert nur kurz. »Nein, würde ich nicht.«

»Was? Schlafprobleme haben oder ans Herz legen?«

»Eigentlich beides. Zoran ist süß, allerdings noch nicht völlig erwachsen. Aber werden Männer das jemals?« Sie kichert. »Es gibt wesentlich schlechtere Exemplare der Gattung.«

»Schriftstellerei ist doch eine brotlose Kunst.«

»Ach, daher weht der Wind? Nein nein, Zoran ist kein Abzocker wie Schwenni, die hohle Nuss. Aus dem hätte man ja problemlos eine Trommel machen können.«

»Das beruhigt mich.«

»Vielleicht beruhigt es dich noch mehr, dass er sich zwar als Schriftsteller bezeichnet und auch tatsächlich schreibt, aber auch die Firma seiner Mutter übernommen hat. Import von ungarischen Spezialitäten. Daher kennt er auch Al, er beliefert ihn.«

»Super Info. Danke dafür!«

»Immer wieder gerne. Und jetzt kümmere ich mich um die Kunden. Tschaui!«

Gut zu hören, denke ich und logge mich bei Facebook ein. »Viel Spaß morgen«, pinne ich an Majas Seite.

Chat mit 67 – Ein hoffnungsloser Fall

Maja

Sa Bine: Maja? Bist du on?
Bee Maja: Ja
Sa Bine: Ich hab's gemacht.
Bee Maja: Was gemacht?
Sa Bine: Ich habe deinen Rat befolgt und war bei Karin.

Was soll ich ihr geraten haben? Das wüsste ich aber! Moment mal … war Silke am Wochenende in meinem Account? Ich muss grinsen. Das sähe ihr ähnlich!

Bee Maja: Und?
Sa Bine: Karin ist tooootal nett. Ich hab ihr gleich gesagt, was Sache ist.
Bee Maja: Moment mal, bitte von Anfang an!
Sa Bine: Also. Ich bin hingefahren. Mir war ja nicht ganz wohl dabei. Aber ich hab das Haus sofort gefunden und geklingelt. Du hast recht, Jakobs Frau sieht fantastisch aus. So dünn. *seufz* Jedenfalls habe ich gesagt: »Hi, ich bin Sabine und habe ein Verhältnis mit Ihrem Mann.«
Bee Maja: Wow.

Sa Bine: Sie hat erst gar nichts gesagt. Dann hat sie gelacht. Und dann hat sie mich reingebeten. Du, die haben sogar einen Flügel im Wohnzimmer stehen!

Komm zur Sache, Schätzchen!

Sa Bine: Jedenfalls hat sie mir kein Wort geglaubt. Sie hat mir erzählt, dass neulich schon mal eine Frau da war, die dasselbe erzählt hat. Außerdem meinte sie, ich sei gar nicht Jakobs Typ. Ich glaube, die hielt das für versteckte Kamera oder so.

Oh, 67 … du hoffnungsloser Fall!

Bee Maja: Ja und?
Sa Bine: Nichts ja und. Sie hat mir nicht geglaubt, nicht ein Wort. Und dann kam der Hammer!
Bee Maja: Nämlich?
Sa Bine: Sie sagte, dass viele Frauen an Jakobs Geld wollen. So etwas erlebe sie dauernd beim Golfen oder im Yachtclub. Dabei sei das gar nicht Jakobs, sondern ihr Geld. Und damit sei Jakob ja nun wohl uninteressant für mich.

Oh wow. Das klingt wie eine schlechte Seifenoper auf RTL.

Bee Maja: Und dann?
Sa Bine: Karin hat gesagt, sie würde so tun, als kenne sie mich nicht, wenn wir uns mal begegnen. Und Jakob … naja … ich vermisse ihn …
Bee Maja: SABINE!!!

Sa Bine: Schon gut. Ich will ihn nicht wirklich zurück. Aber vermissen darf ich ihn, oder?
Bee Maja: Sabiiiiine!
Sa Bine: Du, was kriegst du denn jetzt für deine Lebenshilfe? Immerhin hast du wegen mir ja auch am Sonntag gearbeitet!

Aha! Also war Silke tatsächlich an meinem Rechner. 67 will wirklich etwas löhnen, dafür, dass ich ihr die Augen geöffnet habe. Wie war das gleich? Hundert Euro dürfte ich dazuverdienen?

Bee Maja: Was hältst du von 100 Euro?
Sa Bine: Was?
Bee Maja: Okay, ist zu viel ...
Sa Bine: Nein! Zu wenig! Pass auf, ich steck 200 in einen Umschlag und schick ihn dir. Okay?
Bee Maja: Sehr. Danke!
Sa Bine ist offline.

Lauwarmer Prosecco unter Sternen

Maja

Zoran. Zooooraaaan. ZORAN! Bitte warte auf mich! Wieso ist es bloß schon zehn nach acht? Und wieso blockiert diese Rentner-Touristengruppe den ganzen Gehweg?

»Hallo? Entschuldigung!«, rufe ich. »Darf ich mal vorbei?« Der Opi mit Strickweste und kariertem Hut ignoriert mich.

»Mir kommed jetzt zum Haaafa!«, höre ich vom Kopf der Gruppe eine Frau rufen. »Des gugged mir uns morga nommal bei Dag an, meine Herrschaffda!«

Herrschaften, ja, bei Tag, nicht jetzt!

»Hallo? Darf ich bitte mal durch?« Wie können zwei Senioren eine breite Treppe komplett für sich beanspruchen? Jetzt bleiben alle stehen. Ich kann gerade noch bremsen, sonst wäre ich mit der Strickweste kollidiert.

»Von hier hend Sie an subber Bligg. Do könned Sie mal ein baar Foddos macha«, ruft die Führerin. Der Opi vor mir nestelt eine Rollei der ersten Stunde aus einer abgegriffenen Ledertasche und stellt sich breitbeinig hin. Umständlich justiert er die Blende.

»Heimadsogga, isch des schee«, schwärmt der Senior neben ihm. »Karle, des musch echt feschdhalda!«

Karle hält fest. Nämlich sich am Geländer. Ich tippe ihm auf die Schulter. Der Schwabe fährt herum und guckt mich hinter seinen Brillengläsern verdutzt an.

»Dürfte ich bitte vorbeigehen?«

»Ha no, Mädle, hasch a Verabredung mit daim Liabschda? Sag des doch glei!« Der Opi tritt zur Seite und ich stürme die Treppe hinunter. Auf der letzten Stufe gerate ich ins Straucheln, stolpere, verliere die Bodenhaftung und ... lande in Zorans Armen.

»Hoppla! Wenn ich gewusst hätte, dass du mit einer schwäbischen Kehrwochentruppe kommst, hätte ich mich schicker gemacht!«

Ich muss lachen und atme tief ein. Zoran riecht verdammt noch mal gut! Langsam löse ich mich aus seiner Umarmung.

»Ha no, isch des schee, jonge Leit sollded die Liebe scho ausläba!«, kreischt eine grauhaarige Omi.

»Machen wir, gute Frau«, entgegnet Zoran, nimmt mich an der Hand und zieht mich beiseite. »Denke ich doch«, flüstert er mir ins Ohr. Ich bekomme eine Gänsehaut deluxe und nicke stumm.

»Komm, ich zeig dir was!« Zoran zieht mich aus dem Getümmel fort. Aus den Augenwinkeln sehe ich, wie eine Großmutter sich bei Karle einhakt und uns sehnsuchtsvoll nachschaut. Wir hasten an Saufbuden und Ticketschaltern für Hafenrundfahrten vorbei. Dann nehmen wir eine Treppe nach oben und gehen vom Hafen weg. Die ganze Zeit schweigen wir. Es gäbe auch gar nichts zu sagen. Es fühlt sich einfach nur verdammt gut an, dass meine Hand in Zorans Hand liegt. Als wäre sie genau dafür gemacht. Ich verliere die Orientierung, auf einer rosa Wolke gibt's nun mal keinen Kompass. Irgendwann zieht Zoran mich in einen Eingang. Wir stehen in einem schmuddeligen Treppenhaus, dessen Wände mit schlechten Graffiti übersät sind. Die Klappen der Briefkästen sind allesamt herausgebrochen. Er wohnt doch wohl nicht ...

»Keine Angst, wird gleich besser!«, sagt er und zieht mich die Treppen hinauf. Die ausgetretenen Stufen knarzen bei jedem Schritt und das funzelige Licht reicht kaum, um die Treppen zu erkennen. Vielleicht besser so, denke ich, ich will gar nicht wissen, was hier alles in den Ecken liegt. Zweiter Stock. Dritter. Vierter. Endlich bleibt Zoran stehen und nestelt einen Schlüsselbund aus seiner Tasche. Die Tür vor uns hängt schief in den Angeln, hat keine Klinke und ist nur mit einem Vorhängeschloss gesichert. Sie quietscht wie in einem ganz, ganz schlechten Gruselfilm. Verdient man als Schriftsteller wirklich so wenig? Dahinter beginnt sofort eine steile und schmale Stiege.

»Ich gehe besser vor«, sagt Zoran und ist schon im Dunkeln verschwunden. Was mache ich denn jetzt? Und wieso habe ich mir für einen Typen wie diesen das seidene Kleid angezogen? Hier gibt's doch mehr Splitter als erlaubt!

»Kommst du?«, ruft Zoran aus dem Dunkeln. Ich hole tief Luft und taste mich nach oben. Plötzlich berühren meine Hände etwas Weiches und Warmes. Ich kreische und wäre um ein Haar rückwärts die Stiege heruntergefallen.

»No panic«, lacht Zoran. »Das war nur mein Bein!« Ich kichere hysterisch und greife nach seiner Hand, die ich schemenhaft im Halbdunkel erkennen kann. Endlich habe ich sicheren Holzboden unter den Füßen. Es riecht muffig und abgestanden. Langsam gewöhnen sich meine Augen an das Dunkel und ich sehe, dass ich unter blanken Dachziegeln stehe. Zwischen den Balken hängen alte Wäscheleinen. Eine einsame Unterhose Größe Viermannzelt baumelt im Luftzug.

»Wohnst du hier?«, platze ich heraus. Zoran lacht.

»Nein, mein Opa hatte unten mal einen Laden. Ungarische Lebensmittel«, erklärt er, während wir uns langsam durch das Halbdunkel tasten. »Ich hab hier oben immer gespielt.« Ich atme auf. Ziehe aber gleich darauf wieder scharf Luft ein, als Zoran eine Luke öffnet und mir über einen Mauervorsprung hilft. Wir stehen auf einer winzigen Dachterrasse – mit Blick über den Hafen. Genau zwischen zwei Häusern ist eine Lücke, hinter der ich die Lichter eines Kreuzfahrtriesen erkennen kann. Ich gehe zur Brüstung und schaue hinab. Da unten reihen sich die Nachtschwärmer wie Perlen an einer Schnur und streben in Richtung Reeperbahn.

»Wow!«, sage ich.

»Egészségünkre!«, ruft Zoran hinter mir.

»Gesundheit!«

»Nein, Prost. Das war Ungarisch.« Er hält mir eine Dose Prosecco hin. »Ist ein bisschen durchgeschüttelt, meine szépség!«

Ich muss lachen. »Was ist denn ein Scheppseck?«

»Das bedeutet ›meine Schöne‹.« Schade, dass es so duster ist, ich hätte jetzt gerne die Farbe seiner Augen erkannt.

»Scheppseck«, wiederhole ich flüsternd. Zoran tippt mit seiner Dose gegen meine. Wir trinken gleichzeitig. Der Prosecco ist viel zu warm, aber das ist mir egal. Zoran beugt sich zu mir. In der Ferne höre ich eine Schiffshupe. Ich komme mir vor wie auf einer Kitschpostkarte. Zorans Mund nähert sich meinem und ich höre die Englein bimmeln. Bimmeln? Das ist mein Handy!

»Oh nein«, fluche ich und nestele an meiner Handtasche. Zoran setzt sich auf die Brüstung und blickt in die Ferne. Mist aber auch! Endlich habe ich das Handy gefunden. Eine SMS von Silke. Es muss was passiert sein – sie würde mich niemals bei einem Date stören!

»Maja ... ruf mich an, sobald du kannst! I need you«

»Das ist Silke«, sage ich zu Zoran, nur um etwas zu sagen. Er sagt nichts. Ich lasse das Handy in meine Tasche zurückgleiten. Vorher allerdings schalte ich es ab. Meine Freundin wird es verstehen – solche magischen Momente sind viel zu selten.

»Wo waren wir?«, sage ich mit zitternden Knien. Zoran lässt sich von der Brüstung gleiten.

»Ich wollte dir ein puszi geben«, antwortet er. Dafür brauche ich kein Wörterbuch.

Mist. Mist! Obermist!

Silke

Mistmistmist – einmal, ein einziges Mal brauche ich Maja und sie geht nicht ans Telefon. Verdammt, was mache ich denn nun? Verzweifelt drücke ich die Wahlwiederholung. Obermist – jetzt hat sie das Handy ausgeschaltet. Brühend heiß fällt mir ein, dass sie ja heute das Date mit Zoran hat. Grundgütiger, muss das denn so gut laufen, dass sie das Handy ausschaltet? Ich habe wohl in einem entscheidenden Moment gestört.

Immer habe ich so ein Glück! Ich tapere durch meine Wohnung, öffne den Kühlschrank. Dann muss ich mir wohl auch ein Date gönnen, mit Herrn Chardonay. Seufzend schenke ich mir ein Glas ein und setze ich mich an den Rechner.

Facebook. Eine neue Freundschaftsanfrage. Ekel Alfred – kenne ich nicht. Ich will die Anfrage wegklicken, doch dann schaue ich doch noch schnell auf das Profil. »Ekel teilt nur manche Profilinformationen – kennst du Ekel nicht? Schreibe ihm eine Nachricht.«

Ekel kenne ich zwar lang und schmutzig, aber ein Alfred ist nicht dabei. Wohl aber ein Frank, seines Zeichens Chef. Und ein Jochen, eine der miesesten Exen dieser Welt.

Boah, habe ich einen Hals! Ich trinke noch einen Schluck Wein. Eiskalt, tut gut bei Hals. Und dann fällt der Euro in Centstücken – das ist Al. Al vom Cicero in Krefeld. Ich schau mir sein Profilbild an und bingo – er ist es tatsächlich.

Ja, mit dir will ich befreundet sein, denke ich und klicke den entsprechenden Button.

Schon kann ich sein Profil einsehen. Viel steht da nicht, er ist erst seit vorgestern bei Facebook. Befreundet ist er mit Zoran, Maja und Imke. Und nun auch mit mir.

Und er ist online. Ich gehe in den Chat.

Silk Stockings: Hi, Al!
Ekel Alfred: ---

Hmm, entweder weiß er nicht, wie man hier chattet, oder er ist doch nicht mehr online.

Verdammt. Ein paar nette Worte, egal von wem, hätten mir jetzt gutgetan. Ich könnte meine Mutter anrufen, denke ich. Sie hat immer ein paar gut gemeinte Sprüche für mich – aber gut gemeint ist nicht immer gut.

»Kindchen, warum hast du noch immer keinen Mann fürs Leben gefunden?«

»Er hat *mich* noch nicht gefunden, Mama.«

»Langsam wird es Zeit, du wirst auch nicht jünger.«

Okay, das reicht, ich werde sie nicht anrufen, so was kann ich heute nicht gebrauchen. *Pling.*

Ekel Alfred: Hi Silk – mach ich das so richtig?
Silk Stockings: Wunderbar. Du bist in die Tiefen des Social Networking vorgestoßen. Glückwunsch.
Ekel Alfred: Das hier ist alles noch neu für mich.
Silk Stockings: Du lernst das schon.
Ekel Alfred: Vermutlich.

Pause. Ich überlege, was ich Geistreiches schreiben könnte, aber mir will nichts einfallen.

Ekel Alfred: Hilfst du mir?
Silk Stockings: Wobei?
Ekel Alfred: Lernen – wie geht Facebook?
Silk Stockings: Oh, ich bin auch nur Amateur. Maja ist der Profi.
Ekel Alfred: Die kann ich nicht fragen, die ist beschäftigt …

Die Trommel trommelt also schon. Wer weiß noch alles von ihrem Date? Hat sie das etwa bei Facebook gepostet? Hektisch klicke ich mich auf ihre Seite.

»Nummer 333 – du bist immer noch das fröhliche Kind, das Mädchen, das alles durch die rosarote Brille sieht. Das ist gut. Behalte deine Träume und deinen Humor, dein Verspieltes. Aber bitte – gleite nicht ab in die Barbiewelt.«

Sie orakelt fröhlich weiter. Na gut, es macht ihr Spaß und sie kann es auch. Aber Maja als Briefkastentante? Ein Leben lang gute Ratschläge verteilen? Irgendwann wird das doch langweilig.

Vielleicht denkt sie aber auch ähnlich über mich. Ein Leben lang Restaurantkritiken schreiben? Rezepte bewerten, manchmal auch testen? Ist das wirklich das, was ich machen will? Ich grübele. *Pling.*

Ekel Alfred: Huhu? Bist du noch da?
Silk Stockings: Nein, ich bin hier.
Ekel Alfred: Zufällig bin ich auch hier.
Silk Stockings: Echt? Ich seh dich gar nicht.
Ekel Alfred: Ich bin in Berlin. Da bist du doch auch? Oder?

In Berlin? Was macht der Typ in Berlin? Am Wochenende, und das ist noch gar nicht so lange her, haben wir uns in Hamburg getroffen. Er kommt aus Krefeld – wo war noch mal Krefeld? Irgendwo bei Düsseldorf, glaube ich. Und jetzt ist er in Berlin? Folgt er mir, stalkt er mich? Mir wird komisch und es liegt nicht am Wein, der ist nämlich leer. Ich gehe in die Küche, schenke mir ein weiteres Glas ein, höre das Pling des Messengers.

Ekel Alfred: Meine Mutter lebt in Berlin. Mit ihrem Lebensgefährten.
Silk Stockings: Aha
Ekel Alfred: Hör mal, ich wollte nicht aufdringlich sein. Wirklich nicht. Tut mir leid.

Meint er das so? Ich bin mir nicht sicher.

Ekel Alfred: Vergiss es einfach. Falls du mal am Niederrhein bist, kannst du dich ja melden.

Niederrhein – ja, da bin ich vermutlich eher, als er glaubt. Mein Chef ist nämlich immer noch sauer auf mich, und das, obwohl ich in Windeseile eine neue und freundlichere Kritik über das Reagenzglas geschrieben habe. Ich muss Buße tun und habe ihm angeboten, angesagte Pommesbuden in ganz Deutschland zu testen. So eine Testreihe wollte er sowieso machen, hatte aber noch keinen Freiwilligen gefunden. Jetzt habe ich den Auftrag. Wirklich Lust habe ich zwar nicht, aber was tut man nicht alles, um seinen Chef friedlich zu stimmen.

Silk Stockings: Du bist wirklich hier in Berlin?
Ekel Alfred: Ja.

Silk Stockings: Sollen wir uns treffen?

Pause. Immer noch Pause. Ist er offline?

Ekel Alfred: Wo?
Silk Stockings: In der Flimmerkiste. Warte, ich schick dir den Link, findest du das?
Ekel Alfred: Wann?
Silk Stockings: Halbe Stunde?
Ekel Alfred: Geht klar.

Okidoki, einmal restaurieren und los geht's. Immer noch besser, als hier Trübsal zu blasen oder Haare zu spalten.

Das Orakel irrt

Maja

Zoran. Zooooraaaan. ZORAN! Ich vermisse ihn. Ich fühle mich wie ein Teenager. Leider habe ich auch einen Teenagerpickel mitten auf dem Kinn. Nicht sehr sexy ... aber so passt es mir irgendwie, dass Zoran keine Zeit hat. Sein Lektor drängt ihn zu den letzten Korrekturen. Ich wusste gar nicht, dass Bücherschreiben so einen Stress machen kann. Zoran ist offensichtlich Tag und Nacht beschäftigt. »Ich muss quasi jedes Komma noch mal umdrehen«, hat er mir gesagt. »Und kann meinen eigenen Text bald nicht mehr ertragen.« Das glaube ich ihm – er weiß ja, wie die Geschichte ausgeht!

Unsere Geschichte ist ganz am Anfang. Nach Stunden auf dem Dach, die mir wie Minuten vorkamen, waren wir beide durchgefroren und meine Lippen schmerzten vom Küssen. Außerdem brannte mein Kinn ... so sexy der Anderthalbtagebart aussah, hautfreundlich war er nicht. Jedenfalls kletterten wir durch das Horrorhaus nach unten und gingen Arm in Arm zu mir nach Hause. Es war ein gutes Gefühl, neben diesem Mann zu laufen, ihn zu spüren, im selben Takt zu gehen. Wir schwiegen und sagten dabei viel. Ja, es war kitschig. Aber schön!

Leider hörten die Glocken direkt vor meiner Haustür auf zu läuten. Ich schloss auf, ging in den Flur – aber Zoran blieb auf der Straße stehen.

»Was ist?«, fragte ich ihn neckend. »Hast du Angst?«

Er schwieg und schüttelte den Kopf. »Nein«, sagte er schließlich. »Aber ich bin kein Mann für den ersten Abend.« Ich muss ihn angestarrt haben, als hätte er sieben Augen und dreizehn Ohren!

»Das hat nichts mir dir zu tun, meine szépség«, flüsterte er. »Ich will nur ... also ... lass es uns langsam angehen.«

Wäre ich ein Kerl, dann wäre in dem Moment mein Jahrhundert-Ständer in sich zusammengefallen. So konnte ich nur ein dämliches »Oh« hauchen.

»Komm noch mal her.« Dann küsste er mich. Ich wette, wir sahen aus wie Scarlett und Rhett. Wahnsinn, einfach Wahnsinn, dieser Mann!

»Ich gehe jetzt brav an meinen Schreibtisch und du träumst von mir!«, sagte er, als wir uns nach einer gefühlten Ewigkeit voneinander lösten.

»Zu Befehl«, sagte ich und sah ihm nach, bis er um die Ecke bog.

Und seitdem habe ich nichts mehr von ihm gehört. Seit gestern. Seit einer Ewigkeit. Wahrscheinlich steckt er bis zur Halskrause in seinem Manuskript.

Wenn ich Zoran schon nicht live haben kann, dann vielleicht virtuell? Wieso bin ich bloß noch nie drauf gekommen, ihn bei Facebook zu suchen? Na ja, man sieht halt manchmal den Wald vor lauter Bäumen nicht. Ich logge mich ein, ignoriere die privaten Nachrichten (wahrscheinlich sowieso alles Anfragen für das Orakel) und gebe den Namen des tollsten Mannes der westlichen Hemisphäre in die Suchmaske ein. Bingo! Zoran hat ein Profil!

Eigentlich hätte ich ihn für schlauer und vorsichtiger gehalten – seine sämtlichen Daten sind einsehbar, obwohl ich noch nicht auf seiner Freundesliste stehe. Darauf werde ich ihn bei Gelegenheit (die hoffentlich bald kommt) hinweisen; jetzt ist das erst einmal gut für Bee Maja, die sich durch Zorans Facebook-Seite klickt. Als Erstes verschicke ich eine Freundschaftsanfrage. Wehe, er akzeptiert sie nicht!

Und dann wird mir schlecht. Richtig schlecht. Mein Magen droht, sich umzustülpen. »Zoran ist in einer Beziehung«, steht da, mit dem dämlichen roten Herzchen dahinter. So weit – noch kein Problem ... aber: Laut Facebook hat er den letzten Beitrag auf seiner Pinnwand vor drei Tagen verfasst: »Good night an alle.«

Gute Nacht Maja. Oder besser: Guten Morgen? Der Typ ist in einer Beziehung? Wieso muss ausgerechnet ich, das Orakel, das bei anderen so glasklar sieht, auf so einen Typen reinfallen? Aber es wäre auch zu schön gewesen. Der kann mich mal mit seinem Scheppseck-Geseiere! Mist. Obermist! Ich werde traurig. Dann wütend. Dann wieder traurig.

Wie ferngesteuert klicke ich mich durch Zorans Fotos. Viele sind es nicht. Sein Profilbild ist der Hammer und ich muss meinem Herz regelrecht verbieten, beim Anblick der moosgrünen Augen einen Satz zu machen. Drei Bilder zeigen irgendwelche Lebensmittelverpackungen, deren Aufschriften allesamt lang sind und sehr ungarisch aussehen. Dann sieht man auf einer Handvoll Fotos Zoran und Al, wie sie der Kamera zuprosten. Alle sind an verschiedenen Orten zu verschiedenen Zeiten aufgenommen worden. Scheinen ganz schöne Partyhasen zu sein, die beiden. Und ich mach mich zur Piroschka. Ich fass es nicht.

Viel mehr gibt Zorans Profil leider nicht her. Ich brauche Stoff. Kakaobohnenstoff. Leider ist die Milka alle, aber im Schrank hinter den Teebeuteln finde ich ein halb volles Glas Nutella. Ich ramme einen Löffel in die braune Seelentröstermasse und lasse mir das Wundermittel langsam auf der Zunge zergehen. Nein, ich werde nicht heulen. Nicht wegen dir, Zoran!

Zoran Zett: Maja?

Was? Er chattet mich an? Im selben Moment, in dem sich das Chatfenster öffnet, erscheint die Nachricht »Zoran hat deine Freundschaftsanfrage bestätigt«.

Zoran Zett: Maja? Hallo?
Bee Maja: Was?
Zoran Zett: Ich denk an dich.

Hat der Typ sie noch alle? Was bildet der sich eigentlich ein?

Bee Maja: Ach.
Zoran Zett: Ist irgendwas?
Bee Maja: Mit mir nicht. Aber frag das mal deine Beziehung.
Zoran Zett: Ich verstehe nicht ...
Bee Maja: Ich zitiere: »Zoran ist in einer Beziehung.« Klingelt's?
Zoran Zett: Ach das!
Bee Maja: Echt witzig.
Zoran Zett: Maja, das stimmt nicht! Das ist nur ein Fake.
Bee Maja: Aha.
Zoran Zett: Mein Agent meinte, das wäre besser. Imagemäßig. Er sagte, sonst würde ich dauernd blöde Fanpost bekommen, sobald das Buch raus ist.

Ja klar. Jetzt arbeitet er auch noch für den KGB oder die CIA. Eins muss man ihm lassen – wenn er so viel Phantasie hat, dann muss er ein guter Schriftsteller sein.

Bee Maja: Ich lach morgen!
Zoran Zett: Maja! Das war kein Scherz.
Bee Maja: Oh.
Zoran Zett: Ich bin in keiner Beziehung. Obwohl …

Sechs Buchstaben, die mein Herz wieder zum Rasen bringen: O-B-W-O-H-L.

Bee Maja: Obwohl was?
Zoran Zett: Ich hab da ein nettes Mädchen kennengelernt.

Scheißkerl! Ich wusste es!

Bee Maja: Toll. Schön für dich.
Zoran Zett: Sehr schön! Sie sieht dir übrigens sehr ähnlich …

Sieht mir ähnlich? Moment mal …

Zoran Zett: Sie heißt Marianne.

Ja! Jajaja!!!

Bee Maja: Nenn mich niemals Marianne!
Zoran Zett: Was machst du in einer Stunde, Marianne?

Das Leben ist schön! Ich schwebe ins Bad. Meine Haare brauchen dringend eine Generalüberholung. Ich steige unter die Dusche, seife mich gründlich ein. Als ich eben die Kurspülung einmassiere, klingelt das Handy. Mist! Ich stelle das Wasser ab, wickele mich in ein Handtuch und haste aus der Dusche. Auf meinen nassen Fliesen komme ich ins Rutschen, erreiche gerade noch so den Türrahmen und kann mich abfangen. Das Handy liegt auf der Kommode im Flur. Silke! Die Spülung tropft auf meine Schultern. Atemlos nehme ich das Gespräch an.

»Maja? Endlich erreiche ich dich!«

»Ich hatte ein Date und viel zu tun«, erwidere ich. »Sorry, wegen gestern meine ich. Dein Anruf kam ein bisschen ungelegen.«

»Ich verstehe«, sagt sie lahm. Dann zieht sie die Nase hoch.

»Weinst du?«

»Nicht mehr. Mein Chef ist immer noch sauer. Ich musste ihn irgendwie beruhigen und habe ihm angeboten, die blödeste Reportage ever zu machen. Ein Pommesbudentest! Ich werde fettige Currywurst und labbrige Kartoffelteile testen!«

Ich unterdrücke ein Lachen.

»Ist Hamburg auch dabei?«, frage ich und denke an die Pommesbude, bei der wir vergangenes Wochenende waren.

»Schön wär's!« Silke schnäuzt sich geräuschvoll die Nase. »Nachher gehe ich zu Konnopke. Und dann steht irgendein Kuhkaff in Dunkeldeutschland auf dem Programm.«

»Konnopke? Das ist doch der weltberühmte Imbiss in Berlin?«

»Ja. Aber das kenne ich doch schon. Maja, ich werde fett, wenn ich diese Tour mache. Wenn ich heimkomme, nein, wenn ich heim*rolle*, dann sehe ich aus wie die 67!«

»Bestell dir eine grüne Wurstpelle«, rufe ich. Silke lacht. Endlich!

»Komm, wird schon nicht so schlimm werden«, versuche ich zu trösten. »Immerhin siehst du ganz Deutschland!«

Silke brummt etwas Unverständliches.

»Was?«, frage ich.

»Krefeld steht auch auf der Liste«, sagt sie. »Leider erst ganz unten ...«

Herzflimmern in der Flimmerkiste

Silke

Silke!«, ruft mir Christoph, der Besitzer und Wirt der Flimmerkiste, entgegen, wischt einmal über den Tresen und sieht mich fragend an. »Weißwein oder lieber Cocktail?«

»Weißwein.« Ich hauche einen Kuss auf jede seiner Wangen und schaue mich dann um. Von Al ist noch nichts zu sehen, deshalb klettere ich auf einen Barhocker.

»Du warst ja ewig nicht hier«, beschwert sich Christoph und stellt ein Glas vor mich.

»Ja, mindestens zwei Wochen.«

Ich grinse. Die Flimmerkiste liegt versteckt in einer Seitenstraße, aber hier bekommt man das beste Essen nachts um drei, dann, wenn man etwas Sättigendes am nötigsten braucht. Es ist der »Kistenschmaus« – eine Art Fileteintopf. Bisher verweigert mir Christoph das Rezept, doch ich bin sicher, dass er es mir irgendwann verraten wird.

Normalerweise schlage ich mindestens einmal in der Woche hier auf, denn obwohl ich es liebe, zu kochen, macht mich Alleineessen depressiv.

»Hast du Hunger?« Christoph schiebt mir die Karte zu. »Wir haben mal wieder etwas geändert.«

Jürgen, Christophs Lebensabschnittsgefährte und Koch, ist wunderbar experimentierfreudig. Zum Glück ist er auch so vernünftig, die Karte klein zu halten. So hat man immer die Gewissheit, dass alles frisch ist, was auf den Tisch kommt.

Ich studiere die handgeschriebene Karte und mir läuft das Wasser im Mund zusammen.

»Tajine«, murmele ich begeistert. »Und Pute Tandoori. Oder frische Dorade mit Zitronengras?«

»Schmeckt alles.« Christoph grinst.

»Das weiß ich ja. Ich kann mich gar nicht entscheiden, es ist alles so schön bunt hier.« Ich lache. »Außerdem warte ich noch auf jemanden.«

»Ein Date?« Christoph zwinkert mir zu.

»Nein, eher ein geschäftliches Treffen.« Die Nase wächst, wenn man lügt – sagt Maja immer, aber wirklich gelogen ist das ja nicht. Ich ärgere mich noch immer über mich selbst. Wie konnte ich bloß so blöd sein und vergessen, dass Frank eine positive Kritik haben wollte? Und wie konnte ich noch blöder sein und mich als Versuchskaninchen für Pommes anbieten? Doch jetzt ist das Kind in den Brunnen gefallen. Ein Gutes hat es aber: Die Suche wird mich an den Niederrhein verschlagen und dort werde ich auch ganz sicher das Ciccro testen.

Ganz sicher? Ich schaue auf meine Uhr und wieder zur Tür. Kein Al.

»Du isst also nichts?« Christoph nimmt mein inzwischen leeres Weinglas und schaut mich an. »Oder noch nichts?«

Ich bin unschlüssig, als plötzlich die Tür des Bistros aufgeht und Al eintritt. Er sieht mich an und lächelt.

»Hey Silke!«

»Hi!« Das »Al« will mir nicht wirklich über die Lippen. Es klingt nach einem billigen Film – *Der Pate* als Light-Version.

Für einen Moment sehen wir uns schüchtern an, keiner weiß, was er sagen soll. Al bleibt an der Bar stehen, schaut sich dann um. »Willst du hier bleiben oder sollen wir uns setzen?«

Ich sitze, Honey, denke ich und grinse. »Hast du Hunger?«

Er überlegt, nickt dann.

»Dann setzen wir uns.«

Ich gleite vom Barhocker, wieder zwinkert mir Christoph zu – ich ziehe eine Grimasse in seine Richtung, der soll bloß seine Zunge im Zaum halten –, und wähle einen Zweiertisch am Fenster.

Al nimmt die Karte, umklammert sie, als würde sein Leben davon abhängen. Niedlich, irgendwie.

»Silke, es tut mir leid, wenn das eine blöde Idee war.« Er fährt mit den Händen durch seine Haare, sieht mich dann an. Unter seinen Augen sind Ringe zu sehen.

»Eine blöde Idee? Das Treffen meinst du?« Ich schlucke. Hat er mich mit Maja verwechselt? Oder mit Imke?

»Ich kenne dich gar nicht.« Er senkt den Kopf. »Ich kenne überhaupt niemanden in Berlin. Meine Mutter wohnt hier, aber gerade bezweifele ich, ob ich sie jemals gekannt habe. Aber ich will dich nicht mit meiner Familie langweilen.«

Christoph stellt ein weiteres Glas Weißwein vor mir ab, reicht Al ein frisch gezapftes Pils. »Das brauchst du jetzt, sagt meine Intuition. Falls ich falsch liege, sag es direkt, ich werde es wie ein Mann ertragen.«

»Das ist goldrichtig!« Al nimmt einen kräftigen Zug, wischt sich den Schaum vom Mund. »Göttlich.«

»Schön! Dann lass ich euch beide mal alleine. Habt ihr Hunger?«

Ich nicke, Al zweifelt kurz, nickt dann auch, nimmt wieder die Karte zur Hand.

»Nein, nein, nein … für Freunde des Hauses gibt es Sonderposten. Lasst euch überraschen!« Christoph grinst breit und schwebt von dannen in Richtung Küche. »Jürgi, mein Schatz …«

»Du brauchst keine Angst zu haben«, sage ich schnell. »Ich bin hier Stammgast, Sonderposten bedeutet nicht von der Tafel oder so.«

»Ich bin Profi, meine Liebe.« Er nimmt vorsichtig meine Finger, die am Stiel des Weinglases spielen, und drückt sie.

»Ich habe ein Restaurant und auch Stammgäste. Das hier ist keine Pommesbude, sondern ein Lokal mit kleiner und feiner Karte.«

Da ist es wieder, das Unwort. Pommesbude. Ich nehme einen großen Schluck Wein, spüre die Wirkung, kann mich aber nicht bremsen. Ich kichere haltlos.

»Was an meiner Bemerkung war jetzt witzig?« Er schaut mich verblüfft an.

»Eigentlich nichts. Es ist eher zum Heulen.« Mit ein paar Umwegen und Sackgassen erzähle ich ihm von der geplanten Pommesbudenregistratur im *EatArt*-Magazin unter meiner Feder- und Magenführung.

»Ach du Scheiße«, sagt Al. Inzwischen hat er eine Menge Bier und ich eine Flasche Wein intus, dazu die beste Tajine der Welt – das Rezept *muss* ich einfach haben. Demnächst. Jetzt muss ich erst mal die U-Bahn finden.

»Pommesbudencheck? Das ist ja unterirdisch.«

»Japp!«

»Und das mit dir. Du hast all mein Mitleid.«

»Danke.« Ich kuschele mich in seinen Arm, er hat so etwas Starkes, etwas von einem Beschützer. Wie Al Pacino wirkt er trotzdem nicht.

»Heißt du eigentlich wirklich Al?«, nuschele ich.

»Alfred. Alfred Kammenz, nach meinem Vater, Gott habe ihn selig. Vorne K hinten Z – sein Spruch, nicht meiner. Deshalb dürfen mich alle nur Al nennen.«

»If you'll be my bodyguard
I can be your long lost pal
I can call you Betty
And Betty when you call me
You can call me Al«, säusele ich.

»Paul Simon. Grandiose Musik. Trotzdem komme ich mir gerade komisch vor. Al. Blöd, irgendwie.«

»Fred. Wie Fred Feuerstein. Geht das?« Ich schiele zu ihm hoch und er lächelt.

»Fred Feuerstein. Nett. Warum nicht?«

Die U-Bahn kommt und Fred schiebt mich in den Wagon.

»Komm mit. Ich finde sonst meine Wohnung nicht.«

»Ich war noch nie bei dir«, sagt er und guckt plötzlich bedrückt.

»Warum bist du so traurig?«, frage ich ihn.

»Lange Geschichte.«

»Ich habe Zeit.«

»Gut. Hast du auch noch Bier?«

Bier gibt es im Kiosk der U-Bahn-Station. Zum Glück war ich erst letzte Woche bei Ikea und habe neue Teelichter gekauft. Wir machen es uns auf dem Balkon gemütlich und Fred beginnt zu erzählen.

Das muss ich dringend Maja berichten, denke ich und trinke noch einen Schluck Weißwein.

Das Leben im Wurmei

Maja

Meine Haare wirken fettig. Wegen des Telefonats mit Silke war die Spülung siebenmal länger drauf als vorgeschrieben. Und geht jetzt natürlich nicht mehr raus. Die Uhr tickt unbarmherzig – da hilft nur noch ein straffer Zopf (bei dem man die Beule sieht, egal). Und weil Maja lernfähig ist, ziehe ich dieses Mal statt eines Kleidchens eine Jeans und einen schwarzen, ärmelfreien Rolli an. Mit dem schwarzen Pashmina, den Silke mir letztes Weihnachten geschenkt hat, kann ich so entweder elegant oder total lässig wirken. Schnell noch ein bisschen Gloss auf die Lippen … Da schellt es auch schon.

»Ja?«, hauche ich in den Hörer der Sprechanlage.

»Kommst du gleich runter?« Zoran!

»Ja! Moment!« Ich eile, ich fliege, ich flitze! Keine dreißig Sekunden später stehe ich auf der Straße und mein Lipgloss ist Geschichte. Der Mann küsst aber auch zu und zu gut!

Als ich wieder zu Atem komme, frage ich: »Auf welches Dach klettern wir heute?«

Zoran lacht. »Wir bleiben am Boden, versprochen. Ich soll zu einer Lesung ins Mathilde kommen. Mal ein bisschen abschauen, wie man so etwas macht.«

Oh. Kultur. Ich war noch nie bei einer Lesung. Gebe ich aber nicht zu – als Freundin (das bin ich doch?) eines Schriftstellers käme das nicht gut an. Das Mathilde kenne ich allerdings sehr gut. Silke und ich haben da so manchen feuchtfröhlichen Mädelsabend verbracht.

»Na dann, auf in die Bogenstraße!«

Wie immer ist das Frontfenster des Cafés mit Büchern dekoriert. Ich habe dort schon so manchen Lesetipp mitgenommen – allerdings ist das lange her, denn Bücher sind finanziell nicht mehr drin und ich habe mir angewöhnt, mich vom Fernseher in den Schlaf lullen zu lassen. Vor dem Café stehen gut zwei Dutzend schwarzgekleidete Menschen und rauchen. Meist Selbstgedrehte. Und jeder zweite trägt einen schwarzen Rollkragenpullover und Jeans. Na, da habe ich ja die richtige Garderobe ausgesucht!

Am Schaufenster des benachbarten Elektroladens lehnt ein baumlanger Kerl. Als er Zoran sieht, stößt er sich von der Scheibe ab und stürmt auf uns zu.

»Zoran, mein Lieber!«, ruft er und umfängt meinen Begleiter mit seinen spinnendünnen Armen, die – na klar! – in einem schwarzen Rolli stecken. Über dem Rolli trägt der Hüne ein braunes Cordjackett.

»Karl«, haucht Zoran, dem offensichtlich die Luft wegbleibt, als der Riese ihn gegen seine Hühnerbrust drückt.

»Das ist Maja«, stellt Zoran mich vor. »Maja, das ist Karl Hecht, mein Agent.«

»Freut mich, freut mich!«, ruft Karl und breitet seine Arme aus. Ich hole prophylaktisch Luft und mache mich auf eine Umarmung gefasst. Stattdessen beugt er sich zu mir herunter und haucht mir rechts und links ein Küsschen auf die Wange.

»Deine Muse?« Hecht lacht scheppernd, als würde er in einer Gießkanne sitzen. Zoran will eben zu einer Antwort ansetzen, als Karl uns zum Eingang schiebt. »Ich habe die Nische reserviert«, ruft er und bugsiert uns ins Café. Am Eingang hängt ein pinkfarbenes Plakat: »Ida Kloeten liest aus *Der Wurm*, Eintritt frei.« Wir schlängeln uns durch die Zuschauer, die um die letzten freien Plätze rangeln. Manche bekommen nur noch Stehplätze und murren, als wir uns auf die drei Sessel setzen, die in der Fensternische um einen kleinen Tisch gruppiert sind. Das heißt: Zoran und ich setzen uns, Karl Hecht faltet seine ellenlangen Beine umständlich zusammen. Eine Kellnerin stellt drei Gläser Weißwein vor uns ab.

»Egeschgurke!«, radebreche ich und hebe mein Glas.

»Cheers!«, sagt Zoran und zwinkert mir zu.

»Prost«, macht Karl Hecht. »Die Kloeten wurde vor zwei Wochen von Denis Scheck verrissen. Seitdem ist sie auf der Liste, direkt hinter Rico Beutlich.« Hecht sagt das wie ein Vater, dessen Tochter soeben bei den Bundesjugendspielen eine Urkunde ergattert hat. Ich frage mich, wer dieser Beutlich ist und was für eine Liste er meint.

»Dich kriegen wir auch ins Bestsellerlager«, sagt Hecht und klopft Zoran gönnerhaft auf die Schulter. In dem Moment wird das Licht gedimmt. Das Stimmengemurmel wird leiser. Ein Mann hustet. Dann ist es still wie in einer Gruft. Ein einsamer Spot beleuchtet ein winziges Podium, auf dem ein einfacher Tisch mit Leselampe und ein Stuhl stehen. Dieselbe Kellnerin, die uns eben den Wein brachte, stellt eine Karaffe und ein Glas auf den Tisch. Und dann kommt Ida Kloeten. Applaus brandet auf, vereinzelte Pfiffe, als sie, ganz in Schwarz gekleidet, zum Tisch geht. Die Autorin legt ein Buch vor sich, verbeugt sich kurz und setzt sich. Das Licht des Scheinwerfers bricht sich in ihrem silbergrauen Haar, das kürzer ist als Zorans Bart.

Die Kloeten räuspert sich. Steht auf, rückt den Tisch zwei Zentimeter nach rechts und setzt sich wieder.

»Kennst du die?«, flüstere ich Zoran ins Ohr.

»Nö.«

Die Autorin gießt etwas Wasser aus der Karaffe in ihr Glas, nimmt einen kleinen Schluck und schlägt das Buch auf. Liebevoll streicht sie über die Seiten und räuspert sich. Hecht nickt anerkennend und wippt mit seinen langen Beinen.

»Guten Abend«, haucht Ida Kloeten. Ein Mann applaudiert. Sie räuspert sich hinter vorgehaltener Hand, trinkt noch einen Schluck und beugt sich über das Buch. Dann rückt sie die Leselampe zurecht. »Ich lese aus meinem Roman *Der Wurm.*« Aus dem Publikum ertönt ein einzelner Pfiff. Die Kloeten kniept irritiert die Augen zusammen.

»Der Wurm«, beginnt sie und blättert umständlich die ersten Seiten um. »Das Leben, dachte Balthasar, beginnt im Ei eines Wurms. Und es war sein Lebensziel, genau dieses zu beweisen.«

Die Autorin nimmt einen Schluck Wasser, Karl Hecht stürzt seinen Weißwein hinunter. Das Publikum lauscht. Nun gut, denke ich, wird schon gleich spannend werden. Zoran tastet nach meiner Hand und drückt sie.

»Es gibt mehr Wurmarten als Menschenrassen, hatte Balthasar festgestellt. Seit Jahren beschäftigte er sich mit Spul- und Fadenwürmern, Bandwürmern und dem gemeinen Fuchsbandwurm. Ihm waren Igel- und Kratzwürmer, Regenwürmer, Schnür- und Sandwürmer begegnet. Balthasar war 39 Jahre alt. Seinen eigenen Wurm hatte er noch nie im Liebesschacht einer Frau versenkt.«

Ich pruste los, schlage die Hand vor den Mund. Zoran drückt meine Hand fester. Das Publikum nickt wissend.

»In der Amorbüchse einer Frau, dachte Balthasar, nimmt das Leben seinen Anfang. Also musste dies ein Wurmloch sein, etwas Galaktisches, das selbst Albert Einstein in Verzückung versetzt hätte.« Ich habe Tränen in den Augen und beiße mir in die Faust. Hecht klatscht begeistert, einzelne »Bravo«-Rufe werden laut. Zoran täuscht einen Hustenanfall vor.

Die Kloeten gibt nicht auf. Sie erzählt, wie Balthasar seinen eigenen Wurm malt, in Gips gießt. Fotografiert, massiert und mit Zeichnungen von Saiten- und Süpritzwürmern vergleicht. Ich rutsche tiefer in meinen Sessel, auf meiner Hand sind Zahnabdrücke zu sehen. Ich bekomme Schluckauf. Hecht nickt begeistert. Zoran steht der Schweiß auf der Stirn, seine Mundwinkel zucken. Mit einem finalen »Und so begriff Balthasar: Würmer sind die besseren Menschen!« klappt die Kloeten das Buch zu. Die Menschen springen auf, applaudieren frenetisch, stampfen mit den Füßen und pfeifen. Zoran und ich starren uns entgeistert an. Karl Hecht springt auf und stößt dabei mit dem Knie gegen den Tisch, der bedenklich schwankt. Er überragt die anderen im Café um anderthalb Köpfe und schlängelt sich in null Komma nix an den Tisch der Autorin vor.

»Sag mal ... also halte mich nicht für blöd oder so, aber ehrlich gesagt, ich habe kein Wort verstanden«, gestehe ich Zoran. Der reißt die Augen auf und starrt mich an. Oh Gott. Maja, wie doof bist du? Der Mann ist Schriftsteller, ein Intellektueller, und du gibst offen zu, dass du keinen Plan von Literatur hast?

»Ich auch nicht!«, platzt Zoran heraus. Seine moosgrünen Augen blitzen. »Darf ich dich küssen?« Ich nicke. In dem Moment kommt Karl Hecht zurück.

»Für dich!«, ruft er mit stolzgeschwellter Hühnerbrust und drückt Zoran ein Exemplar von *Der Wurm* in die Hand. Das Cover sieht gar nicht schlecht aus, die Schrift besteht aus einem Regenwurm, der sich in quietschgrünem Gras rekelt.

»Mit Widmung!« Hechts Stimme zittert ehrfurchtsvoll. Zoran klappt das Buch auf, grinst und reicht es an mich weiter.

Die Kloeten hat eine schwungvolle Schrift. »Für meinen lieben Kollegen. Möge dein Wurm glücklich sein.« Ich gackere los.

»Danke, Karl, eine große Ehre«, sagt Zoran und ich merke, dass er Mühe hatte, ernst zu bleiben.

»Tut mir leid, ihr zwei, ich muss mich um Ida kümmern. Sie ist nach Lesungen immer völlig geschafft.« Karl verschwindet in der Menge.

»Ich bin auch geschafft, irgendwie«, sagt Zoran und sieht mich aus zusammengekniffenen Augen an. »Ich glaube, ich muss mich hinlegen.«

Mir wird heiß. Glühend heiß. »Ich bin auch verdammt erledigt«, hauche ich. »Ich denke, wir sollten mal sehen, ob ich eine Pizza zu Hause habe.«

»Ja, das sollten wir«, flüstert er. Hand in Hand verlassen wir das Café.

Already used and with rucksack

Silke

Der Morgen dämmert. Der Moment, in dem der Tag noch wie vorläufig aussieht, geradezu magisch. Nur nicht für mich. Meine Zunge fühlt sich an, als bestünde sie aus Fell, mein Gaumen ist vertrocknet, der Kopf und die Augen schmerzen verdient.

»Großer Gott«, wimmere ich und rolle mich auf die Seite. Dort steht immer eine Flasche Wasser, nur heute nicht. »Verflucht.« Blind taste ich noch ein wenig umher, öffne dann ein Auge im Sparmodus, stelle auf Suchscheinwerfer. Kein Wasser. Dafür jede Menge Tageslicht. Welcher Tag ist heute? Wo bin ich? Wer bin ich und was ist passiert?

»Hrrrrrrrrrrrrrrrchhhhhhhhhhhhhrr«, macht es. Alles vibriert. Ein Erdbeben! Ich springe auf, ziehe die Decke mit mir, stolpere und schlage mit dem Kinn auf den Nachttisch – Modell Freja oder so, aus dem nordischen Möbelhaus, das meine Wohnung in eine Suchspiellandschaft verwandelt hat: Was in dieser Wohnung ist *nicht* von Ikea? Da gibt es nur vereinzelte Stücke und die hat mir meine Oma vermacht.

Nicht von meiner Oma und auch nicht aus dem schwedischen Möbelhaus ist der Mann in meinem Bett. Oh mein Gott! Ein Mann in meinem Bett. Schnarchend. Wie kommt der da hin und was macht er da? Und wer ist das überhaupt? Ich bezwinge das tote Tier in meinem Mund, den Tatter in meinen Beinen und schleiche mich langsam um das Bett herum.

Al.

Nein.

Fred.

Er heißt ja nun Fred. Und plötzlich kommt der Flashback, alle Erinnerungen stürzen auf mich ein. Ein lauer Sommerabend in Berlin. Auf meinem Balkon. Kerzen. Wein. Bier. Familiengeschichten. Seine Familie. Meine. Wieder seine. Plötzlich fällt mir ein, was er gelallt hat: »I am already used and with rucksack.«

Gebraucht und mit Gepäck. Was hat er noch mal damit gemeint? Aspirin und Wasser werden mir sicher helfen, das Rätsel zu lösen.

Ich habe diese Nacht das Bett mit einem Mann geteilt … Grundgütiger, wie konnte ich nur? Liegt irgendwo ein Kondom? Ohneinohneinohnein. Wir werden doch nicht etwa? Ich habe überhaupt keine Erinnerung mehr, ein kompletter Filmriss. Das verkrafte ich nicht. Ich schleppe mich in die Küche, nehme mein Handy und tippe Majas Kurzwahl. Ich brauche dringend ein paar tröstende Worte.

Jetzt.

Hoffentlich erwacht sie nicht gerade neben diesem Zoran.

Der Toyboy

Maja

Ja, ich schwebe noch immer. Seit Sven fühle ich mich zum ersten Mal wieder wie eine Frau. Ich werde begehrt, geküsst, gestreichelt, ich bekomme nette SMS und fühle mich sauwohl. Allerdings im Moment auch ziemlich nervös: Heute Abend bin ich bei Zoran zu Hause eingeladen. Nein, nicht die Art Teenager-Einladung, bei der man zum ersten Mal den Eltern vorgestellt wird, einen Sauerbraten und jede Menge dämlicher Fragen über sich ergehen lassen muss und sich nichts sehnlicher wünscht, als im Kinderzimmer zu verschwinden und ein bisschen zu knutschen. Es ist schlimmer ... ein »kleines Essen mit Kollegen«, wie Zoran sagte. Kollegen sind schlimmer als Eltern – die kann man ab einem gewissen Alter auf Feiertage und gelegentliche Anrufe vertrösten. Kollegen sind immer da.

Zum Glück haben Silke und ich neulich bei Mango die Sonderposten geplündert, so habe ich wenigstens eine einigermaßen große Auswahl. Einerseits. Andererseits schätze ich, dass rote Shirts mit einer glitzernden Hello Kitty oder einem Snoopy in Künstlerkreisen nicht ganz passend sind. Ich denke an die Lesung von Ida Kloeten und entscheide mich für eine schwarze Seidenbluse mit Fledermausärmeln und eine hautenge Jeans, die – Wunder der Textiltechnik – aus meinem Hintern einen Knackpo zaubert. Mist, dass Silke nicht hier ist.

Ein bisschen Beistand wäre jetzt gut, aber sie hat das Handy ausgeschaltet und ist natürlich nicht online. Ich nehme an, sie liegt mit Magenschmerzen in einem drittklassigen Hotel und versucht, die siebenundvierzigste Portion Pommes des Tages zu verdauen. Und Al. Also Fred. Ihr Notruf ist keine 24 Stunden her und ich habe noch jedes Wort im Ohr. Dabei hatte ich ganz andere Dinge im Kopf, als das Handy in aller Herrgottsfrühe ratterte – denn neben mir lag Zoran. Nackt. Auf dem Rücken. Ich war vom gleißenden Sonnenlicht aufgewacht, hatte mich keinen Moment gewundert, dass dieser Traummann neben mir lag ... denn ich dachte, ich befände mich selbst noch in einem Traum. Fassungslos starrte ich auf den nun im Ruhezustand befindlichen kleinen Zoran, dann auf den großen. Ich wollte eben wieder einschlafen, als der Notruf aus Berlin einging. So schnell ich konnte, hastete ich aus dem Bett, fummelte das Handy aus der Handtasche, riss meinen Trenchcoat vom Haken und schlich auf den Balkon. Bloß diesen Mann nicht wecken ... nicht, dass er sich noch in Luft auflöst!

»Maja?«

»Jaaa«, säuselte ich.

»Sag bloß ...?« Silke konnte ich nichts vormachen. Wollte ich auch gar nicht – und ich wusste genau, dass sie hörte, wie gut es mir ging.

»Ist Zoran bei dir?«, fragte sie dann auch geradeheraus.

»Jaaaaaa«, hauchte ich.

»Schön. Kannst du mal für einen Moment von deiner rosa Wolke runterkommen?«

Oha. Silke steckte in Schwierigkeiten.

»Was ist los?«, fragte ich und fummelte eine Zigarette aus meinem Geheimdepot hinter dem Basilikumtopf. Nicht, dass ich rauche. Eigentlich nicht. Nur manchmal. Aber jetzt war einer der Momente, zu denen eine Zigarette passte: Ich stand splitternackt (okay, bis auf den Trenchcoat) in der Morgensonne auf dem Balkon, in meinem Bett lag ein knackiger Kerl, der nicht Sven hieß, und meine Freundin hatte ein Problem.

»Bei mir liegt auch jemand im Bett«, sagte Silke gerade, als kommentiere sie ein Fußballspiel.

»Lass mich raten ... Al?«

»Ja.« Das klang nun eher wie *Sendung mit der Maus*.

»Und?«

»Nichts und. Ich wollte das gar nicht ...«

»... weil in deinem Kopf immer noch Jochen wohnt, schon klar. Und weil alle Männer solche Arschlöcher sind wie dieser dein Ex, versagst du dir auf alle Ewigkeit den Spaß und lebst als Nonne. Amen.«

»Sag mal, kannst du das auch charmanter sagen?«

»Ja. Will ich aber nicht.«

»Maja, was soll ich denn jetzt machen?«

»Wie wär's mit Frühstück?«

»Das ist nicht witzig.«

Nein, witzig war es wirklich nicht. Silke knabberte noch immer an Jochen rum. Der hatte ein so großes Loch in ihr Herz gerissen, dass es schwer sein würde, es zu stopfen. Ich war mir nicht sicher, ob Al der Richtige für diesen Job war. Ob überhaupt irgendein Mann diesen Job übernehmen konnte.

»Maja? Bist du noch da?«

»Ja, ich überlege«, sagte ich und pustete einen Rauchkringel in die Luft. Na ja, es war mehr eine Wolke. Und ich rauchte nicht richtig, ich paffte.

»Was mache ich jetzt mit Fred?«

»Wie? Wer ist Fred? Sag bloß, du hast mit zwei Kerlen gleichzeitig?«

»Maja! Al ist Fred und Fred ist Al. Ich kann einfach nicht Al sagen. Das klingt so ... igitt.«

Ich lachte. »Silk, hör mal, wenn du schon einen neuen Namen für ihn erfindest, dann dürfte der Mann doch einen zweiten und dritten Abend wert sein, meinst du nicht?«

Silke seufzte hörbar.

»Ich weiß nicht, ob ich für so etwas bereit bin.«

»Wer sagt dir denn, dass Al ... Fred ... also Alfred ...«, ich kicherte, »dich gleich heiraten will? Vielleicht wollte er nur seinen Spaß?«

»Ich befürchte nein.« Silke seufzte erneut. »Sonst hätte er mir kaum die Geschichte seiner Familie bis ins Jahr 1765 erzählt.«

»Okay«, sagte ich und drückte die Kippe aus. »Ich komme mit, wenn du das Brautkleid aussuchst!«

»Maja!«

»Ernsthaft ... du gehst doch jetzt erst mal auf Pommesfahrt.«

»Erinnere mich nicht daran!«

»Also, koch Kaffee und pack deinen Koffer.« Erstens fiel mir nichts Besseres ein und zweitens hörte ich aus dem Schlafzimmer das Grunzen eines erwachenden Mannes. »Du, ich muss Schluss machen«, flüsterte ich.

»Genieß du es wenigstens«, sagte Silke und legte auf. Und ehrlich gesagt ... ja, ich habe es genossen!

Der einzige Lichtblick für das heutige Dinner ist Imke, die auch kommt. Karl Hecht wird ebenfalls anwesend sein. Über die anderen hat Zoran nichts gesagt. Er wusste selbst nicht so genau, mit wem sein Agent ihn heute zusammenbringen will.

Für den Fall der Fälle stopfe ich eine Zahnbürste, mein Lieblings-Make-up (hält 24 Stunden, färbt beim Küssen nicht ab) und eine Garnitur frischer Unterwäsche in meine Handtasche. Dann hetze ich zur U-Bahn. Ich muss höllisch aufpassen, dass ich an der richtigen Haltestelle aussteige; in die Richtung fahre ich sonst nicht. Als ich nach einer gefühlten Ewigkeit, in der sich die Bahn mehr und mehr leert und immer weniger Besoffene in den Waggons grölen, endlich wieder ans Abendlicht komme, staune ich erst einmal Bauklötzchen: Noble Gegend. Verdammt noble Gegend! Ich zupfe den Zettel mit Zorans Adresse aus meiner Hosentasche und mache mich auf die Suche. Irgendwo röhrt ein Rasenmäher, ansonsten ist es still. Meine Absätze klackern auf einem blitzsauberen Gehweg an hohen weißen Mauern vorbei, hinter denen sich Villen verbergen, die ich sonst nur aus dem Fernsehen kenne. Die Hecken entlang der Mauern sind akkurat gestutzt, die Bäume in den Gärten scheinen direkt vom Pflanzendesigner Anweisungen erhalten zu haben, wie sie wachsen sollen. Ich komme mir vor wie in einer Zeitschrift.

Die Reihe der weißen Mauern wird von einem weiß getünchten Zaun unterbrochen, an dem hier und da die Farbe abblättert. Der Briefkasten hängt ein wenig schräg am Gartentor und statt einer gestutzten Hecke säumen Bambusstauden den Kiesweg zur Haustür. Nummer siebzehn! Hier wohnt Zoran ... und ich bin heilfroh, dass er nicht in einem der Geldadelbunker haust. Obwohl ... klein ist diese Hütte auch nicht. Ein wenig älter als die Häuser in der Nachbarschaft, offensichtlich wurde mehrfach angebaut: Das Jugendstilfenster über dem schlichten 60er-Jahre-Balkon beißt sich mit den geschwungenen Säulen, die das Vordach tragen. Auf dem Klingelschild steht nur ein Name: »Z. T. Ember«. Ich drücke den Messingknopf und denke daran, wie Zoran mir erklärt hat, dass das T für Thomas steht und Ember auf Deutsch Mann heißt. Zoran Thomas Mann – ein perfekter Name für einen Schriftsteller. Als endlich die Tür aufschwingt, steht der perfekte Mann auf der Schwelle.

»Maja!«, sagt Thomas Mann und mustert mich von oben bis unten. »Du siehst toll aus!«

»Danke«, murmele ich. »Du auch.« Er sieht verdammt sexy aus in seinem schwarzen Poloshirt und den Jeans!

»Die anderen sind schon da«, sagt er und bugsiert mich ins Haus. Von irgendwoher höre ich Stimmengemurmel, aber das kommt nicht gegen das Rauschen meines Blutes an, als Zoran mich küsst.

»Das musste sein«, flüstert er mir ins Ohr. Dann nimmt er meine Hand und führt mich durch den Flur, der bei näherer Betrachtung eher eine Halle ist, auf eine zweiflügelige Tür zu. Mit einer lässigen Bewegung schiebt er den rechten Flügel zur Seite, der linke gleitet automatisch mit auf.

»Willkommen«, sagt er und führt mich in den Raum. Ich reiße die Augen auf: Vor dem offenen Kamin steht eine Couch, die für sich allein genommen meine komplette Wohnung füllen würde. Linkerhand erspähe ich einen Flügel, an dem eine Frau und ein Mann mit dem Rücken zu mir lehnen. Rechts öffnet sich ein weiterer Raum, in dem ein Esstisch steht, der gut und gerne einen Rittersaal füllen würde. Die Terrassentüren stehen weit offen und ich erkenne die Schemen mehrerer Menschen, die in der Abendsonne unter ausladenden Schirmen stehen.

»Du hast mir gar nicht gesagt, dass du so … reich bist!«, platze ich heraus.

Zoran grinst. »Alles geerbt. Gehörte meinem Großvater. Bis vor zwei Jahren habe ich in einem Zweizimmerloch gehaust.«

»Aha«, mache ich.

»Komm, ich stelle dich den anderen vor.« Zoran zieht mich auf die Terrasse. Der Geruch von Kohle steigt mir in die Nase und ich erkenne unten auf dem Rasen zwei Grills, die auch schon bessere Zeiten gesehen haben: Die rote Farbe ist abgeblättert, darunter kommt Rost zum Vorschein. Ich liebe die kleinen Öfen auf den ersten Blick!

»Ah, da ist ja unsere Maja, die Muse!« Ein Baum stürmt auf mich zu, verheddert sich beinahe in einem der Stehtische und drückt mich an seine Brust.

»Hallo Karl«, japse ich und bin froh, als er mich wieder loslässt. Zoran grinst und stellt mich den anderen Gästen vor: Marieluise vom Marketing (klein, rund und geschätzt kurz vor der Rente), Jan-Ulrich (Honorarabteilung, sehr blond und sehr jung) und eine Handvoll Leute, die alle irgendwie irgendwas im Verlag arbeiten. Ich kann mir ihre Namen nicht merken.

»Karl meinte, ich soll mich mit denen allen gut stellen. Der Dicke da hinten ist wohl ein Vertreter.«

»Was vertritt der denn? Staubsauger?«

Zoran lacht. »Nein, der geht zu den Buchhandlungen und macht denen die neuen Bücher schmackhaft.«

Ehrlich gesagt ... von so einem Schleimbeutel würde ich nicht mal eine Zeitung abonnieren, aber wenn's der Karriere meines Liebsten dient, dann will ich mal hübsch lächeln.

»Ich glaube, es kann angegrillt werden!«, ruft Zoran mit fachmännischem Blick auf die Kohle, nachdem er mich mit einer Flasche Bier ausgestattet hat.

»Ida, komm raus, gibt gleich Essen«, ruft Hecht und grinst. Dann beugt er sich zu mir runter und flüstert: »Die Kloeten hat wieder einen ihrer Toyboys dabei. Ist chronisch unbemannt und mietet sich dann und wann einen Lover.« Hecht giggelt und grinst süffisant. Ich muss an Würmer denken, an kurzgeschorene graue Haare und verschlucke mich am Bier, als die Kloeten samt Begleitung aus dem Haus kommt. An der Hand führt sie wie ein kleines Kind ... Jochen! Silkes Jochen! Mir klappt die Kinnlade runter und ich starre den Ex meiner Freundin an, als sei vor mir ein Raumschiff mit kleinen grünen Würmern gelandet. Jochen starrt zurück und wechselt seine Gesichtsfarbe von normal zu puterrot.

»Was machst du …?«, stammele ich.

Er springt vor und hält mir die Hand hin. »Dennis, ich bin Dennis.« Jochen starrt mich warnend an. Ich nicke und wette, dass ich dabei aussehe wie ein Schaf, das man pink eingefärbt hat. Während er mir theatralisch Küsschen auf die Wangen haucht, knurrt er mir in die Ohren: »Wir sind uns noch nie begegnet, verstanden?« Ich nicke perplex und schließe meinen Mund erst wieder, als die Kloeten erneut nach Jochens Hand greift und ihn mit einem giggelnden »Dennis, deine liebe Ida hat Durst, hol ihr was« von mir weglockt.

»Dennis«, flüstere ich.

»Finger weg, der gehört mir«, faucht die Kloeten im Vorbeigehen.

»Den kannst du geschenkt haben!«, will ich rufen, halte dann aber lieber die Klappe. Wer weiß, was Silke dazu sagt?

Fiese Fritten

Silke

Es müffelt in diesem Hotelzimmer. Ganz großes Kino. Angeekelt gehe ich ins Badezimmer. Kein Fenster, dafür ist der Spiegel blind und das Licht flackert. Auch hier müffelt es. Ich spüre direkt, wie der Blumenkohl an meiner Lippe wächst.

»Das kann doch nicht wahr sein«, murmele ich, zücke das Handy und wähle Ekel Franks Nummer.

»Hallo Silke«, säuselt er. Wahrscheinlich grinst er dabei wie ein Honigkuchenpferd. Mistkerl, elendiger!

»Frank, ich habe gerade dieses Hotelzimmer betreten … in …« Ich überlege: Wo bin ich überhaupt? »In Stuttgart.«

»Wunderbar. Dann kannst du ja gleich loslegen und testen. Den Bericht kannst du mir faxen oder mailen, die ersten zehn Testberichte kommen direkt in die nächste Ausgabe.«

»Nein, oder nur, wenn ich ein anderes Hotel nehmen darf. Hier bekomme ich Pickel, Ausschlag, die Krätze oder noch Schlimmeres.« Tränen der Wut steigen mir in die Augen. Ich hoffe, ich höre mich trotzdem noch einigermaßen sachlich an.

»Wo bist du denn?«

Ich nenne ihm die Adresse und gebe einen detaillierten Frontbericht ab, selbst den Schimmel in den Badezimmerfugen vergesse ich nicht. Die Bettdecke anzuheben, traue ich mich erst gar nicht.

»Ist es wirklich so schlimm oder übertreibst du mal wieder maßlos, so wie in deiner Beurteilung des Reagenzglas?«

Ja, reib mir nur den Grund für diese Tour ordentlich unter die Nase, denke ich wütend.

Ich lege auf, mache Fotos mit dem Handy und schicke sie ihm. Drei Minuten später klingelt es. Frank. »Okay, du hast gewonnen. Meine Sekretärin bucht dir gerade ein Zimmer im Maritim. Tut mir leid.« Plötzlich klingt er tatsächlich zerknirscht. »Da sind wir wohl etwas über das Ziel hinausgeschossen.«

Ich murmele ein »Dankeschön« und nehme meine Tasche. Das Navi zeigt mir an, dass das Maritim im Innenstadtbereich liegt. Na, dann kann ich zuerst noch mein Testessen zu mir nehmen.

Acht Pommesbuden habe ich bisher besucht und festgestellt, dass es tatsächlich Unterschiede gibt, sowohl im Geschmack als auch beim Service. Wenn mir das Frittierfett nicht allmählich zu den Ohren heraustriefen würde, könnte ich dieser Testreihe durchaus etwas abgewinnen.

Ich fahre zum Pommes&Fred. Gerade als ich mich an eines der netten Tischchen – ehemalige Nähmaschinentische, zum Teil noch mit Pedalen – gesetzt habe, piepst mein Handy. Das wird doch wohl nicht Frank sein? Ich schaue auf das Display. Eine SMS von Alfred, passend zur Location.

»Hi Silk …???«

Als ich vor einer Woche neben ihm erwachte, war ich wie vom Donner gerührt. Wie hatte mir *das* passieren können?

Nach meinem Telefonat mit Maja zog ich mich schnell und leise an, bereitete ein sehr übersichtliches Frühstück und hinterließ die Nachricht, dass ich einen sehr wichtigen geschäftlichen Termin wahrnehmen müsse – was gelogen war. Als ich in meine Wohnung zurückkehrte, war Alfred verschwunden.

Nur der leichte Hauch seines Aftershaves hing in der Luft. In der Küche stand ein Blumenstrauß, daneben lag ein Zettel mit seiner Telefonnummer.

Den Zettel zerriss ich, die Blumen schenkte ich meiner Nachbarin. Zwei Tage dauerte es, dann rief er mich das erste Mal an. Ich ignorierte den Anruf. Auch den zweiten und dritten. Das war ziemlich feige von mir, das gebe ich offen zu. Feigheit vor dem Feind gehört eigentlich nicht zu meinen Charaktereigenschaften. Ich gebe mir einen Ruck und rufe ihn an.

»Hi.« Er klingt sehr vorsichtig.

»Hi. Du, ich habe kaum Zeit«, sage ich eine Spur zu hastig.

»Sag mal …« Er zögert. »Habe ich dir irgendetwas getan?«

Ich beiße mir auf die Lippe. »Ich hoffe nicht«, antworte ich dann leise. »Um ehrlich zu sein, habe ich kaum noch Erinnerungen.«

Er lacht, wird dann wieder ernst. »Da ist nichts gelaufen in der Nacht, falls du das meinst. Du bist irgendwann auf dem Balkon eingeschlafen. Ich habe dich ins Bett gebracht und dir die Schuhe ausgezogen. Du hattest mir angeboten, dass ich bei dir übernachten dürfe, das Angebot habe ich angenommen. Mehr war nicht.«

Erleichtert stoße ich Luft aus.

»Deshalb hast du dich nicht gemeldet? Weil du dachtest, ich hätte die Situation ausgenutzt?« Plötzlich klingt er traurig.

»Zum Teil.« Ich schlucke. »Zum anderen Teil – na ja – ich leide nicht unter völliger Amnesie, was den Abend angeht.«

»Und er war furchtbar?«

»Nein, das nicht.« Wieder beiße ich auf meine Lippe. »Wie geht es denn deiner Frau?«

»Already used and with rucksack«, hatte er gesagt. Und anschließend hatte er mir erklärt, dass er verheiratet sei – unglücklich verheiratet, die Ehe existierte eigentlich nur noch auf dem Papier.

Ja, nee, ist klar, das sagen sie alle.

Alfred stöhnt auf. »Das ist es also.«

»Japp.«

»Ich habe dir doch erklärt, dass meine Ehe eine Farce ist.«

»Und du glaubst tatsächlich, dass ich dir das abnehme? Meinst du, ich hätte nur die Hälfte der mir zustehenden Hirnzellen abbekommen?«

»Autsch.«

Ich schweige, er auch. Plötzlich tut mir meine Bissigkeit leid.

»Weißt du, es gibt vermutlich nichts, was ich sagen kann, damit du mir glaubst.« Er räuspert sich. »Ich würde aber viel dafür geben.«

»Du kannst mir viel erzählen.«

»Ich könnte es dir beweisen.«

»Wie denn?«

»Indem du hierherkommst.«

»Im Leben nicht. So, jetzt kommt mein Essen. Mach's gut.« Ich lege auf.

Die Pommes sind das Highlight der bisherigen Reise, auch ansonsten schmeckt es gut und der Salat für fünf Euro ist ein Gedicht. Das Essen stimmt mich versöhnlich.

Nachdenklich nehme ich das Handy. Wie weit ist es von Stuttgart an den Niederrhein? Google Maps sagt gute vier Stunden. Ich schaue auf meine Uhr, gegen sieben könnte ich da sein. Kurz hole ich tief Luft, dann rufe ich Fred wieder an.

»Hallo.«

»Hast du das ernst gemeint?«

»Was denn, Silke? Ich habe alles ernst gemeint, was ich gesagt habe. Aber ich verstehe, wenn du mir nicht glauben magst.«

»Ich meine, dass du es mir beweisen willst.«

Er schweigt für einen Moment, ich kann seinen Atem hören. »Ja, auch das habe ich ernst gemeint. Wenn du zu mir kommst, wirst du sehen, dass ich quasi alleine wohne. Du kannst auch mit meiner Nochfrau sprechen.«

Ob ich das wirklich will? Ich habe mir geschworen, mich nie auf einen verheirateten Mann einzulassen. Ich seufze, irgendwie habe ich mir geschworen, mich nie wieder auf irgendeinen Mann einzulassen. Doch das ist eine ziemlich blöde Idee.

»Okay«, sage ich. »Ich könnte gegen sieben bei dir sein.«

»Oh.«

»Vielleicht wird es auch acht, je nach Staulage.«

»...«

Hat es ihm die Sprache verschlagen?

»Ähm, Silke ... ich habe ein Restaurant. Ich muss heute Abend arbeiten.«

Ich lache leise. »Ach so. Das macht ja nichts. Hauptsache, es gibt weder Pommes noch Currywurst bei dir.«

Wiehern beim Amtsschimmel

Maja

Zweiundvierzig. Ich starre auf den Abriss mit der Nummer. Auf der Anzeigentafel blinkt eine rote Sieben. Na prima! Von sieben bis zweiundvierzig bedeutet mindestens zwei Stunden Wartezeit. Ich hasse die Agentur für Arbeit. Sie sollte wohl eher Agentur für sinnloses Warten heißen. Ich schlängele mich an einer Mutter mit Zwillingen vorbei. Die Kinder arbeiten gerade Zwieback und Bananen in den Broschürenständer ein. Die Mutter tippt auf ihrem Handy und lässt dabei die gegelten Nägel klackern. Neben einem bebrillten Mann, der im *Kicker* blättert, ergattere ich einen freien gelben Plastikschalensitz. Zum Glück war die Kloeten gestern Abend spendabel und hat mir ein druckfrisches Exemplar von *Der Vogelhund* geschenkt. Kommt erst nächsten Monat in den Handel und wird mich jetzt davor bewahren, an Langeweile zu sterben, bis ich endlich, endlich meine sogenannte Arbeitsberaterin sehen darf.

Während ich mich durch ellenlange Sätze quäle und mich frage, was zum Geier ein Vogelhund ist, quetscht sich ein pickeliger Typ auf den Stuhl neben mir. Seine Jeans hängen auf Halbmast, die Haare stehen dank geschätzter zwei Tuben Gel in alle Himmelsrichtungen ab. Er zieht geräuschvoll die Nase hoch.

»Jo, Mann!«, sagt er.

»Jo«, entgegne ich. Der Typ grinst und gibt die Sicht frei auf schiefe Zähne, die von einem kieferorthopädischen Lattenzaun verziert werden. »Jo«, brummt er. Damit ist alles gesagt. Er friemelt ein Handy aus der Hosentasche und schottet sich mit winzigen Kopfhörern gegen die Welt ab. Ich werfe einen Blick auf die Anzeigentafel. Wir sind bei zwölf. Immerhin.

Ich widme mich dem Vogelbuch. Ganz vorne ist ein Foto von Ida Kloeten, daneben steht ihr Lebenslauf: »Ida Kloeten, geboren in Berlin und aufgewachsen in Cuxhaven, lebte lange Jahre in Moskau, wo sie für eine Handelsfirma tätig war. Ihr erster Roman *Der Kater* erschien vor drei Jahren im XY-Verlag.« Aha. Kein Mann? Kinder? Wenigstens ein Hund? Ich muss mal Google fragen, nehme ich mir vor. Schließlich will ich wissen, was für eine kurzgeschorene Fregatte Jochen, äh, Dennis mietet. Wer zahlt für so einen Arsch auch noch Geld? Zugegeben – Jochens Hintern ist schon den einen oder anderen Blick wert. Aber leider hängt daran ein Doofkopf hoch zehn. Der meiner besten Freundin das Herz gebrochen hat. Und damit direkt auf Majas dunkelschwarzer Liste gelandet ist.

Eigentlich wollte ich Silke gestern Nacht noch anrufen, als sich das Partyvolk getrollt hatte. Dennisjochen und die Starautorin machten sich direkt nach dem ersten Steak vom Acker – was Jochendennis wohl recht war, denn während des ganzen Essens hatte er geschwiegen und mir dann und wann Blicke über den Tisch geschickt, die irgendwo zwischen »Halt die Klappe oder ich kill dich« und »Oh, wie peinlich« lagen. Als er weg war, wollte ich Silke dringend unbedingt sofort über den neuen Job ihres Ex unterrichten. Aber erstens landeten Zoran und ich nach halbherzigen Aufräumversuchen einen Stock höher und zweitens beantwortete sie meine SMS, die ich ihr gegen halb fünf schickte, mit: »Bin im Auto – fahre zu Fred.«

»Ooookay … und seine Frau?«, simste ich zurück. Ich habe keine Ahnung, wie Silke es schafft, Auto zu fahren *und* das Handy zu bedienen. Aber sie schafft es. Jedenfalls tickerte kurz danach die Antwort durch: »Ich muss wissen, wie verheiratet er ist!«

»Pass auf dich auf«, riet ich per Tastendruck.

Tja, und heute hat sich noch keine Möglichkeit ergeben, sie zu informieren. Ich versuche, mich auf den Hundevogel oder Vogelhund oder vögelnden Hund zu konzentrieren, muss aber alle anderthalb Seiten aufschauen, um die Anzeigentafel zu kontrollieren. Siebenunddreißig. Hallelujah – meine Nummer naht! Der Junge neben mir ist offensichtlich eingeschlafen, ein Speichelfaden tropft aus seinem Mund. Die wummernde Musik aus den Kopfhörern scheint ihn nicht zu stören. Wahrscheinlich ist der Kerl komplett stoned. Was vielleicht der beste Zustand ist, um seinen Vormittag beim Arbeitsamt zu verbringen. Der Brillenmensch neben mir knispelt an seinen Fingernägeln, bis es blutet. Dann springt er auf und wedelt mit seinem Nummernabschnitt durch die Luft, als sei der Papierfetzen eine Trophäe. Seufzend sehe ich ihm nach und versuche, mich in der kruden Geschichte zurechtzufinden. Ich bin am Ende des zweiten Kapitels und weiß eigentlich schon jetzt, wie die Geschichte zwischen diesem Buch und Bee Maja ausgehen wird – nämlich im Altpapiercontainer. Aber solange ich keine andere Alternative habe, starre ich auf die Seiten. Einundvierzig wird aufgerufen.

»Hey«, räuspert sich jemand und lässt sich in die gelbe Plastikschale neben mir gleiten.

»Jochen!«, rufe ich. Der Knabe neben mir zuckt zusammen, schläft dann aber weiter. Vereinzelt fliegen Köpfe herum und starren uns an. Endlich was los im Wartesaal!

»Pssst«, wispert Jochen und verschränkt die Arme.

»Was machst *du* hier?« Ich klappe das Buch mit einem lauten Schlag zu und halte es so, dass er den knallrot gedruckten Namen »Ida Kloeten« sehen muss. Jochens Teint nähert sich prompt der Druckfarbe. RAL 3000 Feuerrot, schätze ich.

»Termin, was sonst«, blafft er.

»Wie? Ich dachte, du bist ein knallharter Banker?«

»Schon mal was von Wirtschaftskrise gehört?«, knurrt Jochen. Ich kann förmlich hören, wie die Rädchen in meinem Kopf rattern. Und dann macht es Pling. Ich strahle ihn an: »Ah, deswegen der Nebenjob.«

Klar, das Appartement am Hafen, der Jaguar, die Klamotten ... Jochen hat noch nie billig gelebt. Mit Arbeitslosengeld ist so etwas natürlich unerreichbar teuer. Jochen grinst schief. »Puppe, hör mal«, antwortet er, »so kann ich Spaß mit Geldverdienen kombinieren, bis ich geschäftlich wieder Fuß gefasst habe.«

»Spaß und die Kloeten? Wie passt das zusammen?«

Jochen sieht mich reichlich verärgert an. »Business ist Business«, näselt er und steht auf. Ehe er geht, beugt er sich zu mir runter: »Und du hast mich nie gesehen, verstanden?« Was bildet der sich eigentlich ein? Sind wir in einem drittklassigen Kinofilm?

»Was ist dir das wert?«, schnurre ich. Okay, ich weiß genau, dass bei ihm im Moment nichts zu holen ist, schließlich beziehen wir unsere Euros vom selben Zahlmeister.

»Halt du dein dummes Mündchen, Schatz, und ich ...«

»Was, Hasi?«

Ha! Jochen geht die Luft aus. Die Anzeigentafel springt auf 42. Ich erhebe mich majestätisch und gebe Dennisjochen einen kleinen Schubs. »Verzeihung, ich habe ein Date«, säusele ich. Dann rausche ich den Flur hinunter zu meiner Arbeitsberaterin.

Den Gang hätte ich mir sparen können. Natürlich hat sie keine Jobangebote für mich. Und meine vorsichtige Frage nach Unterstützung für eine selbstständige Tätigkeit beantwortet die Sumpfkuh mit einem Stapel Broschüren und dem Verweis auf das Internet. Prima. Da hätte ich gleich Onkel Google fragen können! Der allerdings muss warten, denn nachdem ich ein paar Orakelanfragen bei Facebook abgearbeitet habe, ploppt das Chatfenster auf.

Silk Stockings: Maja!
Bee Maja: Wo bist du?
Silk Stockings: Bei Fred.
Bee Maja: ERZÄHL!
Silk Stockings: Habe seine Frau gesehen.
Bee Maja: Tacheles, Süße!
Silk Stockings: Also, halt dich fest: Verena hat sich in eine Karin oder Katja oder so verliebt!
Bee Maja: ???
Silk Stockings: Verena ist Freds Frau. Nochfrau. Sie ist lesbisch. Glaubt sie wenigstens. Jedenfalls will sie zu dieser Karin oder Katja nach Wismar ziehen. Sie und Fred wohnen zwar noch in demselben Haus, aber in getrennten Zimmern. Verena ist wirklich nett, aber auch ein bisschen zickig. Dass sie ein Verhältnis mit einer Frau hat, wusste Fred monatelang nicht. Er dachte, da sei ein anderer Kerl im Spiel, und das hat ihn halb verrückt gemacht.
Bee Maja: Starker Tobak.
Silk Stockings: Kannst du laut sagen. Und dass Verena sich in eine Frau verliebt hat macht die Sache auch nicht einfacher. Aber sie sagt, Fred sei drüber weg. Er hatte ganz schön viele Tröst-Affären in den letzten zwei Jahren.

Bee Maja: Und du bist ...
Silk Stockings: ... hoffentlich keine davon. Ich weiß es nicht. Verena sagt, er hat noch nie eine Frau zu sich eingeladen.
Bee Maja: Gutes Zeichen!
Silk Stockings: Hope so!
Bee Maja: Silk ... ich muss dir den Knüller erzählen. Es geht um Jochen.
Silk Stockings: Will ich das wissen? Wer ist Jochen?
Bee Maja: *grins* DAS willst du wissen. Pass auf!

Bitte???

Silke

Fassungslos starre ich auf den Bildschirm. Das kann doch nicht wahr sein. Jochen als Callboy? Berlin Gigolo? »Ein Mann für gewisse Stunden«? Und arbeitslos ist er auch? Mein Jochen? Dass er damit nicht klarkommt, glaube ich gerne. Für ihn musste es immer das Beste und Teuerste sein. »Du musst mal Himalajasalz probieren, das beste und teuerste Salz der ganzen Welt.« Gekauft habe ich es dann, aber er hat es verspeist. Immer kam er zu mir, hat den Kühlschrank leer gegessen, sich von mir aushalten lassen. Ohne Skrupel. Ich verziehe das Gesicht. »Es ist immer einer, der macht, und du eine, die es mit sich machen lässt«, sagte Maja damals zu mir und sie hatte völlig recht damit. Ich habe es mit mir machen lassen. Viel zu lange. Ich habe mich ausnutzen lassen und er hat es in vollen Zügen genossen.

Wenn ich jetzt daran denke, wird mir ganz schlecht vor lauter Scham. *Pling.*

Bee Maja: Bist du noch da?

Silk Stockings: Irgendwie schon. Ich kann es nur nicht glauben.

Bee Maja: Vertrau mir, ich hab's gesehen. Jochendennis mit dieser Idatusse.

Silk Stockings: Sah es wenigstens ekelig aus?
Bee Maja: Aber so was von.
Silk Stockings: Okay, aber ich werde etwas Zeit brauchen, bis das in meinem Großhirn angekommen ist.
Bee Maja: Bist du alleine?
Silk Stockings: Das weiß ich gar nicht. Ich habe hier ein Gästezimmer mit Bad. Vorhin haben sich Verena und Fred gestritten, als ich geduscht habe – da wollte ich nicht Mäuschen spielen. Und jetzt ist alles still, aber ich trau mich nicht wirklich raus.

Pling. Ein zweites Chatfenster geht auf. Ekel Frank, Cheffe.

Frank Frei: Hi Silke.
Silk Stockings: Hallo Chef.
Frank Frei: Ich habe deine Beurteilung gelesen. Klingt gut.

Was will er jetzt von mir?

Bee Maja: Aber wie dein Fred ist, hast du noch nicht gesagt. Erzähl doch mal.
Frank Frei: Ich habe mir überlegt, dass die Beurteilungen nicht reichen. Kannst du mir dazu noch einen Artikel schreiben?
Silk Stockings (an Frank Frei): Ja.
Silk Stockings (an Bee Maja): Was genau willst du wissen.
Bee Maja: Aaaaaaaaaaaaaaaaalles. Jedes Detail.
Frank Frei: Schön. Bis um 16 Uhr? Etwa 300 Zeilen?

Ist der durchgedreht? Hektisch schaue ich auf meine Uhr. Es ist schon halb zwölf. Mein Magen knurrt und ich habe Durst.

Silk Stockings (an Frank Frei): Weiß nicht, ob ich das schaffe.

Frank Frei: Du musst. Es muss heute noch in den Satz. Bitte.

Oh! Ein »Bitte«. Das fünfte in diesem Jahr. Was ist mit dem Mann los, wird er Vater?

Silk Stockings (an Frank Frei): Ich bemühe mich ... aber ...

Frank Frei: Aber was? Komm, das ist wirklich gut. Ich habe mal vorgefühlt, VOX hat Interesse an der Idee, vielleicht machen die auch so was. Dann bekommen wir Lizenzgelder und überhaupt. Aber dafür brauchen wir einen 1A-Artikel. Du kannst das, das weiß ich.

Daher weht also der Wind. VOX. Soso. Das gibt mir Spielraum.

Silk Stockings (an Frank Frei): Okay, ich mach's.

Frank Frei: Super, ich wusste, ich kann mich auf dich verlassen. Mach es lustig, ja?

Silk Stockings (an Frank Frei): Na klar, aber ...

Frank Frei: Süße, alles, was du willst!

Das geht fast schon zu schnell, da scheint eine Menge Geld im Spiel zu sein.

Silk Stockings (an Frank Frei): Hiermit ist meine Reise beendet. Du kannst irgendeine Praktikantin durch Deutschland schicken. Ich werde ihre Bewertungen beurteilen und darüber schreiben, aber ich werde nicht noch mal meine Zeit damit verbringen, mir frittierte Kartoffeln in den Schlund zu stopfen.

Bee Maja: Siiiiiiiiiiiiiiiiiiiiiiiiiiiiilk!!!!!!!! Wo bist du? Ich warte!
Silk Stockings (an Bee Maja): Moment. Bin beschäftigt.
Bee Maja: Oh! Mit IHM?
Silk Stockings (an Bee Maja): Am Computer? Geht's noch? Ich schreibe gerade mit Cheffe Frank.
Bee Maja: Noch mehr Ärger? Autsch.
Silk Stockings (an Bee Maja): Nein, Ende in Sicht. Ich ruf dich gleich an.
Bee Maja: Gut. Ich warte und warte und warte.

Ich warte auch. Frank antwortet nicht. Shitshitshit. Ich will raus aus dieser Nummer. *Pling.*

Frank Frei: Okay, du hast gewonnen. Und ich gebe zu, die Nummer war Mist. Jemanden alleine auf Pommesbudenreise zu schicken, war keine besonders glorreiche Idee. Sorry. Aber du hattest es mir angeboten.

Hatte ich. Schließlich hänge ich irgendwie an meinem Gehaltsscheck.

Silk Stockings: Das heißt, ich darf tatsächlich nach Hause?
Frank Frei: Ja. Aber da gibt es noch etwas ...

Was denn? Ich warte. Frank lässt sich Zeit. *Pling.*

Frank Frei: Der Verlag möchte eine weitere Zweigstelle aufmachen.

Was? Mir schwant Schreckliches.

Silk Stockings: Wo?
Frank Frei: In Düsseldorf. Und sie sehen dich als innovative Redakteurin dort.

Mir fällt die Kinnlade bis auf die Knie. Oh Gott. Nein!

Frank Frei: Der Umzug wäre auch mit einer Gehaltserhöhung verbunden, der Verlag würde die Umzugskosten tragen.
Silk Stockings: Habe ich Bedenkzeit?
Frank Frei: Ja, bis Dienstag.

Super. Heute ist Samstag. Fantastisch. Idioten.

Silk Stockings: Okay.

Ich logge mich aus. Das ist zu viel für mich. Zu viel auf einmal. Ich greife nach meinem Handy.

»Maja?«, schluchze ich. »Ich muss umziehen. An den Niederrhein.«

Überraschung!

Maja

Klasse, so ein ganzer Tag für mich alleine: Ich habe bis nach zehn geschlafen, mir meinen Brüh-Labber-Kaffee gemacht und surfe nun durch die schöne bunte Welt des Internets. Unglaublich, wie viele Menschen am helllichten Arbeitstag online sind – die können nicht alle arbeitslos sein! Entweder haben sie ahnungslose Chefs oder Urlaub. Na, mir soll es recht sein, mein Orakelbriefkasten quillt über und es wird höchste Zeit, dass ich ein paar Kandidaten abarbeite.

Den Anfang mache ich mit Nummer 307. Eine dickliche Frau, die ziemlich unglücklich in die Kamera schaut. Laut Facebook ist sie weit über fünfzig.

In ihrem Profil sehe ich, dass sie Mitglied bei einigen philosophisch angehauchten Gruppen ist. Diese Marie bekommt folgende Antwort vom großen Orakel Bee Maja: »307 – Wer in deine stahlblauen Augen schaut … der kann versinken. Und er wird einen wahren Schatz entdecken. Einen Schatz aus Gedanken, Erfahrungen, aus Ansichten, Meinungen und aus Liebe. Du magst das Leben. Aber nicht immer so, wie es ist. Du bist auf der Suche nach Antworten und dabei ist dir kein Weg zu weit. An der Oberfläche schürfen können andere. Du gehst den Dingen auf den Grund und gibst dich erst zufrieden, wenn du alles erkannt und gelernt hast. Dein Wissenshunger ist unersättlich – du lernst und liest in Büchern, genau wie in Menschen.«

Doch. Klingt gut und passt zu ihr. Außerdem hat sie wirklich irrsinnig schöne Augen. Da wäre jeder Husky neidisch!

Noch ein Tässchen Kaffee für das große Orakel und weiter geht's. Ein Mäuschen namens Mirjam glotzt mit übergroßen Augen in die Kamera. Der Frisur nach ist das Bild einige Jahre alt, denn heutzutage trägt niemand mehr Pudeldauerwelle mit hochfrisiertem Pony (hoffe ich jedenfalls!). Die Frau hat einen ganzen Haufen Makroaufnahmen eingestellt: Rosen, Bienen im Flug, eine Ameise. Ich denke kurz nach, versuche, mich in Mirjam hineinzuversetzen, dann antwortet das Orakel: »333 – Du bist schön. Klug. Witzig. Und du hast das Mädchen in dir bewahrt. Noch immer schaust du staunend auf die Welt um dich herum und entdeckst täglich Neues. Du magst die Menschen, du magst Tiere, Blumen ... einfach alles, was Leben ist. Und du wirst gemocht. Von Tieren und Menschen. Manchmal scheint es, als ob dein Herz vor Freude überquillt. Doch neben all dem Überschwang und der grenzenlosen Freude am Leben kennst du auch die stillen Momente. Die dunkleren Seiten. Diese Erfahrungen haben dich stark gemacht – und von dieser Kraft profitieren alle um dich herum.«

Ja. Passt.

Oh, was ist das? Hans-Jürgen? Selten, dass ein Mann meine Dienste in Anspruch nimmt. Nummer 493 ist mittelalt, mittelblond und mittelgut verdienend, schätze ich. Seine Fotogalerie zeigt zur Hälfte eine typische Familie mit Vater (er), Mutter und zwei Kindern (beides Mädchen). Plus Schäferhund. Die andere Hälfte der Fotos besteht aus Landschaftsaufnahmen, nur gelegentlich sieht man ihn selbst. Offensichtlich hat er sich mit dem Selbstauslöser bei seinen Wandertouren fotografiert.

Eine Fotostrecke zeigt getöpferte Vasen mit Inkamustern. Die hat wohl seine Frau gemacht. Ich gönne mir drei Prinzenrolle-Kekse, dann weiß ich, womit ich Hans-Jürgen eine Freude machen kann: »493 – Du bist ein Fuchs, wenn es darum geht, deine Träume zu verwirklichen. Du hast Geduld. Kannst warten. Denn du weißt ganz genau, dass der Erfolg dir recht geben wird.

Von Mainstream und Masse hältst du nichts. Du gräbst gern an ungewöhnlichen Orten – und findest so einen Schatz nach dem anderen. Du bist ein Familienmensch, der aber auch seine Freiräume braucht. Und diese anderen genauso zugesteht.

Du nimmst die Menschen ernst – und zwar egal, ob sie 5 oder 95 Jahre alt sind. Die Welt siehst du noch immer durch die Augen des Kindes, das du einmal warst und irgendwie noch geblieben bist. Dazu kommt ein reicher Schatz an Erfahrungen, an Wissen und an Neugier. Du erfährst Neues und sorgst dafür, dass die Menschen in deinem Umfeld durch dich Neues und Spannendes erfahren.«

Ich bin echt in Fahrt und widme mich der nächsten Kundin. Kayra, ein Teenager. Das ist einfach, ich sage ihr genau das, was ich als Teenie gerne gehört hätte: »332 – Du bist auf der Suche nach Antworten. Das Leben ist für dich eine spannende Reise … und du möchtest wissen, was hinter den Dingen steckt.

Du kennst deine Wurzeln und bist ein Familienmensch. Freunde sind dir sehr wichtig. Dein Herz verschenkst du nur an Menschen, die es in deinen Augen wert sind. Es ist nicht leicht, dich zu durchschauen. Doch wer einmal dein Freund geworden ist, der kann auf dich zählen.

Der Weg, den du im Leben gehen möchtest, ist dir schon ziemlich klar. Du weißt, was du willst und wie du es erreichst. Manchmal denkst du zu viel nach … Höre auf dein Herz und du wirst sehen, dass alles ganz leicht und einfach ist!«

Das Chatfenster ploppt auf. Es ist Hans-Jürgen.

Hans-Jürgen von Bindestrich: Hallo Bee Maja, das hast du toll gesagt.
Bee Maja: Danke! ☺
Hans-Jürgen von Bindestrich: Es stimmt. 100 %.
Bee Maja: Das freut mich!
Hans-Jürgen von Bindestrich: Was schulde ich dir?

Was? Noch einer, der mich bezahlen will? Vielleicht ist es doch keine so schlechte Idee, mich mit den Orakelsprüchen selbstständig zu machen. Erstens macht es Spaß wie Huf, zweitens scheine ich die Leute ja wirklich glücklich zu machen.

Bee Maja: Nichts. Ist okay.
Hans-Jürgen von Bindestrich: Das verdient aber eine Anerkennung.
Bee Maja: Dann lass dir was einfallen. Zahle, was es dir wert ist.

Das hat ja schon mal geklappt und mir saftige zweihundert Euro von der grünen Wurstpelle in die Kasse gespült.

Hans-Jürgen von Bindestrich: Wären 15 Euro okay?

Du Beamtenhirn, du! Geizkragen!

Bee Maja: Ja. Warte, ich schreibe dir meine Adresse mit privater Nachricht.
Hans-Jürgen von Bindestrich: Ich würde eigentlich lieber überweisen.

Klar, und noch eine Quittung mit ausgewiesener Mehrwertsteuer?

Bee Maja: Vergiss es einfach. War kostenlos.
Hans-Jürgen von Bindestrich ist offline.

Boah. Jetzt brauch ich was anderes als Kaffee. Es ist mittlerweile schon nach zwölf. Da darf ein erfolgreiches, genervtes Orakel schon mal einen Piccolo köpfen. Ich muss mir dringend eine Strategie überlegen, wie ich mit der Orakelsache professioneller umgehe. Als ich eben den Kühlschrank aufmachen will, schellt es. Seufzend denke ich an die Blubberbrause und gehe zur Tür. Ich erwarte niemanden.

»Ja?«, pampe ich und reiße die Tür auf. Vor mir steht ... Zoran. Und neben ihm steht eine Miniaturausgabe seiner selbst. Zoran als laufender Meter, die gleichen moosgrünen Augen, das gleiche blonde Strubbelhaar. Nur bedeutend jünger.

»Hallo Maja«, sagt der große Zoran.

Der kleine Zoran bohrt in der Nase.

»Das ist Marten«, erklärt Zoran und legt dem Knirps die Hand auf die Schulter. »Dürfen wir reinkommen?«

Ich nicke stumm und lasse die beiden in die Wohnung. Zoran geht schnurstracks ins Wohnzimmer, der Pimpf folgt ihm schlurfend. »Nein!«, rufe ich, als Marten auf direktem Weg auf meinen Laptop zusteuert. Offensichtlich hat der Knabe einen Hörschaden, denn er hackt wie bekloppt auf den Tasten rum. Der Bildschirm wird schwarz. Dann öffnet sich wie von Zauberhand eine Exceltabelle.

»Doof«, blökt Marten und saust zu Zoran, der sich auf die Couch gesetzt hat. Er klettert auf seinen Schoß und bohrt noch einmal eine Runde in der Nase.

»Wer ist das?«, frage ich tonlos, obwohl ich die Antwort schon kenne. Mir ist schlecht.

»Das ist mein Sohn«, antwortet Zoran und strubbelt seiner Miniaturausgabe durch die Haare.

»Aha.«

»Maja, ich wollte es dir in Ruhe erzählen.« Weiter kommt er nicht, weil sich in dem Moment mein Magen umstülpt. Ich renne aus dem Zimmer, schaffe es gerade so noch ins Bad und führe eine kurze Unterhaltung mit der Kloschüssel. Würgend und schniefend lasse ich mich auf den Boden sinken. Ich zittere am ganzen Körper.

Zoran hat ein Kind.

Und sicher auch die passende Frau. Waren da Frauensachen in den Schränken seines Hauses? Zwei Zahnbürsten? Verdammt, ich weiß es nicht, habe auch nicht darauf geachtet ... da schwebte ich ja noch auf dieser bescheuerten rosa Wolke.

Langsam bekomme ich wieder Luft. Ich schütte mir kaltes Wasser ins Gesicht, verschmiere dabei meine Wimperntusche und putze mir hastig die Zähne. Also gut, mein Lieber, dann erzähl deiner Scheppscheck mal die ganze Story! Kampflustig balle ich die Hände zu Fäusten und trete den Marsch ins Wohnzimmer an.

Vater und Sohn sind verschwunden. Dafür ziert ein schokobrauner Mini-Handabdruck das cremefarbene Seidenkissen. Ich lasse mich an Ort und Stelle auf den Boden sinken. Zum Glück liegt das Handy in Reichweite. Ich schicke Silke eine SMS:

»Ich bin Mutter.«

Dann heule ich los.

Die Dreiviertelwahrheit

Silke

»Ich bin Mutter.« Ich starre auf die SMS und kann es nicht fassen. Das kann nicht sein. Oder doch? Sie hat Zoran vor zwei Wochen das erste Mal getroffen. Wann war sie mit ihm im Bett? Letzte Woche irgendwann. Es gibt ja diese digitalen Frühtests, ich habe aus Panik auch schon den einen oder anderen verbraucht ... Oh Gott, nein. Das *darf* nicht sein!

Ich wähle ihre Nummer, sie hebt ab und schluchzt haltlos in das Telefon.

»Immer mit der Ruhe, Maja. Nichts ist so schlimm, dass wir nicht daran arbeiten könnten«, versuche ich sie zu beruhigen.

»Es ist furchtbar.« Sie schnieft laut.

»Wie weit bist du? Noch ganz am Anfang, oder? Ist – ähm – Zoran der Vater?«

»Davon gehe ich aus.« Wieder schnieft sie laut.

»Du gehst davon aus? Hast du mir jemanden verheimlicht?« So langsam wird mir mulmig.

»Zoran ist der Vater, da besteht gar kein Zweifel.«

Okay, das haben wir schon mal geklärt. »Weiß er es schon?«

»Er wusste es vor mir ...«

Ich kratze mich am Kopf, so ganz durchschaue ich Majas Geschluchze nicht. »Du hör mal, es gibt da Möglichkeiten. Tabletten.«

»Dazu ist es zu spät. Oh Gott ... was mach ich nur?«

»Abtreibung«, murmele ich.

»Das geht nicht.«

»So schlimm kann das gar nicht sein. Auf jeden Fall besser, als in die Mütterfalle zu tappen. Ich kenne einige Mädels, die abgetrieben haben und nicht vom Blitz erschlagen wurden.«

»Nein. Neiheihein.«

Eigentlich ist Maja doch gar nicht katholisch. Oder etwa doch?

»Für eine Abtreibung ist es etwa sechs Jahre zu spät, würde ich schätzen«, schnieft sie nun.

»Kannst du mir jetzt in klaren und einfachen Worten erklären, was los ist? So als wäre ich zehn Jahre alt? Oder willst du weiter in Rätseln sprechen?«

»Ach Silk, es ist furchtbar, ich kann es selbst noch gar nicht fassen.«

»Sagst du mir jetzt, was los ist, oder kommt erst noch der Werbeblock?«

»Zoran hat einen Sohn. Etwa fünf oder sechs Jahre alt.«

»Ist nicht wahr!« Ich schüttele verblüfft den Kopf. »Ist er verheiratet? Wo ist die Mutter?«

»Weiß ich nicht. Weiß ich alles nicht. Was mach ich denn nun?«

»Wasch dir das Gesicht und mix dir einen Drink. Das brauchst du jetzt.« Ich überlege. »Immerhin ist er aus dem Spuck- und Kackalter raus.«

»Ja, und im Schokoladenverschmieralter drin.« Endlich wird Maja ruhiger. »Er war vorhin kurz hier. Zoran. Mit Sohn. Ist aber ohne eine Erklärung wieder gegangen. Ich weiß nichts. Nicht, ob er verheiratet ist, nicht, was mit der Mutter ist, nicht, was er von mir wollte.«

Da ist ein Kartenhaus gründlich in sich zusammengefallen, wird mir klar. »Ich find's raus.«

»Wie denn?«

»Imke!«

Keine halbe Stunde später sitze ich in meinem Wagen und fahre nach Bremen. In gut drei Stunden werde ich bei Imke aufschlagen. Als Zorans Schwester wird sie ja wohl alle nötigen Details kennen. Außerdem bin ich ganz froh, den Niederrhein wieder verlassen zu können. Auch wenn Fred ein netter Mann ist, macht mich die Situation in dem Haus mit seiner Frau nervös.

Imke wohnt auf einem traumhaften Grundstück in der Nähe von Bremen. Das Haus, einen alten Resthof, haben sie und ihr Mann modernisiert und ausgebaut. Es ist so groß, dass man stundenlang darin herumlaufen könnte, ohne einen Raum doppelt zu betreten.

Zum Glück strahlt die Nachmittagssonne von einem Himmel, der aussieht wie Gottes Geschenkpapier, und wir können es uns in dem Strandkorb bequem machen, der die Terrasse ziert.

»Das ist eine hervorragende Idee von dir, mich spontan zu besuchen«, sagt Imke und öffnet mit einem satten Ploppen die Weinflasche. »Ich hätte mich sonst womöglich gelangweilt. Bloß – ich habe kaum noch Lebensmittel im Haus, aber wir könnten Pommes holen. Hier gibt es eine saugute Pommesbude.«

Ich verziehe angewidert das Gesicht und erzähle ihr vom Frittengrauen.

»Okay, habe verstanden. Dann müssen wir einfach mal schauen, was noch da ist.«

»Ist Thommy nicht hier?«

»Es ist Vollmond, er ist auf der Jagd.« Sie lacht beschwingt. Ihr Göttergatter ist regelmäßig auf der Jagd, er jagt Rotwild und Schwarzkitteln hinterher, auch wenn böse Zungen manchmal behaupten, dass auch der eine oder andere Minirock darunter sei. Darüber lacht Imke nur, sie hat sich mit seinem Hobby arrangiert.

»Wolltest du ihn besuchen?«

»Nein, ich wollte mit dir reden und bin ganz froh, dass wir unter uns sind.«

»Ah, verstehe, Frauenthemen.« Sie füllt die Gläser, reicht mir eines. »Die Kinder sind bei der Gruselmumme, wir haben also reichlich Zeit und die Weinvorräte habe ich gerade neu aufgestockt.«

»Wunderbar, besser könnte es nicht sein.«

»Worum geht es? Ich habe munkeln gehört, dass du Alfreds Frau Verena besucht hast.« Sie lacht.

Ich verziehe das Gesicht. »Eigentlich habe ich Alfred besucht, Verena war die Draufgabe. Seltsame Verhältnisse herrschen da.«

»Ein Verhältnis hat bisher nur Verena – oder bist du Al näher gekommen?«

»Irgendwie wollte es nicht so richtig funken. Kann aber auch daran liegen, dass mich seine Ehefrau im Nebenzimmer gehemmt hat.«

»Durchaus nachvollziehbar. Tja …«

»Verena will ausziehen.« Nachdenklich nippe ich am Wein.

»Ja, immer mal wieder. Ich glaube nicht mehr daran, dass sie es tut.«

Überrascht ziehe ich die Augenbrauen hoch. »Wieso?«

»Das Modell funktioniert seit Jahren bei den beiden. Mal hat sie was mit einer Frau, mal er … mal wollen sie es wieder zusammen probieren. Wenn da nicht bei einem von ihnen jemand wie eine Bombe einschlägt, wird das ewig so weitergehen.« Sie trinkt einen Schluck, wischt sich dann über das Kinn. »Ich hatte gedacht, dass es zwischen euch beiden gefunkt hätte, aber offensichtlich wohl doch nicht.«

»Ich weiß nicht. Ich mag ihn sehr gerne, aber …«

»Siehst du, das »aber« ist schon zu viel. Ent- oder weder.«

»Was hältst du denn von ihm?«, frage ich.

»Ich finde ihn nett, aber hast du seine Uhr gesehen? Seine Armbanduhr?«

»Diese Sportuhr, mit der man Sprints stoppen, die Wassertiefe erkennen oder das Mutterschiff rufen kann? Japp.«

»Männer mit solchen Accessoires sind mir suspekt. Mutterschiff rufen …« Sie kichert. »Das hat was. Vermutlich braucht er das.«

»Andererseits ist er wirklich sympathisch. Er kommt offen und ehrlich rüber.«

»Ja, die Ehrlichkeit in Person. Oder er hat einen Haufen Bücher darüber gelesen und weiß, was er tun muss, um so zu wirken.«

Nachdenklich kaue ich an meiner Unterlippe. »Darüber muss ich mal sinnieren.«

»Mach das, dich treibt ja keiner. Hast du Jochen das Wohnrecht in deinem Kopf entzogen?«

»Das ist in Arbeit.«

»Immerhin. Gibt es sonst noch etwas oder darf ich jetzt tratschen?«

»Imke … der Zoran …«

»Hab's mir doch gedacht.« Sie verdreht die Augen. »Was hat er angestellt? Ich dachte, er und Maja sind auf Wolke sieben?«

»Er hat sie zur Mutter gemacht.«

»Marten. Oje.« Sie füllt unsere Gläser wieder. »Hmm.«

»Hmm?«, frage ich.

»Willst du die kurze oder die lange Version der Geschichte?«

»Die kurze.«

»Okay, vor sechs Jahren war Zoran nur Enkel eines reichen Opas. Er vergnügte sich gerne auf Partys. Da hat er diese Maus getroffen. Verheiratet, Beine bis zu den Achseln, lange blonde Wallehaare. Ein Träumchen.«

»Verheiratet?«

»Oh ja. Das war eine große Herausforderung für meinen Bruder. Ich habe ihn noch gewarnt, habe gesagt, dass das in die Hose geht. Na klar, das Prickeln des Verbotenen hat was, aber das Beste am Seitensprung ist doch der Anlauf, dieses Flirten und Hintasten. Zum Absprung muss es doch nicht wirklich kommen.«

»Quark!«

»Genau. Quark.«

»Zoran hat also nicht rechtzeitig gestoppt?«

»Nein. Astrid wollte dringend ein Kind. Ihr Mann war aber nicht zeugungsfähig. Zoran erschien ihr passend, hatte leichte Ähnlichkeit mit ihrem Angetrauten.«

»Aha«, mache ich. Leute gibt's!

»Der Plan ging nicht auf.«

»Aber es gibt doch dieses Kind?«

»Jawoll, das gibt es und es ist tatsächlich Zorans Sprössling.«

»Aber?«

»Aber die Ehe gibt es nicht mehr. Und Madame Astrid hat wenig Lust, alleinerziehende Mutter zu sein.«

»Dammich ... und jetzt hat er die Brut an der Backe?«

»Immer dann, wenn Madame in Partylaune ist. Im Moment lässt sie sich von so einem Typen aushalten und ist mit ihm nach Mallorca geflogen. Da stört die Brut.«

»Und nun hat Zoran die Aufsicht.«

»Ja, dummerweise ist er inzwischen nicht mehr nur Enkel des Geschäftsführers, sondern muss den Laden schmeißen. Und dazu kommt noch seine literarische Karriere – oder was mal eine werden soll. Bis vorgestern habe ich mich erbarmt und Marten bei mir aufgenommen. Aber irgendwann ist Schluss mit lustig. Dieses Kind hat viel – aber keine Manieren. Beinahe hätte er Mias Hund ertränkt.«

»Ein Traumkind also.« Ich schließe die Augen, eine Woge aus Mitleid für Maja überschwemmt mich.

»Er ist noch nicht mal ein Besuchsengel – meine Kinder können sich wenigstens bei anderen Leuten benehmen. Meistens.«

»Marten nicht?«

Imke schüttelt den Kopf. »Maja soll Nein sagen. Laut und deutlich. Zoran hat genug Geld für ein Kindermädchen, aber manchmal ist er echt geizig.«

»Geld haben kommt von Geld halten.«

»Richtig, aber weder Majas Nerven noch ihre Einrichtung sollten darunter leiden.«

Dummerweise gehört Maja zu den Leuten, die nie Nein sagen können. Vor allem dann nicht, wenn sie auf Wolke sieben schwebt. Ich nehme das Telefon, um sie zu warnen, doch sie geht nicht dran. Mist.

Zum Glück hat Imke noch eine Flasche Wein kalt stehen, sodass ich meine Sorgen ertränken kann.

Lippenstiftkunst

Maja

Kaum zu glauben – aber es stimmt ein Mal, ein einziges Mal, was die Werbung behauptet: Das Wunder-Waschmittel lässt mein Seidenkissen leben und entfernt den Schokoabdruck rückstandslos.

Nur leider gibt es kein Waschmittel für Herzen. Und auf meinem ist ein großer, dunkler Fleck, der saumäßig wehtut. Wieso hat Zoran mir nichts gesagt? Wer ist die Mutter? Verdammt ... Meine Gedanken kreisen und ich kann mich nicht mal auf die Orakelsprüche konzentrieren. Auf meinem virtuellen Bauernhof sieht es aus wie Kraut und Rüben, die Kühe sind zum Bersten mit Milch gefüllt und das sorgsam angelegte Feld komplett verdorrt. Und zu allem Übel ist auch noch mein Bienenschwarm auf und davon, wie mir das System vorwurfsvoll meldet.

Ich klicke das Fenster zu und schalte den Laptop aus. Die Nacht war nicht berauschend, weil ich zu berauscht war. Vier Piccolofläschchen hatte ich im Kühlschrank. Diese Kameraden plus die drei Bierchen, die im Schrank lagerten, haben den Gedanken an Papa Zoran für ein paar Stunden vertrieben und ich war gerne bereit, mit einem saftigen Kater zu bezahlen. Ich beschließe, mich wieder im Bett zu verkriechen, und nehme als Marschverpflegung die vorletzte Milka-Tafel mit. Als ich eben ins Zimmer abbiegen will, schellt die Klingel. Ich mache vor Schreck einen Satz und lasse die Schokolade fallen.

»Mann, nicht jetzt!«, rufe ich und reiße die Wohnungstür auf. Dieses Bild habe ich gestern schon mal gesehen: Der große Zoran und der kleine Zoran stehen im Flur. Nur, dass der große heute ziemlich betreten aussieht.

»Maja«, sagt er und sieht mich mit seinen moosgrünen Augen an. »Lass uns reden.« Am liebsten würde ich ihm die Tür vor der Nase zuknallen. Aber erstens siegt meine Neugier auf die Geschichte und zweitens ist Marten schon im Flur und stürzt sich auf die Milka.

»Aufmachen!«, ruft er und hält die Schokolade mit einem triumphierenden Grinsen in die Luft.

»Wenn du die essen willst, dann musst du sie auch alleine aufmachen«, pampe ich. Zoran sagt nichts, sondern geht zu seinem Ableger, kniet sich vor ihn und fummelt hingebungsvoll die lila Folie auf. Dann bricht er eine Reihe ab und drückt sie Sohnemann in die Hand.

»Mein Kissen kommt eben erst aus der Maschine«, knurre ich drohend. Was den Herren aber pupsegal zu sein scheint, denn sie marschieren ungefragt ins Wohnzimmer.

»Ja, geht doch schon mal durch, klar, kein Problem, ich wollte mich ja eben üüüüberhaupt nicht hinlegen!«

»Maja, bitte ...« Zoran sieht mich flehentlich an und mein dummes, dummes Herz macht einen Satz. Ich sollte stark bleiben. Beide aus der Wohnung werfen, meinen Schokovorrat retten und mich im Bett verkriechen. Tue ich aber nicht.

»Will noch jemand Kaffee?«, blöke ich. Zoran will – Marten schüttelt den Kopf und lässt ein lautes »Bäh!« hören. Putzig, das Kind. »Milch«, ruft er dann und klettert auf die Couch. Natürlich hat er dabei die Schuhe anbehalten und selbst von der

Tür aus sehe ich, dass in den Sohlen der komplette Erdaushub eines Einfamilienhauses klebt.

»Schuhe aus«, sage ich. Zoran klemmt sich seinen Sprössling auf den Schoß und zieht ihm die Turnschuhe von den Füßen. Eigentlich ganz niedlich, diese Mini-Sneakers.

»Danke«, presse ich raus und gehe in die Küche. Meine Hände zittern, als ich Wasser in die Maschine füllen will. Eine Pfütze entsteht auf der Arbeitsplatte und wässert die Kekspackung. Was mache ich bloß? Ich bin so wütend. Und traurig. Und neugierig. Ich starre die Maschine an, während sie Kaffee brüht, und horche in mich hinein. Okay, geheult habe ich in den vergangenen Stunden genug. Meine Wut kann ich nachher rauslassen. Die Neugier siegt.

Wildes Kreischen reißt mich aus meinen Gedanken. Ich stürze ins Wohnzimmer. Zoran zappt mit der Fernbedienung durch die Kanäle.

»Wo ist denn bei dir der KiKa?«

»Was bitte?«

»Auf welchem Sender liegt bei dir der Kinderkanal?«

Kinderkanal? Gibt's so etwas?

»Keine Ahnung. Das schaue ich eher selten«, entgegne ich.

»Dadadadaaaaa!«, brüllt Marten und springt vor Entzücken auf dem Sofa herum. »SpongeBob!« Ein sprechender Badeschwamm erscheint auf dem Bildschirm. Marten verfällt in eine Art Schockstarre, lässt sich vom Sofa gleiten und sitzt, die Knie angewinkelt, wie ein kleiner Buddha vor der Glotze.

»Papa und Maja müssen mal reden«, sagt Zoran und streicht seinem Ableger über den Kopf. Dass das bei dem Kind ankommt, bezweifle ich.

»Maja und Papa müssen in der Tat reden«, knurre ich und betone das Wort »Papa« besonders. Ich mache auf der Hacke kehrt, nehme in der Küche zwei Becher aus dem Schrank und gieße Kaffee ein. Zoran setzt sich an den kleinen Tisch. Ich knalle einen Becher vor ihn hin und setze mich ihm gegenüber auf den zweiten Klappstuhl.

»Also, dann rede!«, fordere ich ihn auf. Zoran sieht mich traurig an, will meine Hand greifen. Doch ich ziehe sie schnell weg. Er holt tief Luft. Und dann höre ich seine und Martens Geschichte. Und die von Astrid. »Glaub mir, Maja, ich wollte dir Marten nicht verschweigen«, sagt er schließlich leise und starrt in seinen mittlerweile leeren Becher.

»Aber die Frauen, die ich vor dir kennenlernte ... also, wenn die erfahren haben, dass ich schon Vater bin, dann haben sie sofort die Pille abgesetzt und wollten auch schwanger werden. Aber nur, weil ich in einer schlechten Affäre einen Sohn gezeugt habe, heißt das doch nicht, dass ich ein wandelnder Samenspender bin.«

»Wie bitte?«

»Maja, ich wollte, dass du mich um meiner selbst willen magst und nicht wegen meines Spermas.«

Mir fällt die Kinnlade runter. Denkt der wirklich, ich will ein Kind? »Zoran, ein Kind ist das Letzte, woran ich gerade denke!«

Wir schweigen uns an. Wieder tastet er nach meiner Hand. Dieses Mal lasse ich zu, dass er sie streichelt.

»Du bist etwas ganz Besonderes, meine szépség«, flüstert er. Dann steht er auf, zieht mich hoch und küsst mich. Lange. Mir wird schwindelig und ich kann fühlen, wie sich der Knoten in meinem Magen löst. Ich fühle mich ganz leicht.

»Ich musste Marten einfach zu dir bringen«, flüstert Zoran mir ins Ohr. Sein Atem verursacht eine wohlige Gänsehaut. »Es ist quasi ein Notfall.«

»Notfall«, hauche ich und will mir noch einen Kuss stehlen. Am liebsten würde ich Zoran sofort ins Schlafzimmer zerren. Aber das, so viel weiß selbst ich, wäre ganz bestimmt nicht jugendfrei.

»Ich muss nach Kiew, Lebensmittelmesse, Händler treffen.«

»Hmm«, schnurre ich und schnuppere an der kleinen Kuhle seines Halses. Verdammich, riecht der Mann lecker!

»Heute Abend geht mein Flug.«

»Oh.«

»Es ist jetzt blöd, ich hatte nicht damit gerechnet ... Astrid hat mich hängen lassen. Kann Marten bis Mittwoch bei dir bleiben?«

Moment. Moooooment. Marten. Bei Maja. Bis Mittwoch. Das sind drei Tage!

»Bitte«, flüstert Zoran und streichelt mir über den Rücken. Verdammte Hormone! Ehe ich nachdenken kann, rutscht mir ein »Ja« raus.

Zoran drückt mich an sich. »Du bist toll! Toll! TOLL!«, ruft er. »Martens Sachen sind im Auto. Er ist ein ganz lieber Kerl, wie Fünfjährige halt so sind.«

Ich habe keinen blassen Schimmer, wie Fünfjährige halt so sind. Immerhin scheint er keine Windeln mehr zu brauchen und kann offensichtlich auch alleine essen.

»Okay«, sage ich gedehnt. »Dann ... ja ... also ...«

»Weißt du was, du machst dich mal mit Marten bekannt und ich hole seine Tasche«, schlägt Zoran vor und verschwindet. Ich höre die Wohnungstür zuklappen. Im Wohnzimmer singt der Fernseher. Also gut – auf in den Kampf!

»Marten?«, sage ich, als ich ins Wohnzimmer komme. Der Platz vor der Glotze ist leer. Der kleine Buddha ist verschwunden.

»Marten, wo bist du?«, rufe ich. Keine Antwort. Ich sehe hinter dem Sofa nach, unter dem Tisch. Auch hinter den Gardinen und zwischen Sideboard und Tür: Fehlanzeige.

»Willst du Verstecken spielen?«, frage ich das Nichts um mich herum. Das habe ich als Kind auch gerne gemacht, wie ich mich erinnere. Vielleicht ist es ganz einfach – ich vergesse für die nächsten paar Tage mein bisheriges Leben und tue so, als ob ich wieder fünf wäre. Dann dürfte es doch gar nicht so schwer sein.

»Also gut, ich kooommmeee!«, flöte ich und mache mich auf die Suche. Eigentlich doch ganz einfach, so ein bisschen Babysitten. Und Spaß macht es, zugegeben, auch. Ich schleiche mich ins Schlafzimmer und versuche, mir vorzustellen, wo sich die kleine Maja hier versteckt hätte. Unter dem Bett! Ich bücke mich – kein Marten. Im Bett? Kein Marten. Auch kein Marten hinter oder im Kleiderschrank, nicht hinter dem schweren Vorhang und nicht hinter der Tür. Herrje, *so* klein ist der doch nicht, dass er in einer Ritze verschwinden kann? Also gut – Badezimmer. Ich husche über den Flur, stoße vorsichtig die Tür auf und ... »Nein!«

Mitten auf dem Teppich vor dem Waschbecken thront der kleine Buddha, in voller Kriegsbemalung mit dem letzten Rest meines Chanellippenstifts im Gesicht.

»Guck mal, rot«, strahlt Marten. Rot ist es allerdings ... und nicht nur das Kind. Der weiße Teppich hat Streifen, die Fliesen rund um die Wanne sind rot getupft und auf dem zugeklappten Klodeckel ist eine Zeichnung, die entfernt an ein Männchen erinnert.

»Was ist das denn?«, frage ich tonlos. Marten rappelt sich hoch, geht zum Klo und zeigt mit stolzgeschwellter Steppkebrust auf sein Kunstwerk. »Das bist du«, sagt er.

Ich weiß nicht, ob ich heulen oder lachen soll. Marten nimmt mir die Entscheidung ab: »Maja im Klo, Maja im Klohooo«, singt er und streckt mir die Zunge raus. Kein Heulen, kein Lachen – ein Schreikrampf bahnt sich den Weg nach oben. Das Schellen der Glocke stoppt ihn in allerletzter Sekunde.

»Das ist dein Vater«, teile ich dem jungen Künstler mit und gehe schnaubend zur Tür.

»Ich will nicht bei dir bleiben«, kreischt Marten mir hinterher. Und ich habe keine Lust auf dich, denke ich, schlucke das aber runter, denn der Kindsvater wuchtet zwei große Taschen in den Flur und strahlt mich an.

»Maja, du bist ein Engel«, sagt er und küsst mich eilig. »Ich muss los, mein Flieger geht in einer knappen Stunde. Marten, komm mal her!«

Ein rotverschmiertes Kind tapst in den Flur.

»Papa muss jetzt weg. Sei schön lieb zu Maja«, sagt er und beugt sich runter. Marten bleibt erst unschlüssig stehen, dann wirft er sich seinem Vater in die Arme. Ich erwarte ein Heuldrama, aber die Sirene bleibt aus. »In der blauen Tasche sind deine Kleider, in der roten die DVDs und deine Legos.«

»Und die Dinomonster?«

»Auch die. Und die Bücher.«

Marten atmet hörbar auf.

»Gib mir einen Kuss, mein Großer«, sagt Zoran. Hach … Irgendwie schön, wie die beiden sich in den Armen liegen, der große Zoran und seine Miniaturausgabe. Marten legt seine Ärmchen um den Hals seines Vaters. Dann macht er sich los und stürmt zurück ins Bad.

»Danke, Maja«, flüstert Zoran, haucht mir einen Kuss auf die Wange und … ist weg. Ich atme tief durch, steige über die Taschen und gehe ins Bad. Und weiß wieder nicht, ob ich lachen oder heulen soll. Herr Marten hat den Lippenstift vergessen. Dafür hat er im Waschbecken-Unterschrank gekramt. Der Inhalt liegt verstreut auf dem Boden und der junge Herr ist gerade dabei, einen Großpack Damenbinden zu plündern. Hingebungsvoll zieht er die Klebestreifen ab und pappt eine Binde nach der anderen an die Waschmaschine.

»Marten?«, frage ich vorsichtig. Der Junge dreht sich um und schaut mich vorwurfsvoll an. Hey, Moment mal, das wäre jetzt mein Part!

»Du hast nur doofe Sticker, Maja.«

Ähm.

»Ich komme gleich wieder«, sage ich und rase auf den Balkon. Unterwegs schnappe ich mir das Handy. Zum Glück sind noch Zigaretten in meiner Notfallschachtel hinter dem Basilikumtopf. Nach drei tiefen Zügen habe ich mich einigermaßen beruhigt. Ich schalte das Handy an, gebe meine PIN ein und will eben einen Notruf an Silke loslassen, als das Telefon den Eingang einer SMS in Abwesenheit meldet: »Mutter Maja, ich war bei Imke. Pass bitte auf: Marten ist ein Satansbraten!«

Ach. Zu spät, liebste Freundin. Die rotverschmierte Ausgeburt des Teufels erscheint just in diesem Moment auf dem Balkon, in der Hand den leeren Beutel, in dem ich meine hundsteuren Lockenwickler aus echten Wildschweinborsten aufbewahre.

»Meine Mama sagt, dass Rauchen pfui ist«, sagt der Steppke und zeigt auf meine Kippe.

»Und meine Mama sagt, dass kleine Jungs ...« Ja, was eigentlich? Ich drücke die Zigarette im Blumentopf aus und hole tief Luft. »Pass auf, Marten«, presse ich schließlich hervor und versuche, dabei so erwachsen wie möglich zu klingen. »Wir machen jetzt gleich dein Bett. Ich muss nur eben noch eine SMS schreiben.«

»Das macht meine Mama auch dauernd«, meint Marten und starrt zu mir hoch. Er macht keine Anstalten, zu verschwinden. Ich seufze und schicke Silke eine Antwort:

»Zu spät. Bei mir ist soeben das Fegefeuer ausgebrochen.«

Eine grandiose Idee und andere Katastrophen

Silke

Zu Hilfe! Die SMS erreicht mich erst am Montagmorgen. Imke und ich habe am Sonntag noch eine Flasche Weißwein gekillt, dann kamen die Kinder Mia und Yoshi von der Gruselmumme zurück und hatten Hunger. Viel war nicht in Imkes Vorratskammer, aber immerhin fand ich tiefgefrorene Bratwürste und Kartoffeln, dazu jede Menge Sahne. Bingo – daraus konnte ich Kinderkartoffelgratin zaubern und etwas Salat war auch noch da, den ich anrichtete.

Glücklich gingen die Kinder zu Bett und wir zurück auf die Terrasse in die laue Sommernacht und den Strandkorb. Wir tratschten und tratschten – im Neumond oder Vollmond oder weiß der Teufel –, jedenfalls kam ihr Jägermeister in den frühen Morgenstunden zurück und scheuchte uns ins Bett.

Nun, am späten Vormittag, erwache ich in einem der drei Gästezimmer unter dem Dach. Es ist herrlich ruhig. Viel zu ruhig. Wo sind denn alle?

Imkes Wein muss sehr teuer gewesen sein, es war kein Château Migräne. Ich spüre fast nichts von den zwei oder drei Flaschen – oder wie viele wir auch immer getrunken haben. So ganz genau will ich es gar nicht wissen.

Ich gehe ins Bad – in das Majas halbe Wohnung passen würde – und dusche ausgiebig. Dann schleiche ich mich die Treppe hinunter.

Immer noch ist kein Ton zu hören. In der Küche stehen Rührei und Speck auf einer Warmhalteplatte, Kaffee in der Thermoskanne daneben, außerdem frische Brötchen und Marmelade. Es liegt ein Zettel auf dem Küchentresen: »Silkelein, meine Süße. Hier ist Frühstück, wenn du noch etwas anderes brauchst oder willst – bedien dich (viel ist allerdings nicht da).

Der Abend war eine Wucht, das habe ich gebraucht.

Bin in der Firma, Kinder sind wohlverstaut in Schule und Kindergarten und Mann ist unterwegs. Ich bin gegen vier mit der Brut zurück. Sei unser Gast, solange du willst und es aushältst. Falls du aber fahren musst – fahr nach Hamburg und rette Maja.

Bussi – deine Imke.«

Was tun? Zuerst schenke ich mir Kaffee ein und nasche an dem Rührei, gleichzeitig versuche ich, Maja zu erreichen. Sie geht nicht ans Telefon. Ist das ein gutes oder ein schlechtes Zeichen? Ich bin mir nicht sicher. Nasche wieder von dem Rührei, wähle erneut. Es klingelt und klingelt, aber Maja nimmt nicht ab.

Shit, denke ich. Zwei Anrufe in Abwesenheit auf meinem Handy. Abwesend war ich ganz sicher, schuld war der Wein. Beide Anrufe sind von Frank. Nein, ihn möchte ich gerade weder sehen noch sprechen. Nachher hat er noch eine weitere Tour für mich in petto. Bis Dienstag will ich nichts von *EatArt* hören oder sehen. Bis dahin muss ich mich entschieden haben. »Verantwortliche Redakteurin für den Bereich Nordrheinwestfalen.« Das klingt nicht schlecht. Im Gegenteil. Dort tanzt der Bär. Oder steppt er?

Ich bin mir wieder nicht sicher.

In Berlin lebt es sich nett, mehr als das. Ich habe Bekannte gefunden, die Szene ertastet, aber heimisch bin ich dort noch nicht geworden. Der Freundeskreis in Hamburg löst sich auch langsam, aber sicher auf – das ist schade, aber der Lauf der Dinge.

Vielleicht wäre es wirklich an der Zeit, einen Neuanfang zu wagen. Neue Aufgaben, neue Wohnung, neues Umfeld, neue Leute. Von Düsseldorf aus ist man schnell im Ruhrgebiet oder in Köln. Hamburg ist auch nicht weiter weg als von Berlin aus.

Am schönsten wäre natürlich, wenn Maja mitkommen würde. Ein breites Grinsen zieht sich über mein Gesicht. Das ist ja *die* Idee. Ob sie nun in Hamburg arbeitssuchend ist oder in Düsseldorf, dürfte ja schnuppe sein. Dann fällt das Grinsen in sich zusammen.

Sie ist gerade Ziehmutter geworden und es sieht so aus, als wäre die Geschichte mit Zoran etwas Ernstes. Sie hütet seinen Floh, schwebt auf Wolke sieben und – ich schaue schnell bei Facebook nach – hat schon ewig nicht mehr orakelt. Mindestens 24 Stunden. So eine lange Pause hat sie bisher noch nie gemacht.

Vielleicht ist etwas passiert? Mit dem Floh?

Ich dusche und restauriere mich, probiere einige von Imkes sündhaft teuren Kosmetika aus, schreibe ihr einen kurzen Dankesgruß und schwinge mich auf die Autobahn. Zum Glück komme ich gut durch und schon bald stehe ich vor Majas Wohnhaus. Auch nach der fünften Klingelattacke öffnet sie nicht. Horrorszenarien schießen mir durch den Kopf – der Terrorzwerg hat sie gefesselt oder eingesperrt, sie hatte einen Nervenzusammenbruch und liegt heulend in der Ecke oder gar noch schlimmer. Endlich fällt mir ein, dass ich ja einen Schlüssel habe. Ich schließe auf und renne die Stufen nach oben. Völlig atemlos bleibe ich vor ihrer Wohnungstür stehen und lausche. Nichts zu hören. Ganz vorsichtig schließe ich auf. Der Flur sieht so aus wie immer. Ich atme erleichtert aus. Dann gehe ich vorsichtig weiter. Im Wohnzimmer herrscht eine latente Unordnung, die Kissen liegen anders, das Bücherregal scheint umsortiert worden zu sein, unter dem Tisch liegen Legosteine und in der Ecke blinkt ein Feuerwehrauto.

Ich öffne die Badezimmertür – hier muss eine Bombe eingeschlagen haben. Fassungslos starre ich auf das Chaos. Ein Berg aus Slipeinlagen sedimentiert auf der Badematte vor sich hin. Überall kleben Damenbinden. Ist das Blut auf dem Klodeckel? Nein, es ist nur Lippenstift. Schnell schließe ich die Tür wieder. Ein kurzer Blick ins Schlafzimmer reicht – auch dort scheint eine Schlacht stattgefunden zu haben. Zumindest ein Kissen ist gestorben, überall fliegen Federchen herum.

Was mache ich nun? Ich habe nicht den Schimmer einer Ahnung, wohin es Maja mit dem Braten verschlagen hat. Ich versuche wieder, sie anzurufen, ihr Telefon klingelt heiter unter dem Sofakissen. Ich beschließe zu warten. Statt unnütz herumzusitzen, kann ich auch zusammen mit Meister Proper wieder Ordnung in die Wohnung bringen. Ich schnappe mir Müllbeutel und den Staubsauger und lege los.

Zwei Stunden später habe ich das Gröbste beseitigt. Man kann das Klo wieder benutzen und auch das Schlafzimmer gefahrlos betreten. Ich koche mir einen Kaffee und klaue mir eine von Majas Notfall-Zigaretten. Plötzlich höre ich eine Sirene im Treppenhaus. Dann Majas entnervte Stimme: »Halt die Klappe. Halt ENDLICH den Rand!«

Sie schließt die Tür auf und kommt mit einem schlammverschmierten, triefenden Etwas in die Wohnung. »Ab ins Bad mit dir. Ausziehen, sofort!«

»Will erst Cola …«, jankt der Welpe.

»Nix da!«

»Hi Maja«, sage ich und grinse. »Erfüllt dich die Mutterschaft?«

What a beautiful noise!

Maja

Ich liebe Silke! Dafür, dass sie einfach so dasteht – und mich davor bewahrt, wegen Kindsmordes in den Knast zu wandern. Klein-Marten tropft das Laminat im Flur voll. Ich tropfe mit Schweiß hinterher. Und da steht sie, mein Engel, meine Retterin, meine Boje in der Brandung: Silke!

»Du. Gehst. Jetzt. Da. Rein!«, befehle ich und zeige auf das Badezimmer. »Cola!«, brüllt der Mini-Zoran und stampft mit dem Matschschuh, dass es bis an die Kommode spritzt.

»REIN DA!« Wow. Ich wusste gar nicht, dass Silke so laut sein kann. »SOFORT!«

Marten zuckt zusammen und dann ... schlurft er wahrhaftig ohne ein weiteres Wort ins Bad.

»Wie ... was ...«, stammele ich und merke, wie fertig und kaputt ich bin. Silke nimmt mich in die Arme. Am liebsten würde ich heulen, aber erstens muss ich mein Bad vor weiteren Verwüstungen retten und zweitens heule ich nicht vor kleinen Kindern. Zumindest nicht vor diesem, das neugierig ums Eck glotzt und sich dabei hingebungsvoll in der Nase bohrt.

»Wir schaukeln den Satansbraten gemeinsam, okay?«, flüstert Silke mir ins Ohr. Ich atme auf. Aus dem Augenwinkel sehe ich, wie Marten den Popel auf seinem Finger fasziniert anstarrt und dann an den Türrahmen schmiert.

»Ich war bei Imke«, schickt Silke hinterher.

»Und dein Fred?«

»Frag nicht. Wir reden später. Erst einmal machen wir aus diesem Schmutzfink wieder ein menschliches Wesen.« Ich nicke stumm. Silke lässt mich los und dreht sich zu Marten um. »Und du nimmst jetzt ein Tempo und wischt deinen Rotz hier runter!«

Marten zögert eine Sekunde. Dann macht er, was sie gesagt hat. Anscheinend braucht das Kind nur einen Drill-Sergeant!

»Wow«, sage ich, als ich ins Bad gehe. Es riecht zitronenfrisch und dort, wo keine Matschspuren sind, glänzt alles. »Danke, Silk!«

»Kein Ding, gern geschehen.«

»Ausziehen!«, blaffe ich das Kind an. Wirklich – der Befehlston funktioniert. Marten beginnt, sich aus den dreckstrotzenden Klamotten zu schälen.

»Ihr zwei kommt klar«, kommentiert Silke. »Ich geh mal rasch was einkaufen. Und dann koche ich uns was Leckeres.« Oh Silk, wenn ich ein Mann wäre, ich würde dich vom Fleck weg heiraten!

Ich lasse Wasser in die Wanne laufen, stopfe Martens Klamotten in die Maschine und gebe eine Extraportion Wunderwaschmittel ins Fach. Marten sieht mir schweigend zu. Vielleicht hat er sein Wortkontingent für heute schon aufgebraucht.

Während der Wasserhahn rauscht und ich mit der Hand die Temperatur überprüfe, lasse ich die vergangenen 24 Stunden Revue passieren. Der gestrige Abend verlief mehr oder weniger friedlich, wenn man mal von Martens Schreikrampf absieht, als ich ihm außer Knäckebrot und Würstchen aus der Dose nichts anbieten konnte. Immerhin stimmte ihn die Cola versöhnlich. Machte ihn aber leider auch verdammt wach. Nach dem Essen parkte ich das Kind vor der Glotze und brachte meinen Laptop, das Telefon und meine liebsten Schminkutensilien nebst ionisierendem Föhn auf dem Kleiderschrank in Sicherheit. Dann versuchte ich, mit allen verfügbaren Kissen und Decken ein Nachtlager neben meinem Bett zu bauen. Ich hatte es als Kind geliebt, in Bettenlagern zu schlafen, am liebsten unter dem Tisch im Esszimmer. Ich legte sogar zwei Daunenkissen auf den Boden. Stolz bestaunte ich mein Werk, als Marten mich am Shirt zog.

»Kacka.«

»Bitte?« So schlecht war das Notbett doch gar nicht!

»Ich muss einen Stinker machen.«

»Dann mach das doch«, sagte ich gedehnt. Marten starrte mich an.

»Das kannst du doch alleine?« Bitte, sag Ja!

»Nein.«

Nein? Er musste doch wissen, wie man ein Klo benutzt. Anmalen konnte er es doch auch!

»Soll ich mitkommen?« Ja, das klang genervt. War auch so gemeint.

»Ja.« Okay, alles klar. Wir steuerten ins Bad, ich klappte den verschmierten Deckel hoch, Marten zerrte seine Hose runter. Dann wuchtete er sich auf die Schüssel und starrte mich an. »Du musst pfeifen«, sagte er.

»Wie bitte?«

»Pfeifen!« Marten verdrehte die Augen. »Ist doch klar. Sonst kann ich kein Kacka machen.«

Was auch immer seine Mutter unter Erziehung verstand – das war eindeutig nicht normal.

»Ich kann nicht pfeifen«, erwiderte ich und lehnte mich mit verschränkten Armen gegen die Waschmaschine.

»Dann singen!« Marten wechselte die Gesichtsfarbe auf Knallrot und presste. »Siehste, sonst kommt nix.«

Alles klar. Maja als Geburtshelferin eines Stinkers. Hoffentlich würde niemals jemand erfahren, was ich hier machte. Ein veritabler Furz dröhnte in der Schüssel. Marten strahlte. »Geil!«

»It's a beautiful noise«, stimmte ich an. Neil Diamond würde mir sicher verzeihen, dass ich seinen Song missbrauchte. Das hier war eine besondere Situation. »Got a beautiful sound, got a beautiful beat«, schmetterte ich. Marten ballte die Hände zu Fäusten. »It's a sound that I love ...« Das Kind stöhnte. Wurde wieder rot. Dann machte es Plopp und etwas landete in der Schüssel. Marten stöhnte erleichtert.

»Abwischen!« Er strahlte mich an. »Kacka fertig!« Jetzt konnte auch Neil Diamond nicht mehr helfen. Ich näherte mich dem Klo, riss Papier von der Rolle und tastete mich mit geschlossenen Augen zum Hinterausgang des Kindes. Angewidert ließ ich das Papier in die Schüssel fallen und drückte sofort die Spülung. Marten kreischte und sprang vom Klo.

»Hände waschen«, stöhnte ich. Doch der Knirps rannte schon aus dem Bad. Irgendetwas schepperte im Schlafzimmer. Ich hechtete hinterher – und bekam einen Schlag gegen das Gesicht. Das Daunenkissen landete vor meinen Füßen.

»Kissenschlacht«, brüllte Marten und bombardierte mich mit allem, was ich als Bettbaumaterial eingesetzt hatte. Na warte! Jetzt wurde zurückgeschossen! Das Kind kreischte begeistert, hüpfte auf das Bett und wieder runter. Ich verschanzte mich hinter der Kommode. Da! Treffer mit der Nackenrolle! Mein Gegner schien unbeeindruckt und holte zum Gegenschlag aus. Das Kissen streifte mich an der Schulter. Marten johlte. Ich schleuderte zurück, zu hoch, die Lampe geriet ins Wanken und Federn schwebten zu Boden. Egal, ich wollte gewinnen, ich würde gewinnen. Minutenlang lieferten wir uns einen verbissenen Schlagabtausch. Dann ... konnte ich nicht mehr. Der

Schweiß lief mir in Strömen übers Gesicht. Ich keuchte wie eine alte Dampflok.

»Schluss jetzt«, rief ich. »Du hast gewonnen!« Der kleine Zoran warf triumphierend die Arme in die Luft und ließ Indianergeheul hören.

»Du liebe Zeit, schon halb zwölf«, stellte ich fest. Der junge Mann sollte seit Stunden im Bett sein! Ich kramte in der blauen Tasche und fand schließlich einen karierten Pyjama. Ein süßes Teil, wie ich zugeben musste. In der Tasche lag auch ein Kosmetikbeutel von den Wilden Kerlen. Was sonst bei diesem Kind?

»Ab ins Bad, Zähne putzen«, rief ich.

»Nö.« Marten hockte in seiner Buddha-Haltung auf meinem Bett.

»Du willst doch keine Karies?«

»Nö.«

»Also, dann komm jetzt.«

»Nöhööö.«

»Dann werden deine Zähne schwarz.«

»Nö. Nö.«

Ich seufzte, ließ den Kosmetikbeutel fallen und wedelte mit dem Schlafanzug in der Luft.

»Dann zieh wenigstens deinen Schlafanzug an.«

»Nö.«

Ich hatte Durst und Jieper auf eine Zigarette. Und absolut null Bock auf eine fruchtlose Diskussion.

»Von mir aus.« Dann sollte er eben in Jeans pennen und Löcher in den Zähnen bekommen. Mir doch egal! In der Küche kippte ich eine halbe Flasche Wasser auf ex und schnappte mir das Handy. Vielleicht konnte der Kindsvater ja was ausrichten? Wie spät war es in Kiew?

Auf dem Balkon zündete ich mir eine Kippe an und wählte Zorans Nummer. »The person you have called is temporarily not available.« Mist. Aber wahrscheinlich kostete ein Telefonat nach Kiew ohnehin ein halbes Vermögen. Ich tippte eine SMS: »Miss you. Marten geht's gut. Küsschen! Maja«.

Aus einer Zigarette wurden zwei. Dann drei. Schließlich schlich ich ins Schlafzimmer und – das Wunder war geschehen: Das Kind schlief! In Klamotten, ohne geputzte Zähne und quer auf meinem Bett. Ich klaubte die Kissen zusammen, schnappte mir die Wolldecke und baute mir ein Lager neben dem Bett. Als Kind hatte ich das wesentlich bequemer gefunden. Jetzt, 25 Jahre später, kreischte mein Rücken, mein Becken schmerzte und ich fror. Aber – es war ruhig! Ich dämmerte in einen traumlosen Schlaf.

Der kaum eine Viertelstunde gedauert haben konnte, gefühlt. »Hunger!«, brüllte Marten und hüpfte auf der Matratze rum. Ich schielte auf den Radiowecker. 5.42 Uhr. Mitten in der Nacht!

»Marten, leg dich wieder hin.« Das klang jämmerlich. Also genau so, wie ich mich fühlte.

»Ich hab aber Hunger!«

»Es ist zu früh.«

»Manno …« Ich seufzte, rappelte mich hoch (nicht einfach mit den steifen Gelenken) und starrte den kleinen Zoran an. Seine Haare standen in alle Richtungen ab. Wie beim großen Zoran, wenn der aufwachte. Mein Herz machte einen Satz.

»Willst du fernsehen?«, fragte ich matt.

»Jaaaaaa«, jubelte der Knirps und sauste aus dem Zimmer. Ich wuchtete meinen müden Körper aufs Bett und zog mir die Decke über den Kopf. Aus dem Wohnzimmer hörte ich Schüsse und ein dämliches Lied. Dann dämmerte ich weg.

Den nächsten Weckversuch startete Marten um 8.38 Uhr. Auch früh, aber akzeptabel. Wenig akzeptabel war allerdings mein Frühstücksangebot. Fand mein Gast.

»Will Cornflakes!«

»Wie wär's mit einem Marmeladenbrot?« Ich hatte nichts anderes. Knäckebrot und ein halbes Glas Kirschkonfitüre.

»Bäh.« Das hieß Nein. »Kaba!«

Guter Plan. Milch ist da. »Milch ohne Kakao könnte ich dir anbieten.«

»Pfui.« Auch nicht.

»Okay, Marten, dann müssen wir erst einkaufen.«

»Das ist doof.«

»Schau mal, ich habe doch nicht gewusst, dass du kommst«, sagte ich matt und fragte mich im selben Moment, warum ich mich bei einem Fünfjährigen entschuldigte. Hallo Maja, wer ist hier die Erwachsene? Dann fiel mir ein, dass zwei Stockwerke über mir eine Familie mit Kindern wohnte. Mehr als ein kurzer Gruß im Treppenhaus war zwar noch nie drin gewesen, aber es gibt doch das Gebot der Nachbarschaftshilfe. Ich stürmte nach oben, läutete. Nichts. Bitte, bitte, lass die Leute zu Hause sein, die müssen doch Cornflakes haben! Ich klopfte. Nichts. Na klar. Die Eltern arbeiteten und hatten die Kids ganz bestimmt in der Kita geparkt. Ich hetzte zurück in die Wohnung, bemerkte, dass ich noch meinen Schlafanzug anhatte, und sauste ins Bad. In Rekordzeit war ich fertig (notdürftig), schnappte mir meine Handtasche und gab Marten Bescheid, der sich gelangweilt auf dem Sofa fläzte und sich eine Folge von irgendetwas Schrillem, Buntem reinzog.

Ich war heilfroh, dass um diese Uhrzeit kaum ein Mensch im Supermarkt unterwegs war. Im Spiegel über den Obststiegen sah ich mein blasses, ungeschminktes Gesicht. Ich angelte ein paar Bananen, eine Handvoll Äpfel und machte mich auf die Suche nach Sachen, die Kindern schmecken.

»Leck mich!«, rief ich, als ich die Preise für die Cornflakes studierte. So etwas war in meinem Etat eigentlich nicht drin. Ich überlegte kurz, ob ich Zoran die Leckereien für seinen Ableger nachträglich in Rechnung stellen sollte. Aber das wäre kleinlich. Ich schluckte und wählte eine Packung, deren Logo ich aus der Werbung kannte. Natürlich war es die teuerste.

Um ein kleines Vermögen ärmer, aber mit einer Kinderration beladen, kam ich wieder nach Hause. Es war still. Verdächtig still. Ich schlich ins Wohnzimmer. Der Fernseher war aus und – Marten lag zusammengerollt auf dem Teppich und schlief! Hallelujah!

Zur Feier dieses Ereignisses gönnte ich mir eine heiße Dusche und eine Extraportion Kurpackung für die Haare und war dann bereit, erneut in den Kampf zu ziehen. In der Küche deckte ich den Frühstückstisch und ignorierte dabei, dass es eigentlich Zeit für ein Mittagessen wäre. Als der Kaffee durchgelaufen war, tapste das Kind herein und rieb sich die Augen. Schlaftrunken kletterte der kleine Zoran auf den Stuhl, nahm wie ferngesteuert den Löffel und schaufelte die vorbereiteten Cornflakes in sich rein.

»Magst du die?«, fragte ich vorsichtig.

»Geht so«, nuschelte mein Gast. »Die braunen sind leckerer.« Okay. Ich würde also einen Kleinkredit aufnehmen und die braunen kaufen. So übel konnten die gelben aber auch nicht sein, denn Marten verputzte zwei große Schüsseln und wischte sich dann den Milchmund am Ärmel ab. Er rülpste, lachte über sich selbst und sah mich herausfordernd an.

»Was?«

»Was machen wir jetzt?«

Äh ... So weit ging mein Plan nicht. Was macht man mit einem Fünfjährigen?

»Sollen wir einen Spielplatz suchen?«, schlug ich vor.

»Okay.« Klein-Zoran sauste in den Flur und holte seine Schuhe. Einen Spielplatz fanden wir nicht. Was für das Seelenleben und die Gesundheit der anderen Kinder mit Sicherheit besser war – denn das Stückchen Wiese, das eingeklemmt zwischen zwei Häuserblocks lag, wurde von Marten heftigst bespielt. Er fand jedes Matschloch, jede Pfütze, riss das Gras in großen Büscheln aus und testete, wie weit er Steine werfen konnte. Ich ließ ihn machen, hockte mich auf den Rest einer Mauer und versuchte, den Kindsvater zu erreichen. Viel teurer als Cornflakes konnte ein Telefonat nach Kiew auch nicht sein.

»The person you have called ...« Ja, schon gut, mein Liebster steckte vermutlich mitten im Messegetümmel. Ich begnügte mich mit einer SMS: »Wir spielen im Matsch. Miss you. Maja.«

Marten riss mich aus meinen Gedanken: »Muss Pipi!«

»Mach doch«, knurrte ich.

»Hier ist kein Klo.«

Du liebe Güte, was hatte seine Mutter ihm nur beigebracht? Ich beugte mich zu dem matschverspritzten Etwas runter.

»Du bist doch ein Junge?«

»Bist du blöd, Maja?« Selber blöd, dachte ich und wollte dem Zwerg die Zunge rausstrecken. Stattdessen sagte ich: »Na also, dann hast du auch einen Pullermann. Mit dem kann man ohne Klo pieseln.«

Marten zeigte mir einen Vogel. »Das heißt Schniedel. Und du hast eine Pipibox.«

Ah. Okay.

»Also, dann hol den Schniedel raus und pinkel hinter den Busch.«

»Kann ich nicht.«

»Kannst du doch.«

»Ich krieg den Reißverschluss nicht auf.«

Also ging ich in die Knie, fummelte seine Hose auf und schickte ihn auf Pipi-Mission. Leider war es eine schwierige Mission und der Soldat noch ungeübt, denn das meiste landete auf den Schuhen und der Hose. Marten schaute ein bisschen – nur ein kleines bisschen – betreten drein.

»Ich hab Durst«, verkündete er dann. Klar, der Tank war leer, schnell nachfüllen.

»Dann gehen wir nach Hause«, beschloss ich. Was ich nicht sagte, sondern nur dachte, war: Am liebsten mit einem Umweg über den Baumarkt, wo ich einen großen Tacker kaufe, damit ich dich im Keller an die Wand nageln kann.

Der will nur spielen!

Silke

Grundgütiger. Das Kind ist schlimmer als die sieben Plagen. Allerdings hat Johannes in seiner Prophezeiung zusammen mit den sieben Plagen auch die Rückkehr Christi angekündigt. Mir würde gerade die Rückkehr Zorans reichen.

Wie kann dieser Hanswurst das Maja nur antun?

Ich stürme in den Supermarkt an der Ecke. Viel lieber hätte ich einen Feinkostladen aufgesucht, doch so etwas gibt es in diesem Viertel nicht und außerdem drängt die Zeit. Ein fünfjähriger Tyrann – was isst der wohl? Blödsinn, wir werden uns von dem doch nicht weiter auf der Nase rumtanzen lassen, er wird essen, was auf den Tisch kommt.

Maja braucht Nervennahrung, also packe ich erst mal Milka in den Wagen, dann gehe ich weiter zur Gemüseabteilung. Frischer Salat ist immer gut, zwei rote Paprika, eine Schlangengurke. Ich weiß zwar noch nicht, was ich kochen soll, aber es wird sich schon finden. Ein schönes Steak, medium, mit Kräuterbutter wäre fantastisch, doch das Fleisch in der Kühltheke sieht sehr, sehr tot aus.

Pasta! Nudeln sind immer gut, die kann Klein-Zoran mit Ketchup essen und für uns mache ich eine schöne Zitronen-Chili-Butter-Soße und ein paar Garnelen. Dann noch zwei Flaschen Wein, Milch und Kakao, Ketchup und noch einiges andere. An der Kasse lege ich zwei Packungen Zigaretten auf das Band. Ich stopfe alles in die Plastiktüte und eile zurück zu Maja. Schon im Treppenhaus kann ich sie hören. Sie singt laut: »Always look on the bright side of life.«

Hat sie schon getrunken? Oder noch schlimmer, hat sie irgendetwas eingeworfen? Verübeln würde ich es ihr nicht, mit der Bürde, die sie gerade zu tragen hat. »If life seems jolly rotten«, schmettert sie, als ich die Tür aufschließe. »There's something you've forgotten ...«

»Alles klar mit dir?«, unterbreche ich ihren Gesang. Sie steht halb im Flur, halb im Badezimmer und singt. Was, zum Teufel geht hier vor?

»Mit mir ist alles in Ordnung und Marten hat endlich sein Kacka gemacht.« Sie kichert leicht schrill.

Ich starre sie entsetzt an. Oh Gott, da ist doch hoffentlich keine Sicherung durchgebrannt!

»Guck mich nicht so an. Er kann nur kacken, wenn man dabei singt oder pfeift. Wirklich.«

»Ich glaub das nicht. Das ist ein Albtraum!«

»Das habe ich auch gedacht.« Maja hält sich mit der einen Hand die Nase zu, dann geht sie ins Bad.

»Was machst du denn nun?« Ich bin mir nicht ganz sicher, ob ich es wirklich wissen will.

»Abwischen«, kräht der nackte Zwerg auf dem Klo.

»Dusch ihn doch noch mal ab«, murmele ich und verschwinde mit dem Einkauf in Richtung Küche.

Kurze Zeit später decke ich den Tisch.

»Bis wann hast du das Monster?«, frage ich Maja.

»Bis Mittwoch.«

»Das sind ja noch zwei Tage!« Entsetzt gucke ich sie an. »Ach, egal, das schaffen wir auch noch.«

»Was?«, quäkt Marten und springt nackt durch die Küche.

»Geh dich anziehen!«, befehle ich.

»Nö!«

»Oh doch. Du gehst dich jetzt anziehen. Die liebe Tante Maja legt dir saubere Sachen hin und du ziehst sie an.«

»Kann nicht«, nuschelt das Kind und langt in den Brotkorb, wo das frisch aufgeschnittene Baguette liegt. Ich ziehe seine Hand zurück, halte sie fest und sehe ihm in die Augen. »Du. Gehst. Dich. Anziehen!«

Marten senkt den Kopf und folgt Maja. Geht doch, denke ich.

Das Essen verläuft friedlicher, als ich gedacht habe, trotzdem sind wir beide reichlich nervös. Nach dem Essen parken wir Marten vor der Kiste und verziehen uns auf den Balkon.

»Hast du versucht, den Vater des reizenden Kindes zu erreichen?«, frage ich und zünde mir eine Zigarette an.

»Ungefähr hundert Mal. Vielleicht hat er keinen Handyempfang in Kiew.«

»Möglicherweise. Hast du eine Adresse?«

Maja schüttelt betrübt den Kopf.

Ich versuche, Imke zu erreichen – irgendeine Adresse muss es doch für Notfälle geben –, aber sie scheint auch beschäftigt zu sein.

Irgendwie schaffen wir es, Marten gegen neun ins Bett zu verfrachten. Er will sich wehren und eine weitere Kissenschlacht schlagen, doch wir gehen gar nicht darauf ein.

»Wenn man militärisch mit ihm umgeht, dann klappt es anscheinend«, seufze ich und schenke uns ein Glas Wein ein.

»Bestimmt nur, weil er das noch nicht kennt. Sobald er sich daran gewöhnt hat, wird er nicht mehr darauf reagieren.« Maja reibt sich über das Gesicht. »Irgendwie tut er mir ja leid. Einfach zu fremden Leuten abgeschoben zu werden kann nicht toll für so ein Kind sein.«

Ich nicke. »Wie kann Zoran das nur machen?«

»Ein absoluter Notfall, hat er gesagt.«

»Ist ja auch nicht die feine Art von der Mutter, das Kind so wegzugeben.«

»Ich kann sie verstehen. Überleg mal, du hättest das Biest ständig um dich. 24 Stunden, sieben Tage die Woche. Immer.«

»Kann ich mir nicht vorstellen. Will ich auch gar nicht.« Mich schüttelt es.

Eine Stunde und eine Weinflasche später richten wir Majas Schlafsofa her. Früher haben wir oft nebeneinandergelegen und bis in die Morgenstunden getratscht und gekichert, doch heute fallen uns beiden schnell die Augen zu.

»Gute Nacht«, murmele ich.

»Nacht«, antwortet Maja schlaftrunken.

So muss es Elternpaaren gehen, ist mein letzter Gedanke, bevor Morpheus mich zu sich holt.

ALARM! – das ist mein erster Gedanke, als ich aus dem Schlaf hochschrecke. Irgendwo geht eine Sirene. Es brennt.

»Maaaaaaaaaaaaaammmmmmmmmmiiiii!«, kreischt es.

»Oh Gott, was ...?« Verwirrt reibe ich mir die Augen. Neben mir sitzt Maja, genauso perplex wie ich.

»Maaaaaaaaaaaammmmmiiiiiiiiii!«, brüllt es wieder.

»Es heult«, sage ich.

»Er weint.« Maja springt auf. Sie hat deutlich mehr Mutterinstinkt als ich.

»Was denn? Shshsh«, sagt sie und öffnet die Tür zum Schlafzimmer. »Du musst doch nicht weinen ... deine Mami ... Scheiße!«

Nun springe auch ich auf. »Was ist passiert?«

Eine grimmige Maja steht an der Schlafzimmertür. »Marten ist passiert.«

Ich habe ein Déjà-vu. Irgendein Vogel wurde hier gerade gekillt. Marten sitzt fröhlich in den Federn und kräht.

»Maaaaaaaammmii, ich will spielen!«

»Und ich will töten«, flüstere ich.

Dreißig Minuten später haben wir das Kissen und seinen Inhalt in handliche Müllsäcke verfrachtet. Wer hätte gedacht, dass so viele Federn in so einen kleinen Bezug passen? Sollte ich jemals Kinder haben, wird es bei uns nur Synthetikkissen geben.

Endlich fallen wir erschöpft aufs Sofa. Das heißt – ich falle dorthin. Maja schläft im Bett bei Marten. Ich wollte ihn fesseln, aber sie hat doch tatsächlich Mitleid mit dem Satansbraten.

Der nächste Morgen fängt ähnlich turbulent an, wie die Nacht aufgehört hat.

»Muss Pipi!«, ruft Marten.

»Dann geh aufs Klo«, stöhnt Maja.

»Zu spät!«

Wir ziehen das Bett ab, duschen das Kind. Dann bereite ich Frühstück, während Maja ihn zwingt, sich anzuziehen. Nach dem Frühstück sind wir beide schon erschöpft.

»Was machen wir? Will spielen!«, meint Marten.

»Will schlafen«, meine ich. Aber mir ist klar, dass daraus nichts wird. »Okay«, beschließe ich. »Wir fahren an die Elbe und suchen uns einen Spielplatz.«

Ob das gut geht? Vorsorglich packt Maja Wechselkleidung ein. Mit gemischten Gefühlen steige ich in den Wagen, der Tag kann ja heiter werden. Wir müssen dringend jemanden aus der Familie erreichen, aber ich befürchte, Imke ahnt unsere Pein und wird uns nicht helfen. Ich kann sie gut verstehen.

Der will wirklich nur spielen!

Maja

Das darf man nicht, dann schimpft die Polizei«, schmettert der Satansbraten, als er vor Silkes Wagen steht.

»Was darf man nicht?«, frage ich genervt.

»Ohne Sitz fahren.«

»Da sind ausreichend Sitze drin.«

»Aber kein Kindersitz«, beharrt Marten. Himmelherrgott ... Woher sollen denn zwei Nichtmütter wissen, wie man ein Kind gesetzestreu transportiert? Silke beugt sich zu Marten runter.

»Du. Steigst. Da. Ein.« Der kleine Mann schluckt – und klettert tatsächlich auf den Rücksitz. Zugegeben, als ich ihn anschnalle, fällt mir auf, dass der Gurt ihm quasi am Hals klebt.

»Warte mal«, sage ich und pelle mich aus meiner Jacke. Ich knülle sie zusammen und stopfe sie Marten unter den Hintern. Jetzt sitzt er besser und der Gurt auch. Wir haben gerade mal zwei Ampeln hinter uns, als das Balg mit einem kräftigen »Wann sind wir endlich dahahaaaa?« Robbie Williams aus dem Radio übertönt. Silke dreht die Lautstärke hoch. Marten seine auch. Sie dreht weiter – Marten kann nicht mehr mithalten. Ich grinse und fühle mich mit einem Mal sauwohl: Die Sonne scheint, Robbie singt und neben mir sitzt meine herzbeste Freundin. Da kann ich den Terroristen auf der Rückbank mal für ein paar Minuten vergessen.

Silke parkt in den Elbauen. Der Parkplatz ist voller Vans und Familienkutschen. Sie quetscht den Wagen neben einen Minibus, auf dessen Rückscheibe ein Aufkleber verkündet: »Leon on Tour.« Wo so viele Familien parken, da kann ein Spielplatz nicht weit sein. Und tatsächlich öffnet sich hinter einem schmalen Waldweg, den Marten nur unter Protest zurücklegt, eine Wiese mit Spielgeräten, die aussehen, als kämen sie aus einem Science-Fiction-Film mit Dschungelcamp-Ausstattung.

»Cool«, jubelt Marten und hüpft aufgeregt von einem Bein aufs andere. Muss der schon wieder? Ich habe keine Lust, vor all den Eltern ein Ständchen zu singen. Silke steuert auf die letzte freie Bank zu, die unter einer mächtigen Platane steht. Gerade noch rechtzeitig, denn dieselbe Idee hatte auch eine Mutter mit biblischen Körpermaßen und einem schokoladenverschmierten Mädchen auf dem Arm. Die Dicke schnaubt, Silke lässt sich mit einem triumphierenden Blick auf die Bank sinken. Huldvoll nickt sie mir zu. Ich nehme Marten an der Hand und gehe mit ihm hinüber.

»Ich will aber spielen!«, brüllt er und haut die Hacken in den Boden. Seine Vollbremsung bringt mich ins Straucheln.

»Dann geh doch«, knurre ich. Kaum habe ich meinen Griff gelockert, saust er schon davon und stürmt auf einen Holzturm zu, aus dem sich eine quietschgelbe Rutsche windet.

Silke klopft auf die Bank: »Mein rechter, rechter Platz ist leer, da wünsch ich mir Bee Maja her!« Ich muss lachen und setze mich neben sie.

»So ist das Kind ja ganz nett«, sagt sie. »Mit einem Kilometer Abstand!«

»Du bist gemein«, erwidere ich. »Ist doch nur ein Kind!«

»Das zufällig aussieht wie Zoran. Und dich deswegen um den Finger wickelt.«

»Tut er gar nicht«, protestiere ich.

»Ach? Und wer steht im Bad und singt, damit der Hosenscheißer kacken kann?«

Ich werde ein bisschen rot, dann pruste ich los. Silke stimmt in mein Lachen ein. »Hast du den Kindsvater jetzt mal erreicht?«

»Nein«, seufze ich. »Vielleicht ist ja der Akku leer? Wer weiß, ob die in Kiew die gleichen Steckdosen haben ...«

Silke verdreht die Augen. »Maja, du bist zu gutmütig«, sagt sie. Ich will eben eine kluge Antwort geben, als ein lautes Kreischen aus der Buddelkiste ertönt. Monstermarten hält triumphierend eine knallrote Schaufel in die Höhe. Ein Mädchen versucht, sie ihm wieder abzunehmen, aber das blonde Püppchen ist zu klein. Vergeblich hüpft sie hoch.

»Meine Schaufel!«, schreit sie.

»Jetzt nicht mehr«, brüllt Marten zurück.

»Meine!« Die Kleine wird jetzt schrill. Marten holt aus und ... zentriert das Plastikspielgerät exakt auf den blonden Locken. Die Kleine taumelt, fällt hin und landet mit dem hübschen Gesicht im Sand. Silke und ich springen gleichzeitig auf – und erreichen das Schlachtfeld Millisekunden vor Blondchens Mutter, die uns einen giftigen Blick zuwirft und ihr Schätzchen aus dem Sand fischt.

»Schon gut, Fiona, der böse Junge gibt dir deine Schaufel wieder«, faucht sie. Ihr Pferdeschwanz wippt dabei auf und ab.

»Nein!«, sagt der böse Junge.

»Oh doch«, sagt Silke und schnappt sich blitzschnell die Schaufel. »Bitte schön!« Sie hält Fionas Mutter das Plastikteil hin.

»Passen Sie besser auf Ihren Sohn auf«, faucht sie und stapft, die heulende Kleine auf dem Arm, aus dem Sandkasten.

»Das ist nicht mein Sohn«, rufe ich ihr hinterher, aber das hört sie gar nicht.

»Doof«, sagt Marten und will wegrennen. Silke ist schneller und packt ihn am Schlafittchen. »Hör mal zu, Kleiner, noch eine solche Aktion und wir fahren auf der Stelle nach Hause.«

Marten sieht sie aus großen Augen an. Dann wirft er mir einen fragenden Blick zu. Ich stemme die Hände in die Hüften: »Auf der Stelle! Nach Hause!« Marten nickt stumm und trollt sich in Richtung der Schaukeln, als Silke ihn aus ihrem Griff entlässt. Zum Glück ist gerade eine frei geworden, denn ich würde wetten, dass der junge Herr sonst gewaltsam dafür gesorgt hätte.

Silke und ich lassen uns erschöpft auf die Bank fallen. Wir strecken die Beine aus und behalten Marten im Auge. Der ist tatsächlich friedlich mit Schaukeln beschäftigt. Wir lassen uns die Sonne auf den Pelz brennen und sind einfach nur faul. Eigentlich sollte ich öfter auf Spielplätze gehen. Es gibt immer was zu gucken. Und wenn man das Geschrei ausblendet, ist es ganz nett.

»Sorry«, sagt plötzlich eine Stimme. Silke und ich blicken auf. Vor uns steht eine hochgewachsene Frau, die sich mit einem Tragetuch ein Baby vor den Bauch gebunden hat. Die Sonne bringt ihr schwarzes, aalglattes Haar zum Glänzen.

»Ja?« Was hat der Satan jetzt wieder angestellt, schießt es mir durch den Kopf.

»Entschuldigt, wenn ich das so einfach frage ... aber das ist doch Marten? Der Kleine von Zoran?«

»Jaaa ...« antworte ich gedehnt. Silke sitzt mit einem Mal kerzengerade auf der Bank. Ihre typische Alarmglockenhaltung. Aber ich höre noch nichts schrillen. Auch kein von Marten malträtiertes Kind.

»Bist du Astrid?«, fragt die Frau und streichelt dem Baby über den Kopf.

»Nein, Maja.«

»Oh.« Einen Moment herrscht Stille. Dann grinst die Schwarzhaarige mich an.

»Nichts für ungut«, sagt sie. »Aber Zoran hat einen Notfall und ist gerade in Kiew, stimmt's?«

»Stimmt genau«, erwidere ich und frage mich, woher diese junge Mutter das weiß.

»Und du erreichst ihn nicht auf dem Handy.«

»Äh ...«

»Das kenne ich. Und hundert andere Frauen auch.« Meine Kinnlade klappt nach unten. Silke schnappt nach Luft.

»Wie bitte?«

»Frag ihn mal nach Barbara. Ich hatte Marten letztes Jahr zweimal.« Das Baby quäkt leise.

»Moment mal ...« Mir wird übel.

»Ich will dich nur warnen«, sagt Barbara. »Kiew ist wahrscheinlich blond und hat Atomtitten.« Mein Magen dreht sich um. Ich würge leise. Silke legt ihre Hand auf meine. Das Zittern kann ich kaum kontrollieren.

Das Baby quäkt lauter. »Entschuldigt mich, die Kleine hat Hunger«, sagt Barbara und verschwindet so grußlos, wie sie gekommen ist.

»Das ist nicht wahr ...«

»Doch, ich befürchte schon«, sagt Silke. In ihren Augen flammt nackte Wut. In meinen Augen wird es feucht, aber ich wische die Tränen weg, als Marten auf uns zustürmt.

»Durst!«, ruft er. Das Kind kann ja nichts dafür ...

SoKo Marten

Silke

Ich wähle Imkes Nummer. Bestimmt zum zehnten Mal. Als ich gerade aufgeben will, geht sie endlich dran.

»Hi Silk! Moment.« Ich höre den Warteschleifenspruch: »Ihre Verbindung wird gehalten, Ihre Verbindung wird gehalten …«

»So, jetzt aber.« Sie lacht. »Die Kunden wollen immer etwas von mir, eine Unverschämtheit.«

»Ja, saublöde Kunden.«

»Was gibt's? Willst du einen Motor bestellen?«

»Nein, es geht um Zoran.«

»Warum überrascht mich das jetzt nicht? Gibt es Probleme mit Marten? Nein, beantworte die Frage nicht, es gibt immer Probleme mit Marten.«

»Wo ist Zoran, wenn er in Kiew ist?«

»Hat er mal wieder Kiew gesagt? Manchmal ist er auch in Budapest oder in der Puszta.«

»Und wo ist er wirklich?«

Imke zögert. Wie war das noch? Blut ist doch dicker als Wasser. Und so sehr ihr ihr Bruder auf die Nerven gehen mag, sie wird ihn nicht in die Pfanne hauen.

»Es gibt dieses Ferienhaus seiner Familie. Wo genau das ist, weiß ich gar nicht. Aber ich nehme an, dass er dorthin flüchtet. Das erzähle ich dir unter dem Mantel der Verschwiegenheit.«

»Steckt eine Frau dahinter?«

»Nein. Er hat zwar mächtig viele Damenbekanntschaften, aber wenn er abhaut, dann nur, um Marten zu entkommen.«

»Kann ich nachvollziehen.« Ich schaue in Richtung Schaukeln, doch dort ist das Kind nicht mehr. Maja sitzt zusammengesunken neben mir.

»Was glaubst du, weshalb er keine feste Beziehung hat? Wegen des Satansbratens. Keine Frau hält es auf Dauer mit dem Kind aus.« Imke seufzt. »Ich habe ihm schon tausendmal gesagt, dass es taktisch unklug ist, seine Freundinnen als Babysitter zu missbrauchen, aber er will ja nicht auf mich hören.«

»Wenn er diese Erfahrung nun mehrfach gemacht hat, dann kann es ihm ja nicht ernst sein mit Maja.«

»Das kann ich dir nicht sagen. Ich weiß wirklich nicht, was in ihm vor sich geht. Tut mir leid.«

»Was würdest du Maja jetzt raten? Bis morgen abwarten?«

Imke überlegt. »Ich werde mal sehen, ob ich ihn nicht irgendwie erreiche.«

Hab ich es mir doch gedacht. Sie hat eine Möglichkeit, mit ihm in Kontakt zu treten.

»Sag ihm, es ist ein Notfall. Maja ist ins Koma gefallen oder so.«

Imke kichert. »Okay, weil ihr es seid. Und das nächste Mal lässt sie Marten erst gar nicht in die Wohnung. Wobei er mir schon leid tut, immer wird er abgeschoben.«

Natürlich tut mir Marten auch leid, für gefühlte fünf Sekunden. Dann fallen mir seine Abarten ein und ich beschließe, dass ich keine Emotionen an fremde Kinder verschwenden muss. Es liegt in der Hand der Eltern, das Kind zu erziehen. Imkes Tochter nehme ich gerne für ein paar Tage in Obhut – aber sie ist auch ein Besuchsengel. Woanders kann sie sich durchaus benehmen, auch wenn sie genau weiß, wie sie ihre Mutter zur Weißglut treibt.

Ich verstaue das Handy in meiner Handtasche und wende mich Maja zu, die immer noch wie ein Häufchen Elend auf der Bank sitzt. »Ist eine andere Frau im Spiel?«, fragt sie leise.

»Ist das noch wichtig? Der Typ hat dich eiskalt ausgenutzt, an den wirst du doch wohl keinen Gedanken mehr verschwenden.«

»Du hast ja recht, Silk, aber …«

»Aber was?«

»Er hat auch positive Eigenschaften.«

»Welche denn?«

»Er hat Fantasie, Einfühlungsvermögen, ist ein wunderbarer Lover, hat Humor …«

»Humor – dass ich nicht lache. Ist schon ein Witz, wie er mit dir umgeht.« Ich schnaube wütend.

»Wo ist eigentlich Marten?«, fragt Maja, bevor ich weiterschimpfen kann. Wir schauen uns um. Langsam leert sich der Spielplatz, die Schatten werden länger und die Familien machen sich auf den Heimweg.

»Ich sehe ihn nicht.«

»Vorhin war er doch auf der Schaukel.« Maja springt auf.

»Da ist er schon eine ganze Weile nicht mehr.«

»Wo ist er dann? Marten? Maaarten!«

Wir sausen über den Spielplatz, schauen in jeden Kletterturm, jede Höhle, in die Sandkiste, doch das Kind ist nirgendwo. Maja ist inzwischen schon ganz bleich. Immer wieder ruft sie: »Marten! Komm zu Tante Maja!«

Irgendwann bleibe ich völlig außer Atem stehen und drehe mich um die eigene Achse. Kaum noch Kinder befinden sich auf dem Gelände. Wo hat sich das Biest versteckt? Wir stiefeln durch die Grünanlagen, die den Spielplatz umgeben, drehen jedes Blatt um, aber das Kind ist nirgendwo zu finden.

Nach einer halben Stunde bricht Maja heulend zusammen. »Er ist weg ...«

»Und du bist wieder allein, allein ...«, murmele ich. Aber ich mache mir auch Sorgen. Es ist nicht so furchtbar weit bis zur Elbe, es gibt jede Menge seltsamer Mitmenschen, die kleinen Kindern furchtbare Dinge antun können, es wird langsam dunkel ... Lauter nicht wirklich prickelnde Perspektiven. Ich nehme das Handy und rufe die Polizei an. Zehn Minuten später ist die erste Streife da, nach einer halben Stunde scheint eine Hundertschaft Polizisten über den Spielplatz zu kriechen.

Maja sitzt auf der Bank, heult haltlos und zittert heftig.

»Wenn das Kind hier wäre, würde er sich dann immer noch versteckt halten?«, fragt mich eine Polizeipsychologin.

»Ich habe keine Ahnung. Ich kenne ihn doch kaum.«

Wir haben versucht, den Beamten zu erklären, wie wir an Marten gekommen sind, aber ich habe das Gefühl, dass sie uns kaum glauben konnten. Na ja, so ähnlich geht es mir ja auch.

»Er ist ein Satansbraten, aber er hat die Aufmerksamkeitsspanne eines Eichhörnchens auf Ecstasy«, füge ich hinzu.

»Ecstasy? Haben Sie damit Erfahrung?«, fragt mich die Polizeitusse.

»Sehe ich so aus?«, will ich erwidern, verkneife mir aber den Kommentar. »Was ich sagen wollte, ist: Falls er hier wäre, wäre es ihm inzwischen zu langweilig, sich zu verstecken. Sei's drum – brauchen Sie uns noch? Ich fürchte nämlich, meine Freundin steht kurz vor einem Zuckerschock. Sie braucht dringend einen Kaffee und etwas zwischen die Zähne.«

Die Tusse schaut Maja an, nickt dann. »Ja, Ihre Freundin ist in einem desolaten Zustand, versteh ich. Dort hinten ist ein

McDonald's. Da können Sie hingehen. Aber bitte entfernen Sie sich nicht weiter vom Tatort.«

»Tatort« – mir wird ganz anders. Aber ich nicke nur und ziehe Maja mit mir. »Komm, Liebelein, ein schöner Hamburger TS Royal ist genau das, was du jetzt brauchst. Lauter Glutamate und gesättigte Fettsäuren.«

»Und eine große Cola«, wispert Maja und lässt sich von mir mitziehen.

Der kleine Burgerking

Maja

Das darf man nicht, dann schimpft die Polizei«, erinnere ich mich an Martens Worte bei der Abfahrt. Ist das wirklich erst ein paar Stunden her? Niemals hätte ich gedacht, dass wir heute tatsächlich noch mit der Polizei zu tun haben würden … und dann auch noch so!

»Gott, wenn es dich gibt, mach, dass das Kind wieder auftaucht!«, flehe ich und schicke dasselbe Gebet noch zu Allah, Buddha, Zeus und zur Vorsicht an den Drachengott der Hunnen. Mehr fallen mir nicht ein.

Überhaupt fällt mir im Moment gar nicht viel ein. Ich bewege mich wie ein Roboter. Silke hat sich bei mir untergehakt und bugsiert mich an den Streifenwagen vorbei zu einem kleinen Waldweg. Eben noch sind wir hier mit dem putzmunteren Marten langgegangen und nun … Ich heule hemmungslos. Silke bleibt stehen.

»Die finden ihn. Ganz bestimmt«, sagt sie, aber ich höre ihrer Stimme an, dass sie da auch nicht so sicher ist. Ich würde ihr ja gerne glauben. Zu gerne!

»Oh Gott, was sage ich nur Zoran?«, heule ich. »Tut mir leid, ich bin zu blöd zum Aufpassen und dein Sohn ist …« Nein, das Wort mit den drei bösen Buchstaben geht mir nicht über die Lippen.

»Das ist im Moment das kleinste Problem«, schnaubt Silke. »Der ist doch selbst schuld, was lädt er seine Brut auch bei dir ab?«

Ich weiß nicht ganz genau, wie ich das verstehen soll. Aber zum Nachdenken habe ich keine Zeit. Denn erstens versuche ich, Rotz und Wasser einigermaßen im Zaum zu halten, und zweitens zieht Silke mich weiter.

Wir überqueren den Parkplatz. (Ob die Polizei unseren Wagen durchsuchen wird? Und wenn sie feststellen, dass wir nicht mal einen Kindersitz haben? »Dann schimpft die Polizei …«) Silke zerrt mich weiter zu einem Grünstreifen, hinter dem ein Gehweg liegt. Fünf Meter rechts ist eine Fußgängerampel. Genau gegenüber von McDonald's. Silke drückt den Warteknopf. Ich halte mich am Pfosten fest. Ein Familienvan rauscht vorbei. Vom Rücksitz aus winkt ein kleiner Mensch. »Da, da sitzt Marten im Auto!«, brülle ich und will losrennen. Silke hält mich am Arm fest.

»Du siehst Gespenster, Maja!«

»Doch, komm schon, hinterher!«

»Maja, komm zu dir, das war eine Oma!«

Das grüne Männchen erscheint. Ich sacke in mich zusammen und lasse mich wie eine Puppe über die Straße führen.

»Ich kann da nicht rein«, sage ich und starre durch die Scheibe. An der Kasse steht eine Horde Halbwüchsiger, deren Hosen auf Halbmast hängen und den Blick freigeben auf quietschbunte Boxershorts. Sie tragen Kappen, die wie umgedrehte Salatschüsseln aussehen.

»Doch, du kannst.« Silke duldet keinen Widerspruch. Mit der einen Hand öffnet sie die Tür, mit der anderen zerrt sie mich hinter sich her. Sofort steigt mir Fritteusengeruch in die Nase. »Mir ist schlecht«, hauche ich.

»Eben darum brauchst du jetzt was zwischen die Kiemen«, sagt Silke und geht unbarmherzig mit mir zur Kasse. Wir heben den Altersdurchschnitt der Gäste um zehn Jahre. Mindestens. Willenlos parke ich neben Silke in der Schlange ein. Der Typ vor uns ist der Letzte der Jungstruppe, der bedient wird. Hinter der Kasse steht ein wasserstoffblondes Girlie, dessen Nasenpiercing im Neonlicht funkelt.

»Bitte?«, sagt sie lahm.

»Ein McMenü mit Pommes ohne Ketchup, große Coke und McFlurry«, rattert der Teenie vor uns. Ich verstehe nur Bahnhof und starre auf die übergroßen Hamburger-Fotografien, die hinter den Kassen an der Wand hängen.

»Zum Hieressen oder zum Mitnehmen?«

»Hieressen, Mann.«

Das Mädchen hinter der Kasse zuckt gelangweilt mit den Schultern, tippt irgendwas in die Kasse ein und fischt die bereits abgepackte Bestellung aus dem Wärmeregal. Sie stapelt alles auf dem Tablett. Der Knabe bezahlt und balanciert das Plastiktablett zu seinen Kumpels.

»Bitte?« Wir sind dran.

»Zwei Latte macchiato«, bestellt Silke. Die Kassen-Fee sieht sie ratlos an.

»Zwei Kaffee?«, versucht sie es noch einmal. Das Mädel nickt und drückt auf der Kasse rum.

»Und zwei von denen da.« Silke zeigt auf eine Vitrine, in der dunkelbraune Kringel lagern.

»Zwei Schokodonuts«, kommentiert die Gepiercte. »Noch was?«

»Danke, nein und ja, wir essen hier«, sagt Silke. Sekunden später latsche ich hinter ihr her zu einem Tisch an der Fensterfront. Sie stellt das Plastiktablett auf den Plastiktisch und setzt sich auf einen festgeschraubten Plastikhocker. Ich lasse mich ihr gegenüber in die Sitzschale fallen.

»Ich war seit Jahrzehnten nicht mehr hier«, sagt Silke. Ich starre aus dem Fenster. Meine Freundin breitet eine Serviette vor mir auf dem Tisch aus, klaubt den Donut aus der Papiertüte und legt ihn darauf. Dann friemelt sie die Milchportion auf, schüttet sie in meinen Kaffee, rührt mit einem Plastikstäbchen um und stellt den dampfenden Becher vor mich.

»Iss und trink«, befiehlt sie.

»Ja, Mama«, sage ich matt und nippe am Kaffee, der besser schmeckt als die Plörre, die aus meiner Maschine zu Hause läuft. Der Donut ist sehr weich, sehr saftig und sehr, sehr süß. Ehrlich gesagt genau das, was ich gebraucht habe. Langsam kehrt mein Verstand zurück.

»Und wenn er nach Hause gelaufen ist?«, frage ich.

»Marten? Der weiß doch gar nicht, wo du wohnst.«

»Vielleicht wollte er auch zu Zoran«, gebe ich zu bedenken.

Silke legt ihre Hand auf meine. »Die finden ihn, Maja, ganz, ganz sicher«, sagt sie mit fester Stimme. »Jeden Tag verschwinden Hunderte Kinder in Deutschland und die allermeisten sind nach ein paar Stunden wieder da. Jedenfalls hab ich das gelesen.«

»Und was ist mit den anderen? Denen, die nicht wieder nach Hause kommen?«, flüstere ich. Die Antwort will ich gar nicht hören. »Ich muss mal.« Schwankend stehe ich auf. Silke grabbelt sich ein quietschbuntes Filmmagazin aus einem Ständer.

Ich orientiere mich kurz. Zum Glück liegen die Toiletten nicht in dem Gang, an dessen Ende die muntere Jungstruppe sitzt und sich gerade Pommes an die Salatschüsselmützen wirft. Ich gehe nach links, stemme die Tür mit dem Plastikmädchen-Emblem auf und stehe in einem Plastikraum mit Plastikwaschbecken und Plastikkabinen. Ich nehme die erste. Seit ich gelesen habe, dass die meisten Frauen die zweite oder letzte Kabine nehmen, weil alle denken, dass die erste Kabine am meisten genutzt wird, steuere ich immer auf Nummer eins zu. Ich wurde noch nie enttäuscht, denn meistens finde ich ein jungfräulich-frischgeputztes Klo vor. Auch jetzt habe ich Glück. Erschöpft lasse ich mich auf die Plastikbrille fallen und lasse ein paar Tränen und meinem Pipi freien Lauf. Dann schnäuze ich mich in eine Handvoll Klopapier, spüle und wasche mir in einem Plastikbecken die Hände, die ein Plastikföhn trocknet. Aus dem Spiegel starrt mich eine leichenblasse Maja mit roten Glupschaugen an. Ich sehe scheiße aus. Passt also zur Situation.

Vor dem Klo fällt mir ein mit einer Glasscheibe abgetrennter Raum auf. Innen steht ein kunterbunter Plastiktisch, der von kunterbunten Plastikhockern flankiert wird. Von der Decke hängen Luftballons, an den Scheiben klebt der McDonald's-Clown in allen möglichen Posen. Am Kopfende des Tisches steht ein knallroter Plastikthron. Und auf dem knallroten Plastikthron sitzt ...

»Marten!«, brülle ich. In Sekundenbruchteilen steht Silke neben mir. Fassungslos starren wir durch die Scheibe und sehen dem Kind dabei zu, wie es Ketchup aus einer Portionstüte quetscht und anschließend hingebungsvoll auf dem Tisch verteilt. Ein umgekippter Becher liegt auf dem Boden, überall liegen Pommes und auf einem der Hocker klebt der Rest eines Hamburgers.

Silke fängt sich als Erste und reißt die Tür auf.

»Was machst du hier?«, brüllt sie Marten an. Der zuckt zusammen.

»Essen«, sagt er schließlich. Meine Knie zittern schlimmer als erlaubt, aber ich schaffe es, zum Tisch zu gehen. Vor dem

Thron gehe ich in die Knie und schließe Marten in die Arme. Danke, Hera, Zeus und Werauchimmer, danke!

Marten schlingt die Arme um meinen Hals. Wieder schießen mir Tränen in die Augen.

»Warum hast du denn nicht gesagt, dass du Hunger hast?«, frage ich leise.

»Was?« Marten sieht mich verständnislos an. »Ich hab doch selber Geld!«

Silke lässt sich auf einen der Hocker sinken, fummelt die Visitenkarte der Kommissarin aus der Hose und gibt per Handy Entwarnung.

»Woher hast du Geld?«, frage ich.

»Von Papa. Zehnundneunzig Euro«, verkündet Marten stolz. »Und guck mal, was in der Tüte war!« Das Kind hält mir eine Plastikananas unter die Nase, in der ein Plastikschwamm wohnt. »SpongeBob!«, kreischt er, springt wie von der Tarantel gestochen auf und rast durch das Plastik-Kinderparadies.

»Spinnst du eigentlich?«, brüllt Silke, fängt Marten ab und packt ihn am Kragen. Sofort schaltet das Martenshorn eine Tonlage höher. »Auaauaaaaaa!«

»Das tut nicht weh«, brummt Silke. »Aber gleich ...« Sie knurrt ihn an wie eine dänische Dogge. Ihr Gesichtsausdruck würde wahrscheinlich jeden Kampfhund in die Flucht schlagen. Marten ist nicht beeindruckt. Silke lässt ihn los. Immerhin bleibt er stehen.

»Du kannst nicht einfach weggehen«, sage ich matt.

»Kann ich wohl.«

»Du bist fünf Jahre alt«, versuche ich es noch einmal.

»Halb sechs!«

»Wie bitte?«

»Ich bin schon fast sechs.«

Ruhig bleiben, Maja!

»Schau mal, da ist eine große Straße, da darf man nicht einfach so rübergehen.«

Marten streckt mir die Zunge raus. Dann nimmt er seinen Spurt um den Tisch wieder auf.

»Wir gehen! Jetzt!«, brüllt Silke. Marten bremst. Tatsächlich trottet er hinter uns her zum Ausgang. Silke schnappt sich seine linke, ich seine rechte Hand.

»Du bist eine ganz doofe Kuh«, sagt Marten nach links. Und nach rechts: »Du bist auch eine ganz doofe Kuhkuhkuh.« Ich schwanke zwischen Schreikrampf und Ohrfeige. Doch dazu kommt es nicht, denn in dem Moment reißt ein Mann die Tür auf. Zoran.

In Madagaskar wächst der Pfeffer

Silke

Die letzten beiden Stunden waren die schrecklichsten in meinem Leben. Auch wenn ich diesem Kind wenig Sympathie entgegenbringe: Ein furchtbares Schicksal habe ich ihm nicht gewünscht. Die Polizisten schauen uns mit einer seltsamen Mischung aus Mitleid und Vorwurf an. Als ob wir etwas dafür könnten, dass Marten verschwunden ist!

Ich ziehe Maja mit mir, sie hängt an meinem Arm wie ein nasser Sack. »Nun komm schon«, versuche ich sie zu ermuntern. »Die Polizei wird ihn finden.«

»Und was, wenn nicht? Wie soll ich das Zoran erklären?«

Schön langsam kocht die Wut in mir hoch. »Was willst du ihm erklären? Dass sein Sohn eine Erziehungskatastrophe ist? Das weiß er schon längst, sonst würde er ihn ja nicht abschieben. Zoran wird dir erst mal einige Dinge erklären müssen!«

Oder vielleicht auch nicht, denke ich wütend, jedes weitere Wort von oder an ihn wäre unnütz verbaselte Lebenszeit.

Nur mit Mühe kann ich Maja in das Fastfood-Restaurant verfrachten. Dort steht eine Gruppe Jugendlicher. Die Luft bebt vor Hormonen und Albernheit.

Ich bestelle Kaffee und Donuts, verfrachte das Tablett und Maja an einen der schmuddeligen Tische.

Sie sieht aus, als würde sie jeden Augenblick zusammenbrechen, doch der Kaffee schmeckt erstaunlich gut, und nachdem ihr Blutzuckerspiegel wieder angestiegen ist, schöpfe ich Hoffnung.

Sie steht auf und begibt sich zur Toilette. Was bin ich froh, dass ich sie nicht begleiten und für sie singen muss! Trotzdem überlege ich, welches Lied in dieser Situation angemessen wäre. »I'll be waiting« von Lenny Kravitz oder eher »Bad day« von Daniel Powter? Vielleicht auch »Fly me to the moon«?

Bevor ich mich entscheiden kann, höre ich einen gellenden Schrei: »Marten!«

Erschrocken drehe ich mich um. Maja steht vor der mit Bällen gefüllten Glaskabine und – oh Wunder – da sitzt unser kleiner Ausreißer. Sofort werde ich von einer Woge Erleichterung überschwemmt. Herzlichen Glückwunsch, denke ich und gleichzeitig: Gott, steh uns bei! Ich zücke mein Handy und gehe zu den beiden. Das Kind schmiert in aller Seelenruhe Ketchup auf den Tisch und tut so, als wäre es das Normalste der Welt, alleine zu McDonald's loszuziehen.

Nachdem ich die Polizei informiert habe, schnappen wir uns den Jungen. Aber wir kommen nicht weit.

Plötzlich wird die Tür aufgerissen und ein zornesroter Zoran steht vor uns. »Ihr Schlampen!«, brüllt er. »Sagt mal, habt ihr sie noch alle?« Er sinkt auf die Knie und zieht das ketchupbeschmierte Kind in seine Arme. Wunderbar, ab jetzt darf er sich wieder drum kümmern.

»Geht es dir gut, Marten? Tut dir irgendetwas weh?«, fragt er mit säuselnder Stimme. »Mein Liebling, ich habe mir solche Sorgen gemacht.«

Sorgen? Am liebsten würde ich ihm eine Liste europäischer Nutztiere an den Kopf werfen, doch ich reiße mich in letzter Sekunde zusammen.

»Es tut mir so leid«, heult Maja nun los. Sie zittert wie Espenlaub.

»Das kann dir auch leidtun. Wie blöd bist du eigentlich, einen Fünfjährigen zu verlieren? Weißt du eigentlich, was ihm alles hätte passieren können? Mein Gott, wenn Dummheit klein machen würde, könntest du von der Teppichkante Fallschirm springen!«

»Ich glaube, es hakt«, fahre ich dazwischen. »Wer hat denn seine Aufsichtspflicht verletzt? Du doch wohl in erster Linie. Du bist aber ganz schön schnell von Kiew hierhergerauscht. Oder kommst du vielleicht vom Ferienhaus an der Außenalster?«

Überrascht schaut er mich an.

»Da guckst du, nicht wahr? Manche Leute sind nicht Kinder der Götter, sondern Cousins der Schimpansen und du gehörst dazu! Lädst ohne Vorwarnung deinen missratenen Sohn bei Maja ab und tauchst unter. Hinterlässt noch nicht mal eine Gebrauchsanweisung und erreichen kann man dich auch nicht.« Ich hole tief Luft und spüre, dass ich kurz vor dem Blutrausch bin. »Es ist ja nicht so, dass man mit Marten umgehen kann wie mit einem normalen Kind. Singen zum Kacken – ist das der Anfang einer sensorischen Deprivation? Herzlichen Glückwunsch, hier hast du deinen Sprössling wieder. Viel Glück damit. Maja, wir gehen.«

Ich ziehe sie mit mir und versuche, wieder zu Atem zu kommen. Maja stolpert neben mir her und starrt mich mit offenem Mund an.

»Was bedeutet ›sensorische Deprivation‹?«

»Keine Ahnung, aber ich fand, es hörte sich passend an.«

Wir gehen um die Ecke und ich bleibe stehen, lehne mich gegen die Häuserwand. Nun kann ich mich nicht mehr halten, ein irres Lachen bricht aus mir heraus. »Hast du sein Gesicht gesehen? Wie vom Donner gerührt.«

»Du bist ja auch abgegangen wie ein Vulkan«, kichert Maja.

»Zum Schweigen fehlten mir die passenden Worte. Da glaubt der Kerl doch glatt, dass er dir Vorwürfe machen kann.«

»Na ja, irgendwie hatte er ja recht.«

»Maja!« Ich schüttele entsetzt den Kopf. »Hatte er nicht. Nicht wirklich.«

Darauf können wir uns einigen. Wir gehen zum Parkplatz und erleichtert stelle ich fest, dass die Polizei wieder abgerückt ist. Zum Glück habe ich gestern drei Flaschen Wein gekauft. Wir schenken uns ein Glas kalten Weißwein ein, setzen uns auf den Balkon und nehmen uns Nervenzigaretten.

Es klingelt.

»Erwartest du Besuch?«

Maja schüttelt den Kopf und geht zur Tür. »Hallo?«, fragt sie in die Gegensprechanlage.

»Martens Sachen«, knurrt Zoran.

Ich überlege, ob wir die Taschen filmreif vom Balkon werfen sollen, entscheide mich aber dagegen. Man muss schlechtes Benehmen nicht mit schlechtem Benehmen beantworten.

In aller Eile stopfen wir die Sachen in die beiden Taschen und stellen sie in den Hausflur. Dort kann sie der plötzlich so besorgte und fürsorgliche Vater gerne abholen.

»Maja ... bitte, lass uns reden«, erklingt plötzlich Zorans Stimme durch die Tür. Aber bevor Maja sich wieder einlullen lässt, gehe ich dazwischen. »Lass sie in Ruhe, Zoran. Ab nach Madagaskar.«

»Madagaskar?«

»Da, wo der Pfeffer wächst. Und du solltest versuchen, dein Gehirn einzuschalten, bevor du den Satansbraten deiner nächsten Flamme aufs Auge drückst. Schönen Gruß übrigens von Barbara.«

»Barbara?«

»Vergiss es.« Ich nehme das Telefonbuch von dem Tischchen in der Diele, reiße die Seite mit den Kinderpsychologen und Erziehungsberatungsstellen heraus und schiebe sie unter der Tür durch. »Hol dir Hilfe. Schnell. Für dich und das Kind.«

»Papa!«, quäkt es da. »Ich muss kacken.«

»Nicht jetzt«, stöhnt Zoran.

»I know I stand in line until you think you have the time to spend an evening with me«, schmettere ich los.

»And if we go someplace to dance, I know that there's a chance you won't be leaving with me«, fällt Maja ein. Dann gemeinsam: »And afterwards we drop into a quiet little place and have a drink or two.«

»Nicht singen, bitte nicht singen!«, ruft Zoran.

»And then I go and spoil it all by saying something stupid like: I lo-hove you!«

Maja und ich fallen uns kichernd in die Arme, vom Treppenhaus ertönt ein ellenlanger, nicht zitierfähiger Fluch.

»Fertig!«, hören wir Marten trällern.

Dieser Tag verdient ein glorreiches Ende, beschließe ich und lade Maja zum Essen ein.

Ein Orakelspruch mit Folgen

Maja

Mit Silke an meiner Seite ist alles ganz leicht und einfach. Schade, dass sie kein Kerl ist und ich nicht auf Frauen stehe, sie wäre die perfekte Gattin. Und: Sie schafft es mit einer Wundersalbe aus einer winzigen goldglänzenden Tube, meine vom Heulen geschwollenen Augen innerhalb einer halben Stunde auf fast normales Maß zurückzuschrumpfen.

»Von einer Creme, die 119 Euro kostet, darf man das auch erwarten«, sagt sie, als ich das Wunder der kosmetischen Industrie im Spiegel begutachte. Ein wenig Concealer, ein bisschen Wimperntusche, dazu ein silbern glitzernder Lidstrich und schon sehe ich wieder menschlich aus. Außerdem haben wir beide schon anderthalb Liter Weißwein intus (zusammen, natürlich).

Im Treppenhaus hängt ein Marten-spezifischer Duft. »Wir sollten uns bei Dieter Bohlen bewerben«, grinst Silke. »The Shitty Singers.« Ich lache und spurte hinter ihr die Treppe runter.

Trotzdem fühle ich mich irgendwie ... anders. Die Welt sieht blass aus. Wie Watte. Ich habe das Gefühl, neben mir zu stehen, irgendwie so, als würde ich mir selbst dabei zusehen, wie mein Herz zerreißt. Einerseits. Andererseits steckt Silkes Wut mich an. Und Wut ist definitiver gesünder als Liebeskummer.

»Erde an Maja, Erde an Maja«, ruft Silke, als wir am Taxistand ankommen. »Bitte melden!«

Erst jetzt fällt mir auf, dass ich seit dem Verlassen der Wohnung kein Wort mehr gesagt habe.

»Ja?«

»Sieh mich an«, raunt Silk mit verstellter Stimme und fuchtelt mir mit den Händen vor dem Gesicht rum. »Ich bin Walburga, die Hexe der Hexen, und mein Zauber wird die Buchstaben Z-O-R-A-N aus deinem Gedächtnis verbannen. Abrakadabra …«

Ich muss lachen. »Kannst du die Buchstaben M-A-R-T-E-N auch in die Verbannung schicken?«

»Walburga kann alles. Simsalabim!« Ob es am Wein liegt oder an der lauen Nacht? Ich fühle mich tatsächlich leicht, eine Feder, die durch den Orbit fliegt, immer den Lichtern entgegen. Berlin mag ein legendäres Nachtleben haben, aber das in Hamburg ist um Klassen besser. Vorausgesetzt, man weiß, wo man hinmuss. Die besten Spots stehen in keinem Reiseführer. Aber sie scheinen mit einem Magneten ausgestattet zu sein, denn sie ziehen die Nachtschwärmer an wie die Lampen in der HafenCity die Spinnenkolonien. Silke und ich schwärmen aus und landen in einer Seitenstraße irgendwo in Sankt Georg. Glaube ich. Ich habe nicht so genau aufgepasst, wo der Fahrer uns hinkutschierte. Die Leuchtreklamen sind an mir vorbeigezogen wie kleine bunte Kometen. Silke ließ mich in Ruhe, sie schäkerte mit dem Chauffeur. »Immer in Übung bleiben«, nennt sie diese Flirtattacken. Ich nehme an, unser im Hauptberuf längst pensionierter Taxler mit der blauen Seemannsmütze fand es toll. Irgendwann schubst sie mich aus dem Wagen und ich stehe auf dem gepflasterten Gehweg vor einer Tapas-Bar. »Flamenco«, verkündet die gelbrote Leuchtschrift.

»Das hatten wir vor zwei Jahren mal im Blatt«, erklärt Silke. »Die Chorizo escondido kam ganz gut weg.«

Ich habe keine Ahnung, was das sein soll. »Hauptsache, es gibt nix Ungarisches«, sage ich.

Wenig später sitzen wir an einem Zweiertischchen am Fenster. Draußen flanieren die ersten Nachtschwärmer vorbei. Silk bestellt allerlei Dinge, deren Namen für mich wie spanische Liebhaber klingen. Was so heißt, das kann nur lecker sein. Und tatsächlich: Die Datteln im Speckmantel sind ein Gedicht, der Tinto de Verano ist mit Abstand der leckerste Wein, den ich seit Langem hatte, und hinter »Cordero al limón« verbirgt sich Lammfleisch der Extraklasse. Wir beschließen das Mahl mit einem Kastanienpudding, der sich auf meine wunde Seele legt wie ein Heftpflaster. Das Thema Zoran und Marten vermeiden wir. Schließlich hat Walburga gezaubert und ich habe wirklich keine Lust, heute noch einen Gedanken an diese zwei doch sehr speziellen Jungs zu verschwenden. Da halte ich es lieber wie Scarlett O'Hara und verschiebe es auf morgen, morgen ...

»Sag mal«, frage ich Silke. »Hast du dich eigentlich entschieden?«

»Wofür?«

»Wegen des neuen Jobs.«

Silke verdreht die Augen und stöhnt. »Nein. Aber lange kann ich nicht mehr zögern. Frank verlangt eine Antwort. Ich weiß aber nichts. Gar nichts.«

»Dann lass Bee Maja mal orakeln«, sage ich und schließe die Augen. Nicht, weil ich einen auf theatralisch machen will, sondern weil es wirklich hilft. Mir jedenfalls. Ich projiziere Silke auf meine innere Leinwand. Setze sie in ein Büro nach Berlin, schicke sie in Düsseldorf auf die Piste. Ich pflanze sie in ein schickes Loft in Düsseldorf, betrachte sie in ihrer Altbau-Stuckdecken-Wohnung in Tiergarten. Beides sieht gut aus und fühlt sich gut an. Die Berliner Bilder sind ein bisschen bunter, dafür aber kühler. Meine Düsseldorfer Visionen sind pastellfarben, aber warm. Ich sehe alle möglichen unbekannten Menschen, an beiden Orten.

Dann stutze ich ... Die Frau, die mit Silke das Redaktionsgebäude in Düsseldorf betritt, kommt mir bekannt vor. Sehr bekannt. Ich kenne sie aus dem Spiegel. Mein Bauch kribbelt und ich fliege noch einmal nach Berlin. Jetzt ist Silke alleine, kuschelt sich auf die Couch und liest ein Kochbuch. In Düsseldorf sehe ich sie in einem Restaurant sitzen. Sie ist nicht allein. Sie hat ihre beste Freundin dabei. Mich.

Ich schlucke trocken und mache die Augen auf. Mir ist schwindlig und ich bin froh, dass jetzt ein Glas mit süßem und starkem Café Bonbon vor mir steht. Silkes Glas ist schon zur Hälfte leer. Ich nehme einen tiefen Schluck und sehe sie an.

»Hast du geschlafen?«, fragt sie mich grinsend. Ich bin ein bisschen verlegen.

»Nein, ich ... Silk, das war eben echt komisch«, antworte ich und versuche, ihr die Bilder aus meinem Kopf zu erklären. Aber jetzt, wo ich alles laut ausspreche, klingt es verrückt.

»Verrückt«, sagt auch Silke. »Kannst du das nicht in einen deiner bewährten Orakelsprüche übersetzen?«

»Okay, ich versuch's. Welche Nummer willst du?«

»Die 1 natürlich!«

Ohne Laptop und Tastatur ist das ungewöhnlich. Anfangs stottere ich, aber dann fließt es:

»1 – Dein Leben wird sich ändern. Gewaltig ändern. Du dachtest, dein Schiff liege in einem sicheren Hafen, doch der Hafenmeister hat andere Pläne. Du wirst den Anker lichten müssen, um in ein unbekanntes Fahrwasser zu schippern. Mag sein, dass es dort Klippen, Untiefen und Strudel gibt. Aber du bist nicht allein an Bord.«

»Okay, sag es in Maja-Sprache.«

»Mach es«, rufe ich. »Geh nach Düsseldorf.«

Silke saugt Luft ein. Pustet sie wieder aus. Dann leert sie ihr Weinglas in einem Zug. Schweigend kramt sie in ihrer Handtasche, fummelt ihr Handy raus und tippt etwas ein. Ehe sie auf Senden drückt, zeigt sie mir den Text: »Frank, die Düsseldorfer sollen sich warm anziehen. Ich komme!«

»Bravo!«, rufe ich so laut, dass die Leute um uns herum irritiert zu unserem Tisch schauen. »Auf das Abenteuer!«

»Auf die Freundschaft«, sagt Maja und gießt den letzten Rest Wein aus der Flasche in unsere Gläser. Wir prosten uns zu.

»Was meinst du eigentlich mit ›Du bist nicht allein an Bord‹?«

Ich schlucke trocken. »Na ja, vielleicht ...«

Und wenn sie es blöd findet? Gar nicht will?

Andererseits – ob ich mein Arbeitslosengeld in Hamburg, Buxtehude oder Düsseldorf einstreiche, ich doch egal. Hamburg ist zwar schön, aber so richtig zu Hause fühle ich mich hier nicht und ehrlich gesagt ist mir im Moment danach, so viele Kilometer wie möglich zwischen den Scheppscheck und mich zu bringen. Ich vermisse unsere Mädelsabende, ich sehne mich nach unserer alten WG. Zu sentimental? Silke hat ein ausgefülltes Leben, immer wieder mal einen Fred an ihrer Seite und ...

»Was?!«

»... vielleicht könnten wir wieder eine WG ...?«

Silke springt auf, saust um den Tisch, zieht mich hoch und drückt mich an sich. »Sie will mitkommen, jajajaja!«, kreischt sie und hüpft auf und ab. Jetzt haben wir endgültig die Aufmerksamkeit aller Gäste.

Eine Mittfünfzigerin zischt hörbar: »Igitt, Lesben.« Eine Mädelstruppe applaudiert.

Silke hibbelt und verlangt die Rechnung. »Jetzt gehen wir einen heben«, ruft sie unserem Publikum zu, als wir das Flamenco verlassen. Die Mädels johlen, die olle Schrulle verzieht angewidert den überschminkten Mund.

I will survive

Silke

»Das wird einfach nur genial. Du und ich und Düsseldorf. Fertig ist die Laube und der Kleingärtner freut sich.« Ich ziehe Maja in eine Bar und bestelle zwei Mojitos.

»Wenn das nicht Silk und Maja sind«, raunt mir jemand ins Ohr und nimmt mich in den Arm.

»Torsten! Was machst du denn hier? Blöde Frage …« Ich kichere. »Du willst hier bestimmt nicht einkaufen.«

»Nein, wir wollten ein wenig chillen und etwas Leckeres trinken.«

Wir – mir fällt seine Freundin wieder ein, die mit dem komischen Namen. Rakete oder so. Suchend schaue ich mich um und bingo, da sitzt sie an einem der kleinen Tischchen und grinst breit. Das Lächeln sieht aus wie aufgezogen und ich überlege, ob man irgendwo die Gummibänder sehen kann.

»Wollt ihr euch nicht zu uns setzen?«, fragt Torsten.

Ich mag ihn und Maja mag ihn auch. Vielleicht ist seine Rakete ja auch nett und hatte neulich nur einen schlechten Tag. Fragend sehe ich Maja an, sie zuckt mit den Schultern und grinst. Na gut, probieren wir es aus.

Zwei Mojitos und eine Stunde später: Torsten und Rakete – inzwischen weiß ich wieder, dass sie Ariane heißt – schmiegen sich auf der winzigen Tanzfläche eng aneinander. Früher, auf

Kindergeburtstagen, gab es so was auch – Zeitungstanzen haben wir das genannt. Man musste eng aneinandergepresst tanzen und durfte sich nicht großartig bewegen. Vielleicht hat Ariane Torsten aber auch auf Zeitlupe gestellt.

»Ich dachte, sie hätte neulich ihre Tage gehabt und wäre deshalb so komisch drauf«, murmele ich.

»Sie scheint pausenlos ihre Tage zu haben.« Maja kichert. »Aber Torsten ist völlig verschossen in sie.«

»Absolut. Wolke sieben.« Immer noch verblüfft schüttele ich den Kopf.

»Na, du weißt doch, wie das ist«, sagt Maja traurig. »Wenn man verliebt ist, sieht man alles durch die rosarote Brille.«

Oje, jetzt bloß keine schlafenden Hunde wecken! Ich schaue mich um. »Was hältst du von einem Ortswechsel?«

»Wohin?«, fragt ein fröhlicher Torsten, der anscheinend gar nicht mitbekommt, dass seine Rakete uns nicht ausstehen kann.

»Ins Number One«, sage ich, ohne großartig nachzudenken.

»Karaoke singen? Coole Sache!« Torsten sieht so aus, als würde er gleich begeistert in die Patschehändchen klatschen.

»Was meinst du, Maja? Karaoke für die Shitty Singers?«

Maja giggelt. »Sehr geile Idee, das machen wir.«

»Karaoke find ich doof«, mault das Raketchen.

War nicht anders zu erwarten, denke ich. Vielleicht kann sie ja Torsten davon abhalten mitzukommen.

Doch meine Hoffnung ist vergebens. Wir verlassen die Bar und machen uns auf ins Number One, Torsten und Rakete inklusive. Dort bestellt sie sich erst mal eine Flasche Champus und – gütiger Himmel! Ratzfatz ist das klebrige Zeug in ihr verschwunden und gleich darauf gibt es Nachschub.

»Hat die einen Zug«, wispere ich Maja zu und ziehe sie nach vorne. Wir bleiben bei Mojito und ich wähle ein Lied.

»Remember those walls I built? Well, Baby, they're tumbling down«, singe ich los.

»And they didn't even put up a fight, they didn't even make a sound«, folgt Maya.

»I found a way to let you in. But I never really had a doubt. Standing in the light of your halo, I got my angel now«, schmettern wir beide zusammen mit Beyoncé. Danach singen wir mit Sinatra, unterstützen Pink und trällern mit Blink-182.

Gerade als wir inbrünstig mit Gloria Gaynor »I will survive« jubilieren wollen, nimmt uns eine sehr angeschickerte Rakete das Mikro ab. »Jescht bin isch drahan.«

Okay, alles klar. Das wird ein Fehlstart, aber soll sie doch selbst sehen.

»Was willst du singen?«, frage ich, denn offensichtlich hat sie das System nicht durchschaut. Wie wild haut sie auf die Knöpfe.

»Das da!« Sie zeigt auf einen Titel.

Oha. Billy Jean. Damals war Michael Jackson noch schwarz.

Das Lied startet und Rakete bekommt einen Schluckauf. Passt ja zu Jacksons Stimme.

»Sschee wasssssss moore laik a – hicks – beauty queeeeeeen fromm a – hicks – movie schreen«, beginnt Ariane zu singen. Maja und ich schauen uns entgeistert an. Oh du lieber Gott! »I schaid – hicks – I don't mind, but what do you mean. I am ssssse won who will dansche – hicks – on the floor – hicks – in sssse round!«

Maja prustet los und auch ich kann mich kaum noch halten. Es ist einfach zu komisch. Die Frisur der Rakete hat sich inzwischen aufgelöst, ihre Bluse hängt aus der Hose und sie hält sich am Mikro fest wie eine Ertrinkende am Tau. Und doch hört sie nicht auf, auch wenn um sie herum die Leute anfangen zu pfeifen.

»Peeeeeple aaaalways told meee, be carefuuul, what youuu duuuuu«, kreischt sie nun. Hickst wieder und starrt uns an, dann wird sie plötzlich bleich, lässt das Mikrofon fallen, schlägt die Hände vor den Mund und rennt zur Toilette.

Hoffentlich erreicht sie die. Ich werde es nicht überprüfen und Maja auch nicht. Wir geben Torsten, der etwas derangiert am Tisch sitzt, einen Kuss auf die Wange und entfernen uns aus dem Lokal.

Die Lachsalven unterdrücken wir, bis wir in sicherer Entfernung sind, dann können wir uns nicht mehr halten.

»Ei am sssssseee won«, singt Maja völlig schräg.

»Rakete Ariane is not my lover«, fall ich ein und pruste los.

Wir lachen, bis wir bei Maja zu Hause ankommen. Was für ein Abend! Maja legt eine alte Platte auf und wir sitzen auf dem Balkon, paffen eine Entspannungszigarette und singen »I will survive«.

Ein weiterer Orakelspruch mit weiteren Folgen

Maja

Gestern war alles leicht und weich und wattig. Heute ist heute und Silke ist nicht mehr da. Sie ist nach Berlin gedüst. Ich hocke hier in Hamburg und habe zwar einen Plan, aber keinen Antrieb. Ich fühle mich klein. Benutzt. So muss es einem Tempotaschentuch gehen, das erst vollgerotzt und dann bei sechzig Grad in der Hosentasche mitgewaschen wird. Schleudergang inklusive. Nur dass ich das Taschentuch bin und Zoran ... Nein! Ich verdränge jeden Gedanken an ihn. Ich bin Scarlett O'Hara. Morgen. Ja, morgen ...

Ich danke allen Freaks und Nerds dieser Welt dafür, dass sie das Internet erfunden haben. Mit einem Plörrekaffee verziehe ich mich auf die Couch, klemme mir meinen Laptop auf die Knie und frage Mister Google nach Düsseldorf. Die längste Theke der Welt – na, das klingt bestens! Und die Kö. Sieht schick aus. Ist schick. Aber pervers teuer, nix für Majas Kontostand. Na ja, gucken kostet ja nichts. Ich surfe durch den Medienhafen. Hier wird Silkes neues Büro sein. Sehr cool, sehr stylish. Und die neue WG der Shitty Singers? Wo wohnt man in Düsseldorf? Ich muss dringend mit Silke telefonieren. Nach unserer WG-Auflösung hat sich jede von uns eine komplette

Wohnung eingerichtet. Brauchen wir zwei Kühlschränke? Zwei Waschmaschinen, Bügeleisen, Toaster? Ganz bestimmt nicht. Ich werde ihr vorschlagen, die jeweils schlechteren Geräte einzulagern. Bei der Kaffeemaschine ist es klar. Mein Billigteil wandert in den Keller, Silkes Saeco darf mich morgens mit einem leckeren Kaffee verwöhnen.

Beschwingt logge ich mich bei Facebook ein. Holla die Waldfee! Siebenundzwanzig Anfragen ans Orakel – die Welt da draußen konnte ja nicht ahnen, dass ich meine Verbindung ins WWW wegen eines Minimonsters auf den Kleiderschrank verbannen musste.

Ich lege los ... und bin nach zwei Stunden einigermaßen zufrieden mit mir. Die Orakelkunden hoffentlich auch – obwohl es mir heute nicht leichtfiel, nett und zuversichtlich zu sein. Der miese Blondschopf nagt noch an mir. Ich stelle die letzte Orakelantwort auf meine Profilseite. Da ploppt das Chatfenster auf.

Johanna Stern: Hallo, Bee Maja!

Bee Maja: Hallo! Wer bist du?

Johanna Stern: Ein Fan! ☺

Bee Maja: Ach.

Johanna Stern: Du machst das echt sensationell gut mit den Orakelsprüchen.

Bee Maja: Danke! *rotwerd*

Johanna Stern: Hast du grade Zeit?

Bee Maja: Ja, schon!

Johanna Stern: Würdest du ein Orakel für mich machen?

Bee Maja: Klar! Welche Zahl willst du?

Johanna Stern: 444!

Bee Maja: Okay, warte einen Moment!

Das läuft ja wie geschmiert ... Vielleicht sollte ich mich doch als Esoteriktante selbstständig machen. Ich könnte mich bei einem der Wahrsage-Sender verdingen, bei denen sich ahnungslose Anrufer das Geld aus der Tasche ziehen lassen, um aufgequollenen Hausfrauen dabei zuzusehen, wie sie bunte Karten mischen und ihnen die Story vom Pferd erzählen. Definitiv eine Perspektive ... wenn man skrupellos ist. Bin ich aber nicht, und solange Vater Hartz mir jeden Monat mein Taschengeld überweist, werde ich ganz bestimmt nicht in die Abzockerfraktion wechseln. Stattdessen wechsle ich jetzt von meinem Profil auf das von Johanna Stern.

Leck mich an der Unterhose! Die Frau ist eine Granate. Große, knallblaue Augen. Ein perfekter Mund. Eine süße Stupsnase. Blonde Locken, viele blonde Locken. Und ein Strahlen, das dem eines Sterns sehr nahe kommt. Nomen est omen!

Johanna ist Single und lebt im Rheinland. Ihre Pinnwand gibt außer Farmville-Nachrichten nichts her. Ich beschließe, ihr eine Nachbarschaftsanfrage für meine virtuelle Farm zu schicken. Mehr Nachbarn bedeuten mehr Geschenke bedeuten mehr Cash. Ich klicke mich durch ihre Fotos. Johanna am Strand (Bombenfigur, ich werde ein bisschen neidisch). Johanna vor einem Museum. In einem Straßencafé. Im nächsten Album hat sie Aufnahmen eingestellt, die samt und sonders aus einem Flugzeugfenster heraus gemacht wurden: Wattewolken, keine Wolken, blasser Himmel, mal mit, mal ohne Flügel und Triebwerk drauf. Offensichtlich ist sie Vielfliegerin und ich wette, sie hat ein gut gefülltes Bonusmeilen-Konto. Das dritte Album trägt den Titel »Mein Schatz«. Aha, jetzt wird's warm.

Sie hat 117 Fotos von »Schatz« eingestellt. Schatz beim Essen. Schatz beim Schlafen. Schatz auf dem Sofa, im Bett, auf dem Wohnzimmerboden. Johannas Schatz ist sehr behaart.

Er hat auffallend große Ohren und einen winzigen Puschelschwanz. Frau Stern teilt ihr Leben mit einem milchkaffeebraunen Kaninchen!

Das Orakel hat genug gesehen. Ich poste Johannas Spruch auf meiner Pinnwand:

»444 – Du bist eine Frau, die andere beneiden: Du bist schön. Wunderschön. Und klug. Du hast die ganze Welt gesehen und dabei nach deinem persönlichen Stern gesucht. Manchmal sahst du ihn am Himmel blinken – doch noch scheint er unerreichbar. Manchmal bist du einsam. Dann verkriechst du dich. Mach das nicht, sondern geh hinaus in diese wundervolle Welt und genieße das Leben. Denn du selbst bist ein Stern, der heller als alle anderen leuchtet.«

Ich klicke mich in den Chat.

Bee Maja: Fertig.
Johanna Stern: ...
Bee Maja: Huhu? Bist du noch da?
Johanna Stern: ...

Na, dann eben nicht. Das Orakel ist auch nur ein Mensch und verspürt gerade ein sehr menschliches Bedürfnis. Ich parke den Laptop auf dem Couchtisch und gehe ins Bad. Als ich auf dem Klo sitze, fällt mein Blick auf ein krummes Haus aus Lippenstift, das auf der Rückseite der Tür prangt. Offenbar hat diese Zeichnung Silkes Putzanfall überlebt. Tränen schießen mir in die Augen. Ich reiße ein Stück Klopapier ab und schnäuze mich. War Marten wirklich so schlimm? Habe ich überreagiert?

»Scheiße!«, rufe ich, ziehe die Spülung und wasche mir ausgiebig die Hände. In der Kaffeemaschine ist noch ein Rest schwarzer Brühe. Leider ist der durch das stundenlange Warmhalten auch nicht besser geworden. Ich kippe die Tasse in die Spüle, fülle ein paar Cornflakes in eine Schüssel und gehe zurück ins Wohnzimmer. Ohne Milch sind die Zerealien sehr knackig und süß. Genau die richtige Herzmedizin!

Johanna Stern: Bee Maja? Wo bist du?
Bee Maja: Wieder da, hatte eben ein Meeting.
Johanna Stern: Danke für das Orakel. Das ist ... Wahnsinn. Volltreffer.
Bee Maja: Freut mich! Mach was draus!
Johanna Stern: Hm. Wie wär's, wenn *du* was draus machst?
Bee Maja: Verstehe ich nicht.
Johanna Stern: Ich schau mir deine Seite schon eine Weile an. Du machst das dermaßen super. Und die Leute sind begeistert. Du solltest das nicht nur so nebenbei machen.
Bee Maja: *lach* Wenn das so einfach wäre!
Johanna Stern: Wieso? Machst du das neben dem Job? Ich meine, weil du gerade in einem Meeting warst.
Bee Maja: Nochmal *lach*! Nein, das Meeting war in meiner privaten Sanitärabteilung. Ich bin eine von den Millionen Arbeitslosen.
Johanna Stern: Super!
Bee Maja: Wie bitte?
Johanna Stern: Oh, versteh mich nicht falsch – es ist Mist, dass du keinen Job hast, aber das bedeutet ja auch, dass du vielleicht einen suchst?
Bee Maja: Wieso, kann man bei dir Jobs bestellen?
Johanna Stern: Na ja, irgendwie schon.
Bee Maja: Du, sei mir nicht böse, aber ich habe kein Interesse daran, Plastikschüsseln oder Versicherungen zu verticken.

Johanna Stern: Keine Sorge. Ich bin seriös.
Bee Maja: Das sagen sie alle ...
Johanna Stern: Kennst du die *Evelyne*?
Bee Maja: Nee, wer soll das sein?
Johanna Stern: Nicht wer – was! Ich meine die Zeitschrift.
Bee Maja: Ach so! Ja, klar, die letzte Ausgabe liegt in meiner Küche.
Johanna Stern: Ich bin die verantwortliche Redakteurin.
Bee Maja: Wow!
Johanna Stern: Wie gesagt – ich beobachte deine Orakel, seit eine Freundin mich drauf aufmerksam gemacht hat. Ehrlich gesagt: Das ist genau das, was wir suchen. Die *Evelyne* soll aufgepeppt werden, moderneres Outfit, jüngere Lesergruppe. Mädels wie du eben und wie die, die bei dir ein Orakel bestellen.
Bee Maja: ???
Johanna Stern: Würdest du auch abseits von Facebook schreiben? In einer gedruckten Zeitschrift? Bei uns?
Bee Maja: Bei DER *Evelyne*?
Johanna Stern: G-E-N-A-U. Erst mal wäre das freelance, du würdest den Kummerkasten betreuen und noch ein paar Texte für Kollegen recherchieren. Keine große Sache, nur 1500 Euro im Monat.
Bee Maja: *schluck*
Johanna Stern: Denk mal drüber nach. Ich muss. In ein echtes Meeting. Ich melde mich morgen wieder, okay?
Bee Maja: Okay.
Johanna Stern ist offline.

Ich scrolle den Chat nach oben und lese alles noch einmal. Und noch einmal. Mir wird heiß. Kalt. Wieder heiß. Ich sause in die Küche und zerre die letzte Ausgabe der *Evelyne* unter den Supermarktprospekten raus. Ist schon ein schickes Magazin. 1500 im Monat? Wow. So viel hab ich vorher nicht verdient! Ich blättere durch die Zeitschrift, bis ich das Impressum finde. Verantwortliche Redakteurin: Johanna Stern. Sitz des Verlags: Düsseldorf.

Oh Oliver!

Silke

Mein Kopf tut weh. Dabei habe ich mir den klebrigen Champus doch verkniffen und bin beim Mojito geblieben. Ich bin auch nicht mehr betrunken, nein, ich bin grässlich nüchtern.

Aber nach anderthalb Wochen der Abwesenheit sieht mein Schreibtisch gefährlich nach einem Achttausender aus. Papierberge sedimentieren vor sich hin. Hätte ich mir noch einen freien Tag nehmen sollen? Das kann ich mir nicht leisten. Also sortiere ich, hefte ab und schmeiße weg. Fluche vor mich hin und lasse offen, ob ich meine Mitarbeiterin, Frank oder mich damit meine.

Das Telefon klingelt und nach kurzer Denkpause nehme ich ab.

»Schon zurück?«, flötet Frank. »Schön!«

»Ja, wahnsinnig schön«, erwidere ich, aber offensichtlich erreicht ihn mein Sarkasmus nicht. Ich lasse ihn weiterflöten, höre nur halbwegs zu und versuche weiterhin, Ordnung auf meinem Schreibtisch zu schaffen. Die Müllhalde auf dem Boden aus Prospekten und Einladungen, Heften und Rezepten wird immer größer, die Tischplatte wieder sichtbar.

»Na ja, auf jeden Fall musst du Oliver einarbeiten.«

Oliver? Einarbeiten? Moment, wovon redet er?

»Frank?«, unterbreche ich ihn.

»Ja?«

»Welcher Oliver?«

»Hörst du mir eigentlich zu?«

Was soll ich sagen? Nein?

Stattdessen räuspere ich mich. »Die Leitung war gerade wohl gestört.« Ich klopfe mit dem Fingernagel auf den Hörer. »Da! Schon wieder. Kannst du mich hören? Frank? Hallo?«

»Ich höre dich klar und deutlich, Silke.« Nun klingt er genervt. Einen genervten Chef kann ich gerade nicht gebrauchen.

»Frank? Frank!«, brülle ich in den Hörer. »Fra-hank? HALLO? Ich höre nichts mehr. Hörst du mich noch?«

»Ja, ich höre dich ...«

Ich lege auf. Schön für ihn, wenn er mich hört. Ich kann gerade nicht.

Endlich komme ich am Fuß des Gebirges an. Heike schaut voller Mitleid in mein Büro. »Kaffee, Espresso, Latte macchiato? Was möchtest du?«

»In der Reihenfolge. Bitte. Danke.« Mich trifft das schlechte Gewissen wie ein nasser Sandsack in der Magengrube. Weiß Heike schon, dass ich gehe? Was wird dann aus ihr? Was wird überhaupt aus unserer Dependance in Berlin?

»Oliver«, klingt es plötzlich in meinem Hirn. »Oliver wird dein Nachfolger, blablabla.« Wer zum Teufel ist das denn?

Ich schalte den Computer an und logge mich im Verlagsintranet ein. Gleichzeitig starte ich Facebook. Oh, ich habe eine Nachricht. Und eine E-Mail, nein, drei – na ja, eigentlich eher fünfzig, aber das meiste ist Spam. Nein, ich will nicht die Millionen aus Madagaskar. (Ist nicht Zoran inzwischen dort? Hat er so viel Geld?) Ich will auch kein Viagra und eine Penisvergrößerung macht bei mir ohnehin keinen Sinn.

Die Nachricht auf Facebook ist von einer Johanna Stern. Die drei E-Mails auch, genau wie die beiden firmeninternen Nachrichten, die gerade eintrudeln. Wer zum Henker ist Johanna Stern? Der Name sagt mir gar nichts, null, niente. Genau wie Oliver.

Oliver ist jetzt gerade wichtiger. Ich schaue in unserem internen Verzeichnis nach. Hat Frank einen Nachnamen erwähnt? Ich kann mich beim besten Willen nicht daran erinnern.

Es gibt drei Olivers im Verlag. Ich suche auf Facebook nach ihnen. Der erste ist Mitte fünfzig und sein Friseur scheint schon eine ganze Weile tot zu sein. Dünne Haare, zu einem Pferdeschwanz zusammengefasst, die weit hinter der Stirn anfangen und viel zu viel faltiges Gesicht übrig lassen. Grundgütiger.

Der zweite ist das absolute Gegenteil. Haare auf dem Kopf hat er nicht. Dafür aber Hamsterbäckchen. Nett. Nicht schön.

Na ja, Verlagsmenschen müssen nicht schön sein.

Ich schaue mir das dritte Bild an.

Wow!

In diesem Moment bringt Heike mir den Kaffee. Wir haben zwar eine exorbitant teure Kaffeemaschine, die so aussieht, als könne man ein Raumschiff damit steuern, aber sie ist seit geraumer Zeit kaputt. Die Frage nach Cappuccino oder Latte irgendwas ist also nur rhetorisch. Kochen können wir hier nur Kaffee. Ganz normale Plörre. Ich nehme den Becher, danke ihr abwesend und starre auf das Bild von Oliver 3.

Heike schaut über meine Schulter. »Ach, der Oliver. Netter Typ«, sagt sie lapidar. Sie ist Mitte fünfzig, er passt ganz sicher nicht mehr in ihr Beuteschema. Außerdem ist sie seit zwanzig Jahren glücklich mit Günther verheiratet, sagt sie immer. Ich glaube ihr. Sie hat so etwas – so eine Grundzufriedenheit, so ein Rundum-glücklich-Paket.

»Kennst du ihn?«

»Ja. Ich habe mal eine Weile bei *Schöner leben, Besser wohnen* mit ihm zusammengearbeitet. Er war noch jung und unerfahren, scheint sich aber hochgearbeitet zu haben.« *Schöner leben* ist das Wohn- und Lifestyle-Magazin aus unserem Haus.

»Aha«, mache ich.

»Warum fragst du?«

Bevor ich weiß, welcher der drei Olivers hier aufschlagen wird, möchte ich weder Pferde noch Heike scheu machen. »Nur so«, murmele ich und puste in die Kaffeetasse.

Oliver 3 hat rote Locken, nein eher Löckchen. Und Sommersprossen überall. Zumindest überall im Gesicht; wie das an seinem restlichen Körper aussieht, kann ich mir nur vorstellen. Sie sehen aus wie Sternbilder. Dort der Große Wagen, auf der Stirn Andromeda, auf der linken Wange Kassiopeia. Aus seinen Augen blitzt der Schalk. Kleine Lachfältchen im ganzen Gesicht. Ich überprüfe sein Geburtsdatum – er ist Anfang vierzig. Knapp an der Grenze, aber ... hmmm.

Der ist bestimmt verheiratet.

»Heike?«, rufe ich.

»Ja?«

»Ist dieser Oliver verheiratet?«

»Ja!«

Shitshitshit!

»Oh, Moment – ich glaube, inzwischen ist er geschieden. Getrennt hat er sich auf jeden Fall vor einigen Jahren.«

Already used and with rucksack.

Die Frage, ob er Kinder hat, erspare ich mir. Will ich gar nicht wissen. Nicht nach Marten.

Und überhaupt. Ich gehe doch und er ist mein Nachfolger. Wenn er es denn ist und nicht Mister Hamsterbacke oder Mister Ohnefriseur.

Pling. Das Chatfenster bei Facebook geht auf.

Johanna Stern: Hallo Kollegin. Online?

Nein, natürlich nicht, ich tue nur so. Was für eine blöde Frage ist das denn?

Silk Stockings: Hallo. Bin gerade erst von einer Dienstreise zurück. Hab noch nicht alle Mails lesen können, aber von dir ist was dabei.
Johanna Stern: Richtig, ich versuche dich schon seit Tagen zu erreichen.
Silk Stockings: Ist das gut oder schlecht?
Johanna Stern: *lach* Hat sich aber erledigt. Es ging um deine Freundin Bee Maja.

Um Maja? Was will die denn von ihr? Na, wenn es sich erledigt hat, weiß die Stern vermutlich inzwischen, dass Maja hetero ist, aber so was von.

Silk Stockings: Aha.
Johanna Stern: Ja, es ging um ihr Orakel. Das hätten wir gerne für unsere *Evelyne*.

Evelyne? Wer zum Kuckuck ist das denn nun? Ich klicke mich wieder ins Intranet und suche nach einer Evelyne. Finde aber niemanden mit diesem Namen beim Personal.

Johanna Stern: Ich habe sie inzwischen selbst gesprochen und sie ist bereit, als Freelancer bei uns zu arbeiten.

Jetzt dämmert es mir. Sie meint die Zeitschrift. Grundgütiger. Maja? Bei *Evelyne*? Als was denn? In der Glosse »Erfolgreich überleben mit Hartz IV«?

Silk Stockings: Echt?
Johanna Stern: Ja. Find ich super. Ihr Orakel ist toll, sie wird sicher die perfekte Lebensberatung machen.
Silk Stockings: Das glaube ich auch! Oh – meine Sekretärin winkt – da ist jemand für mich. CU!

Ich logge mich aus und suche mein Handy. Maja als Frau Dr. Sommer, das ist ja glatt die Krönung.

Warum hat sie mich noch nicht angerufen?

Germany's Next Mops-Model

Maja

Ich hätte eine Flasche Schampus zum Abschied erwartet. Ein paar Blümchen. Oder wenigstens eine Schachtel Pralinen. Was bekomme ich stattdessen? Einen Stapel Formulare. Kein Wunder, dass so viele Menschen als Karteileichen beim Arbeitsamt vor sich hin rosten, wenn der einzige Anreiz, sein monatliches Geldempfangsverhältnis aufzulösen, ein Haufen Papier ist. Ich stopfe den Stapel in meine Handtasche (mir doch egal, wenn die hinterher aussehen wie Butterbrotpapier), ziehe im Flur eine Nummer zur Erinnerung und nicke den Wartenden aufmunternd zu: Hey, Maja hat's geschafft – dann könnt ihr das auch!

Mein Triumphgefühl hält genau bis zur Bushaltestelle. Dann nimmt mein Gefühlsleben die Farbe des Wetters an. Grau und trübe. Und warum? Weil eine Frau, an deren Hand ein Kind hängt, ihm einen Keks gibt. Und dabei sagt: »Bitte, Marten, mein Schatz.«

Verdammich und zugenäht, kann denn nicht einmal alles im Leben perfekt sein? Ich bin die neue Frau Dr. Sommer, Düsseldorf wird mir zu Füßen liegen. Kann da Himmelpopoundzwirn vielleicht auch mein Liebesleben einigermaßen pink sein? Nein? Scheppscheck und zugenäht aber auch!

Es ist höchste Zeit für eine Überdosis Lila-Laune-Schokolade. Zur Feier des Tages gönne ich mir am Kiosk an der Ecke drei Tafeln Alpenmilch. Die erste halbe Tafel esse ich noch im Treppenhaus, den Rest verschlinge ich auf dem Weg ins Wohnzimmer. Ich pfeffere meine Handtasche in die Ecke und lasse mich aufs Sofa plumpsen. Mein Blick schweift durch den Raum. Kaum zu glauben, dass ich das alles bald in Umzugskisten verpacken werde.

Meine neue Freundin *Evelyne* hat mir gestern den Vertrag geschickt. Johanna hat ausgehandelt, dass der Verlag einen Teil der Umzugskosten übernimmt. Alles ging nicht, denn eigentlich könnte ich als freie Mitarbeiterin in der Beratungsecke auch vom Home-Office aus arbeiten. Und die Themen, die ich recherchieren soll, kennt entweder Herr Google, oder ich könnte auch in Hamburg auf die Piste gehen und mich umschauen.

Silke hat mir gestern noch die Webadressen von zwei Immobilienfritzen aus Düsseldorf gemailt. Sie hat ja noch einen Job und ergo soll ich die Vorauswahl möglicher Residenzen für die neue WG der Shitty Singers treffen. Guter Plan, denke ich, fummele Milka Nummer zwei auf und lasse einen Kaffee durchrauschen. Nach einer Belohnungszigarette aus dem Basilikumversteck kuschele ich mich samt Laptop aufs Plumeau. Ein Penthouse auf der Kö hat zwar den perfekten Schnitt (zwei Schlafzimmer, jedes mit eigenem Bad und begehbarem Kleiderschrank), kommt aber preislich nicht ganz infrage. Etwa zweitausend Euronen zu viel. Eine Altbauwohnung in Benrath passt schon eher. Aber ob Silke das schuhschachtelgroße Bad ignorieren kann, nur weil die Wohnung Stuckdecken aus der Gründerzeit hat? In Bilk wird eine Dreizimmerwohnung angeboten. Große Küche. Zwei Schlafzimmer, an jedem klebt ein Balkon. Das Wohnzimmer sieht auch nett aus und ich versuche, im Geiste die Spielzeugberge der Vormieter zu retuschieren. Doch, aus dem Raum könnte man was machen. Das Bad ist zwar ein langer Schlauch, dafür aber ziemlich neu gefliest und mit Fenster. Ich klicke auf »Objekt merken«.

In der Bahnstraße ist eine Vierzimmerwohnung zu haben, die unserem Etat entspricht. Leider hat der Anbieter keinen Grundriss eingestellt. Ideal wäre schon, wenn jede von uns zwei eigene Zimmer hätte – vorausgesetzt, die Küche ist groß genug, um sie als Treffpunkt zu nutzen. Ein Objekt in der Talstraße bietet das alles an. Ist aber achtzig Euro teurer, als wir planen. Ich merke es mir trotzdem vor.

Gefühlte zweihundert Stunden später kann ich keine Grundrisse und Fotos fremder Wohnzimmer mehr ertragen. Zeit für ein Päuschen mit meinem E-Mail-Account!

Wow. 42 Nachrichten rasseln rein – und nicht mal die Hälfte ist sinnlose Werbung. Tja, so ist das eben als erfolgreiches Mitglied der arbeitenden Bevölkerung. Ein Dutzend Mal steht im Absender *Evelyne*. Die Finanzabteilung braucht meine Kontonummer (sehr, sehr gerne doch!), eine gewisse Franziska fragt an, ob ich lieber einen Drehstuhl oder einen Hocker im Büro möchte. Schreibtisch, Stehpult oder beides? Normale oder anatomisch gekrümmte Tastatur? Leitzordner oder Hängeregistratur? Normales Telefon oder Headset? Ich fühle mich um gute dreißig Jahre zurückgebeamt, in die Zeit, als ich noch Wunschzettel an den Weihnachtsmann schrieb.

Die Personalabteilung schickt ein Word-Dokument, das ich ausfüllen soll. Kein Problem – nur mit der Wohnadresse ist es noch schwierig. Das lasse ich erst mal frei und öffne die Mail von Johanna.

Von: johanna.stern@evelyne.de
An: BeeMaja@t-online.de
Betreff: Shooting

Hallo Maja!

Nochmal herzlich willkommen im Team! Wir hatten gestern Konferenz; mit der Umstrukturierung des Blattes bekommen wir a) ein neues Layout und b) eine neue Rubrik … nämlich deine!

So, dazu brauchen wir natürlich ein paar schöne Fotos von dir. Keine Sorge – es tut nicht weh!

Der Termin ist am 30., um 15 Uhr. Jana Cottarelli hat ihr Studio in der Tesdorpfstraße 22. Die *Evelyne* hat für ein paar Tage das Studio geblockt, wir haben einige Modestrecken laufen. Es werden also auch jede Menge Stylisten da sein. Und Klamotten in deiner Größe; wir arbeiten ja nicht mehr mit Magermodels, sodass die Outfits auch unserer neuen Lebensberaterin passen werden.

Also, Maja, ein Bad-Hair-Day oder zwei Pfund zu viel sind keine Ausrede!

Bin gespannt auf die Fotos.

Bis bald und liebe Grüße

Johanna

Shooting? Stylisten? Ich? Ooookay. Da muss erst mal ein Riegel Schokolade her. Nein, besser noch zwei Pfund. Von denen habe ich ungefähr zehn zu viel auf den Hüften. Ach, wurscht, das werden die mit Photoshop schon wegmogeln. Ich will eben Silke eine SMS schicken, als mein Blick auf das Kästchen unten rechts auf meinem Desktop fällt. Neben der Uhrzeit steht das Datum. Es ist 14.23 Uhr. Und der 30. ist heute.

»Ach du heilige Riesenkacke!«, rufe ich und stürze aufs Klo. Ich kann gar nicht so schnell pieseln, wie ich müsste – es reicht gerade noch so fürs Zähneputzen, dann schnappe ich mir Handtasche, Schlüssel und Handy und spurte die Treppen runter. Die Tesdorpfstraße ist in der Nähe der Außenalster, das schaffe ich nur im Marathontempo.

14.38 Uhr: Der Bus fährt Maja vor der Nase weg.
14.39 Uhr: Maja rennt bei Knallrot über die Fußgängerampel und wird von einer Mutter mit Zwerg im Kinderwagen wild beschimpft. Mir doch egal, noch kennt mich ja keiner.
14.52 Uhr: Maja hat den Bus eingeholt und schafft es eben noch hinein.
14.53 Uhr: Majas Atem rast.
14.54 Uhr: Schweiß tropft von der Stirn.
14.55 Uhr: Der Bus hält hinter einem Müllwagen.
14.58 Uhr: Der Bus ist ganze vier Meter vorgerollt.
14. 59 Uhr: Maja springt aus dem Bus.
15.02 Uhr: Maja kotzt gleich auf den Gehweg, weil sie keine Luft mehr bekommt.
15.04 Uhr: Tesdorpfstraße. Nummer 22. Endlich!

Ein kleines Metallschild mit der Aufschrift »Jana Cottarelli – The Art of Photography«, unter dem ein Pfeil aufgedruckt ist, lotst mich erst in das Haus, dann über den Innenhof und schließlich zu einer Art gläsernem Verschlag, aus dem lautes Lachen dringt. Ich steige die Metallstufen hoch, die zu einer Rampe führen, und hechele nach Luft. Die Stahltür ist abgeblättert und rostig und quietscht beim Öffnen genauso sehr wie meine Lunge.

Im Studio ist es heller als draußen. Riesige Scheinwerfer hängen an Schienen an der Decke. Von innen beleuchtete Regenschirme sind auf eine weiße Leinwand gerichtet, vor der ein einzelner einfacher Stuhl steht. Das Lachen der geschätzt zehn Personen im Raum verstummt, als ein feengleiches Wesen »Und bitte!« ruft. Die Kamera rattert, die blonde Feenfrau knipst. Mir wird speiübel. Auf dem Stuhl sitzt Zoran.

Ich drücke mich an die Wand, hinter einen fahrbaren Kleiderständer, auf dem ein Traumkleid neben dem anderen hängt. Yves würden die Äuglein aus dem Kopf fallen. Meine bekommen auch Stiele, als ich Zoran dabei zusehe, wie er die Fotografin anlächelt. Das Kinn hebt. Wieder senkt. Ein bisschen nach rechts schaut. Den Kopf nach links neigt.

»Ja, gut, ja, genau so, oh, tiefer, ja, ja, jaaa!«, ruft die Fee. Ob sie in einem früheren Leben Aufklärungsfilme synchronisiert hat? Plötzlich klatscht sie in die Hände. Die Umstehenden klatschen auch. Zoran steht auf, verbeugt sich und gibt der Kamerafee rechts und links ein Küsschen. Dabei legt er seine Hand auf ihren Po. Hallo? Ich schiebe die Klamotten mit Schwung auseinander und will auf die beiden zustürmen. Leider will das die Stange unten am Kleiderwagen nicht, die sich bis eben noch hinter teuren Stoffen versteckt hat. Die Kleider geraten ins Schwanken, ich habe grüne Seide und einen flauschigblauen Stoff im Gesicht. Ein lautes »Ratsch« ist das Letzte, was ich höre, bevor ich samt Kleiderständer auf den blanken Betonboden krache.

Um mich herum ist es bunt. Ich sehe Blümchen und Streifen. Höre Schritte. Dann zerren Hände die Klamotten von mir runter. Ich schaue auf – vor mir steht Mister Monstervater himself.

»Hi!«, sage ich und versuche, so zu tun, als ob es das Normalste auf der Welt wäre, sich in einem Fotostudio von einem Kleiderberg erschlagen zu lassen, während man dem Kerl, der einem das Herz zerrissen hat, beim Pograbbeln zusieht.

»Maja!« Zoran reißt die Augen auf. Einen Moment lang starren wir uns an, dann erscheinen fremde Hände, an denen ich mich hochhangele.

»Ihr kennt euch?«, fragt die Feenfrau und mustert mich von oben bis unten und wieder zurück. Ich verfluche meine Trostschokolade – an dieser Frau klebt kein Gramm Fett.

»Oh, oh ... oh nein!« Eine schwarzgefärbte Walze rollt auf mich zu, zerrt an den Stoffteilen auf dem Boden und schüttelt sie wie wild aus.

»Jana, das ist Maja«, sagt Zoran und grinst dieses Grinsen, das mein dummes, dummes Herz zum Hüpfen bringt. »Maja, das ist Jana, ihr gehört das Studio.«

Jana streckt mir die Hand hin. »Dann bist du das Porträt, das ich schießen soll?«

»Äh, nehme ich mal an«, stammele ich und schlage ein.

»Yola, stell deine Klamotten woandershin«, pampt die Fee die schwarze Walze an. »Kein Wunder, dass man darüberstolpert.« Mir fällt ein Stein vom Herzen. Dafür verzieht Yola das Gesicht und verdreht die Augen.

»Leute, wir machen eine halbe Stunde Pause!«, ruft Jana in die Runde. Alle atmen auf und stürmen sofort nach draußen, wo ein Feuerzeug nach dem anderen aufflammt. Nur Yola sortiert noch immer Kleider und Bügel.

»Zoran, das war echt gut. Ich schick dir die Kontaktabzüge, die Freigabe soll dann der Verlag regeln.«

»Danke, hat Spaß gemacht«, antwortet der Scheppscheck.

»Na, bei so einem Model auch kein Problem«, haucht sie und schraubt die Kamera (ein immens großes Teil) vom Stativ. Zoran lächelt zufrieden. Die Fee wendet sich mir zu.

»Tut mir leid, wenn du warten musst, wir sind seit sechs am Shooten. Die Truppe braucht mal eine Pause, aber wir machen gleich den Belichtungscheck und dann kümmert sich Steven um deine Haare und das Make-up. Yola!«, brüllt sie übergangslos. »Was Grünes! Für das Porträt will ich grüne Klamotten!«

Yola rümpft die Nase und verschwindet hinter einem weiteren Kleiderständer.

»Ja, ich geh dann mal«, sagt Zoran lahm. Wieder Küsschen, wieder seine Hand auf dem Feen-Popo. Dann nimmt er mich am Arm.

»Kann ich mal mit dir reden?«

»...«

»Gut.« Zoran schnappt sich eine Tasche vom Stuhl, zieht mich nach draußen, an den rauchenden Leuten vorbei, quer über den Hof und auf die Straße. Ich latsche neben ihm her wie ein Lämmchen. Zwei Häuser weiter bleibt er stehen. Ich starre perplex in das Schaufenster des Ladens: Brautmoden!

»Nein, definitiv nein!«, rufe ich.

»Bitte?«

»Ich werde dich ganz bestimmt nicht heiraten, nur damit du eine Wärterin für Marten hast.« Zoran guckt mich verständnislos an. Ich deute auf das Brautkleid im Schaufenster.

»Maja!« Zoran lächelt matt. »Ich wollte mit dir reden. Mehr nicht.«

»Dann rede. Aber rede schnell. Ich habe gleich ein Date mit Steven.«

»Ich wollte mich entschuldigen.«

»Ach.« Ist das zu glauben? Erst nennt mich der Kerl eine Schlampe, weil sein Mini-Monster geflüchtet ist, und jetzt soll ich einfach so sagen: »Hey, super, klar, ich verzeihe dir!« Niemalsnicht!

»Wirklich, Maja, es tut mir leid. Ich habe überreagiert. Aber versteh mich, ich bekomme einen Anruf, dass Marten verschwunden ist. Sehe die ganzen Polizisten auf dem Spielplatz … Herrgott, ich habe mir Sorgen gemacht!«

»Hast du dir davor auch mal Sorgen um *mich* gemacht?«, keife ich. »Dein Sohn ist kein Kind, das ist ein … ein …« Mir fehlen die Worte.

»Ja, Marten ist schwierig. Astrid kümmert sich so gut wie gar nicht um ihn. Ich will ihn zu mir holen. Vielleicht wird er dann ruhiger.«

»Toll.«

»Bitte, Maja, er ist nun mal mein Sohn.«

»Wo warst du überhaupt? In Kiew ja wohl nicht.«

»Nein.« Zoran sieht betreten zu Boden. »Im Strandhaus.«

Strandhaus? Mit welcher Fee hat er sich einen Lenz gemacht, während ich den zweibeinigen Löwen bändigen musste?

»Sieht sie wenigstens gut aus?«

»Ich finde schon.« Mir wird flau. »Doch, ich mag sie sehr.« Mein Magen zieht sich zusammen. Meine Faust zuckt.

»Warte mal, ich zeige sie dir«, sagt Zoran und kramt in der Tasche. Ja, zeig sie mir, los, feuere meinen Herzschmerz weiter an! Zoran lächelt und hält mir einen Packen Papier unter die Nase.

»Was ist das, eure Liebesbriefe?«, gifte ich.

»Nicht ganz.« Zoran drückt mir die gebundenen Blätter in die Hand. Die oberste Seite zeigt einen moosbewachsenen Torbogen, durch den man eine mittelalterliche Stadt sehen kann. Das Moos hat dieselbe Farbe wie Zorans Augen.

»Das ist … dein Roman?«

»Nur der Korrekturabzug.«

Ich blättere durch die Seiten. Fast auf jeder sind rote Anmerkungen und Markierungen.

»Maja, das klang so … saublöd zu sagen, dass ich mich zurückziehen muss, um ein Buch – mein Buch – für die Druckfreigabe zu bearbeiten. Ich kann doch selbst noch nicht glauben, dass das bald erscheint.«

»Oh«, sage ich matt.

»Ich gebe zu, dass ich viel Mist gebaut habe in meinem Leben. Ich erwarte jetzt auch keine Vergebung oder so. Aber denk mal über uns nach. Bitte!«

»Oh.«

Yola erscheint an der Ecke. »Maja, kommst du jetzt? Steven wartet!«

»Ich muss dann mal«, sage ich und reiche Zoran das Manuskript zurück.

»Nein, behalt es«, sagt er. Dann streicht er mir sanft über die Wange und geht in Richtung Außenalster davon. Ich sehe ihm einen Moment lang hinterher, dann gehe ich in die andere Richtung.

Als ich um die Ecke biege, knalle ich gegen etwas Schwarzes, sehr Weiches. Das Manuskript klatscht auf den Boden.

»Aua! Du hast echt keine Augen im Kopf, was?« Yola funkelt mich an.

»Sorry«, stammele ich und will das Manuskript aufheben. Es ist auf der fünften Seite aufgeschlagen.

»Für Maja, meine szépség.«

Oh.

Man kann es sich schöntrinken!

Silke

Seit einem Tag versuche ich nun, Maja zu erreichen. Sie geht nicht ans Telefon, ist nicht bei Facebook, reagiert weder auf Mails noch auf SMS. Seit gestern Mittag herrscht komplette Funkstille. So still ist sie eigentlich nur, wenn sie mit einem Lover die Zeit im Bett verbringt. Aber von einem neuen Lover hätte ich gehört.

Langsam beginne ich, mir Sorgen zu machen. Große Sorgen. Für einen winzigen Moment überlege ich, ob ich die Polizei einschalten soll, doch dann entscheide ich mich dagegen.

Vielleicht packt sie schon.

Doch dann denke ich wieder: Maja 24 Stunden nicht bei Facebook? Sie muss krank sein, schwer krank. Schweinegrippe oder so. Erneut drücke ich die Wahlwiederholung, aber auch diesmal geht sie nicht ans Telefon.

Mist! Ich gebe ihr noch eine Gnadenfrist, bevor ich das Überfallkommando, die Polizei und die Heilsarmee alarmiere, und werfe enttäuscht das Handy in meine Handtasche. Mein Magen knurrt bedrohlich. Den ganzen Tag über habe ich mein Büro aufgeräumt, gesichtet und aussortiert. Morgen kommt Oliver, mein Nachfolger.

Es ist tatsächlich Oliver Sternenkarte. Bei dem Gedanken bekomme ich Wackelpuddingknie. Dabei ist er wahrscheinlich genauso ein Schleimschleicher wie Al oder Fred, Jochen oder Dennis. Lauter Loser.

Ich straffe meine Schultern und schmeiße den nächsten Schwung Rezepte ins Altpapier. Wieder grummelt mein Magen und überhaupt, es ist schon vier Uhr. Feierabend für heute. Ich nehme meine Jacke, entlasse Heike und gehe zur Flimmerkiste.

Christoph begrüßt mich mit einem Flunsch.

»Du hier und nicht in New York? Ich dachte schon, du wärst gestorben.«

Plötzlich muss ich schlucken. Wie soll ich ihm beichten, dass ich wegziehe? »Ich werde euch vermissen«, seufze ich und sinke auf einen Stuhl.

Entgeistert sieht er mich an. »Was willst du damit sagen?«

»Es tut mir so leid. Aber ich muss nach Düsseldorf ziehen. Beruflich.«

»Oh nein.«

»Oh doch. Leider.«

Christoph setzt sich zu mir an das kleine Tischchen. »Das ist aber eine miese Bestrafung. Was hast du angestellt?«

»Nichts. Es ist eine Gehaltserhöhung.« Ich grinse schief.

»Ist klar, ich würde mir das auch teuer bezahlen lassen, die Stadt der Städte verlassen zu müssen. Du Arme.« Er seufzt. »Hunger? Dumme Frage, du siehst schon ganz abgemagert und verhärmt aus. Ich werde dir etwas bestellen.« Mühsam steht er auf, es scheint ihm wirklich etwas auszumachen, dass ich wegziehe. Tränen der Rührung schießen in meine Augen.

»Danke«, hauche ich. Wenige Minuten später stellt er mir eine Suppe auf den Tisch. »Waldpilzcappuccino. Genieß es. Jürgen meint, so was bekommst du da unten nie wieder.«

Da unten. Düsseldorf. Vor lauter Aussortiererei und Konfetti habe ich den Wohnungsmarkt noch nicht sondiert. Maja, so hatte ich gedacht, hat genug Zeit und kennt meinen Geschmack. Sie hat mir auch schon einige Anzeigen geschickt. Ich nehme mein Handy und sehe sie mir an.

Düsseldorf Bilk. Nett. Aber hallo? Da muss ich ja jeden Tag quer durch die Stadt. Und überhaupt – nette Wohnung, aber direkt am S-Bahnhof? Och nö. Oder Gerresheim? Nett. Weit weg von allem. Nein.

So geht es mir bei weiteren zehn Wohnungen. Entweder sind sie zu teuer oder liegen am Boppes der Welt. Oder – noch schlimmer – sie haben kein vernünftiges Bad.

Geht. Alles. Nicht.

Shit. Viel Zeit haben wir nicht mehr, nur noch einen Monat. Vier Wochen könnten wir in einer Pension überbrücken, aber wer will das schon, auch wenn der Arbeitgeber zahlt? Ich stöhne auf, als Christoph mir ein wunderbares Roastbeef in Kräuterkruste zu Olivendrillingen mit sommerlichem Salat hinstellt.

»Ich liebe dich«, hauche ich und haue rein. »Jürgen auch«, füge ich mit vollem Mund hinzu.

Gerade, als ich mit der letzten Kartoffelecke den letzten Rest Soße aufstippe, setzt sich jemand zu mir an den Tisch. Unaufgefordert. Ein seltsam aussehender Zeitgenosse.

»Schmeckt es?«, fragt der Nerd.

»Hervorragend.« Ich schau mich um. Ist der entlaufen oder hat der einen Wächter dabei? An der Theke steht ein Mann und schaut beschämt in sein Bierglas. Er kommt mir seltsam bekannt vor. Rote Haare, aber ich kann ihn nicht einordnen.

»Hervorragend klingt gut. Was hast du bestellt?«, fragt der Entlaufene.

»Ich habe gar nichts bestellt.«

»Was? Was muss man tun, um so ein Essen zu bekommen, ohne bestellt zu haben?«

Seine Lautstärke hat Kammertonqualität. Laut, sehr laut. Alle schauen uns an. Peinlich.

»Lass es gut sein, Paul, hör auf, die Dame zu belästigen«, sagt der Typ an der Bar. »Paul! Komm her.«

Okay, er ist der Wächter.

»Olli, die Dame nimmt es mir nicht krumm, wenn ich sie nach dem Essen frage. Glaub mir.«

Doch, tut sie, glaub mir. Langsam werde ich sauer. Kann man nicht die letzten Abende in Berlin genießen, ohne von solchen Freigängern belästigt zu werden?

»Paul!«

»Paul, Fuß!«, hätte er sagen sollen. Aber ob Paul dann reagiert hätte? Der Typ bleibt wie angeklebt bei mir sitzen und quatscht mich voll. Meine Blicke suchen Christoph, doch der ist mit anderen Gästen beschäftigt. Der Wärter stiert wieder in sein inzwischen leeres Glas.

Ich hätte so gerne noch einen Nachtisch gehabt, aber das hier kann ich mir nicht geben. Ich stehe auf und gehe zur Theke, stelle mich neben den Wärter. Ich kenne den Typen, aber woher? Es will mir ums Verrecken nicht einfallen.

»Hi«, sagt er.

Ich lächele, unverbindlich, hoffe ich.

»Geht es dir gut?«

Aha – wir kennen uns doch. Aber woher? Ich durchforste mein Gehirn. Mir fällt nichts ein. Ich traue mich kaum, ihn anzusehen. Tue es dann doch.

Andromeda auf der Stirn, Kassiopeia auf der Wange. Er lächelt. Aus der Kassiopeia wird ein Kepheus, dann die Carina. Oh wow! Und dann fällt mir ein, wo ich das Gesicht schon gesehen habe. Oliver, mein Nachfolger. Aber wer ist der Pedant?

Paul steht plötzlich hinter mir und ich traue mich nicht, mich umzudrehen. Der sabbert doch bestimmt oder ist nicht stubenrein.

»Olli?« Er rülpst laut. »Ich muss mal.«

Ohneinneinnein – der wird doch nicht jemanden zum Singen brauchen? Ich kneife die Augen zusammen, will gar nicht hören, was jetzt kommt.

»Jo, Mann«, sagt Olli und Paul trollt sich. Ich öffne die Augen wieder und atme aus.

»Hat es nicht geschmeckt?«, fragt Christoph und Entsetzen zeichnet sich auf seinem Gesicht ab.

»Ein Traum. Echt. Frag Jürgen, ob er mich heiratet.«

»Dich heiratet und nach Düsseldorf zieht? Nein, nie im Leben. Lass ich nicht zu, würde er nicht wollen.« Christoph grinst. »Nachtisch oder Absacker?«

»Absacker!«

Ich wende mich Oliver zu, versuche nett zu lächeln. Aber ich schaffe es nicht ganz.

»Paul kann nett sein.« Oliver erwidert meinen Blick nicht.

»Bist du freiwillig mit ihm unterwegs, oder ist das eine Strafe für irgendetwas, was du getan hast?«

»Ist er so unsympathisch?« Er versucht ein Lächeln, es misslingt. »Der ist gar nicht so schlimm, wie er auf den ersten Blick erscheint. Wenn du ihn erst näher kennenlernst …«

»Näher?« Ich lache lautlos. »Wird mir nicht passieren.«

»Ja, stimmt. Du gehst nach Düsseldorf.« Oliver blickt wieder in sein leeres Glas.

»Noch eins?«, fragt Christoph.

Ich schaue Oliver an, er erwidert meinen Blick.

»Lass uns flüchten, bevor Paul aus den Sanitären kommt«, flüstere ich. »Chris, die Rechnung.«

Christoph winkt ab. »Das geht aufs Haus, wenn du uns versprichst, wiederzukommen.«

»Ich schwöre«, sage ich und küsse ihn. »Grüß Jürgen, ich komm die Tage noch mal rein.« Dann ziehe ich Sternbildmann mit mir. »Was willst du trinken? Bier? Sekt? Cocktail?«

»In der Reihenfolge.« Er lacht und ich verliebe mich in ihn. Sofort und auf der Stelle. In diesem Moment klingelt mein Handy. Maja. Maja? Jetzt? Scheiße!

Drowning in the Sea of Love

Maja

Verdammt, geh ran! Heb ab! Ich habe nur noch eine Packung Tempos und eine halbe Milka. Dafür badet mein Herz in einem Meer aus Tränen. Und weil das so kitschig klingt, heule ich gleich noch ein bisschen mehr. Schade um das perfekte Make-up, mit dem Steven mich um glatte zehn Jahre jünger, falten- und pickelfrei gezaubert hat. Immerhin rotze ich mir nicht in die Frisur. Ich werde im Sitzen schlafen, dann sehen wenigstens meine Haare morgen noch ein bisschen aus wie mein neues Image. Eine Träne tropft auf das grüne Seidenoberteil und gesellt sich zu den Millionen anderen, die schon in den Rüschen versickert sind. Ich durfte das Outfit vom Shooting behalten … und mein Herz? Das ist vorhin mit Zoran um die Ecke gebogen. Wahrscheinlich war ich in einer Art Schockstarre, denn die ganze Fotografiererei flog an mir vorbei. Anscheinend habe ich es gut gemacht, denn Jana knutschte mich zum Abschied. (Ich habe meine Hand *nicht* auf ihren Elfenpo gelegt.) Sogar Yola hat zufrieden genickt.

Und jetzt? Hockt der künftige Star im Universum der *Evelyne* auf der Couch und heult sich die Seele aus dem Leib. Silk! Heb schon ab! Endlich knackt es in der Leitung.

»Maja, ist grade ganz schlecht!«

»Stimmt«, jaule ich los. »Ganz schlimm schlecht.«

»Süße, hör mal, ich bin hier ... also ... Ich hab da so einen Kometen entdeckt ...« Was? Ist sie jetzt unter die Sterndeuter gegangen?

»Zoran«, sage ich tonlos. Ich höre, wie Silke den Atem anhält. Dann dringt ein dschungelreifes Rülpsen durch den Hörer.

»Bist du betrunken?«, frage ich und muss ein bisschen kichern. Ich traue meiner Freundin viel zu – aber dass sie aufstoßen kann wie der Kapo auf der Baustelle, alle Achtung!

»Das war ich nicht, das war ... ach, auch egal. Warte mal.« Es raschelt im Telefon. Silke legt also die Hand auf den Lautsprecher. Mit welchem Mann ohne Manieren flaniert sie gerade durch die Hauptstadt?

»So, jetzt kann ich reden. Bin auf dem Klo.«

»Wo bist du?«

»In der Flimmerkiste, mein Astrologenkollege ist eben mit einem komplett durchgeknallten Typen aufgetaucht.«

Bahnhof. Hauptbahnhof.

»Ist auch egal, Maja. Was hat der Scheißkerl jetzt wieder angestellt?«

Ich hole tief Luft, schiebe mir ein Stückchen Schokolade in den Mund und berichte vom Shooting. Die Sache mit dem Stolperständer lasse ich weg.

»... und dann widmet er mir sein Buch«, beende ich meine Erzählung.

»...«

»Silk?«

»Ich denke!«

»Denk schneller!«

»Also, rekapitulieren wir: Er sülzt dir die Ohren voll, nennt dich Schlappsack ...«

»Scheppseck!«

»... von mir aus das, macht sich vom Acker, nachdem er dir sein Monster an die Backe geklebt hat, und du lässt dich von so ein paar Druckbuchstaben windelweich kochen?«

»Aber es ist doch ein ganzes Buch!«

»Und wenn es die Gesamtausgabe des Brockhaus ist, mit Goldschnitt, Maja! Wach auf!«

Jetzt schweige ich und knispele mit den Zähnen die Haut an meinem Daumen ab.

»Silk, ich kann doch nichts dafür ...«

»... dass du dich mal wieder in den größten Pappnaserich der westlichen Hemisphäre verknallt hast, schon klar. Pass auf, Maja. Vier jämmerliche Wochen und du bist weg aus Hamburg. Wenn er sich in dieser Probezeit benimmt – von mir aus. Dann, aber nur dann, gehst du auf einen *Versuch* ein.«

Ich atme auf. Genau das wollte ich hören.

»Noch was«, fügt sie hinzu. »Ein Geschmeide müsste drin sein.«

Ich lache. Endlich mal wieder. Auf Silke ist eben Verlass und ich freue mich schon wieder wie Bolle auf unser WG-Leben.

»Danke, Süße«, sage ich. Aber Silke hat schon aufgelegt. Wahrscheinlich ist eben ein röhrender, pardon, rülpsender Hirsch reingekommen.

Ich gehe ins Bad und wasche die letzten Schlieren von Stevens Wundermalerei aus meinem Gesicht. Mist, Silke hat die Zaubertube mitgenommen. Also werde ich meine Abendkonferenz mit den *Desperate Housewifes* eben mit verquollenen Augen halten. Ich kuschele mich aufs Sofa und schalte den Fernseher ein. Werbung. Na klasse. Und mein Handy meldet eine SMS. Kann man denn nie in Ruhe seine Lieblingsserie gucken?

»Sieh aus dem Fenster«, teilt mir mein Handy mit. Absender: Zoran. Der wird doch nicht da unten stehen? Ich springe auf und zerre die Gardine zur Seite. Da sind dicht an dicht in die Parklücken gequetschte Autos. Ein Mann mit Hund. Und unter der Laterne gegenüber steht ein Hase. Ein großer, plüschiger, rosa Hase. In der Hand hält er ein Schild: »Sorry, Maja!«

Ich reiße das Fenster auf. »Hast du sie noch alle?«

Der Hase reißt sich seinen Kopf runter. Zum Vorschein kommt ein Teenager mit Brille.

»Hey Lady, ich bin nur der Hase!«

»Wer hat dich gebucht, Stummelschwanz?«

»Weiß ich doch nicht, freu dich lieber, billig bin ich nicht!«

Argh! Ich knalle das Fenster zu und schlüpfe zurück unter meine Kuscheldecke. Die Werbung ist zu Ende.

Pling. Noch eine SMS. »Der Hase war erst der Anfang!«

Na toll. Was kommt noch? Winnie the Pooh, der einen Striptease hinlegt? Ich klicke die SMS weg, ziehe mir die Decke bis zum Hals und ... werde vom Schellen der Klingel aufgeschreckt. Stöhnend rappele ich mich hoch. Das Klopfen an der Wohnungstür verrät, dass Werauchimmer schon oben ist.

»Ich brauche keine singenden Kaninchen!«, brülle ich, als ich die Tür aufreiße. Eine hübsche Brünette macht vor Schreck einen Satz rückwärts. Beinahe hätte sie den knallroten Karton fallen gelassen, den sie auf den Händen balanciert.

»Ich bin ein singender Gruß«, stottert sie.

»Hast du rosa Öhrchen?«

»Wie bitte?«

»Vergiss es!«

»Also, ich bin ein singender Gruß«, setzt sie erneut an. Und dann singt sie »Drowning in the Sea of Love«. Ich bekomme eine Gänsehaut deluxe – das Mädel hat eine Wahnsinnsstimme. Die olle Schulte von nebenan reißt ihre Tür auf. Hey, das ist mein Ständchen!

»Das war vom Vater eines lieben kleinen Monsters«, endet die Vorführung. Die Schulte klappt ihre Türe zu. Mit meinem Mund kann ich das leider nicht machen, der bleibt offen.

»Tja, das war's«, sagt das Mädel und drückt mir den Karton in die Hand. Dann hüpft sie die Treppen hinunter.

Die rote Kiste ist leicht. Ich stelle sie auf den Couchtisch und starre sie an. Minutenlang. Dann löse ich vorsichtig die weiße Schleife. Hebe den Deckel ab. Auf einem roten Satinkissen liegt ein Umschlag. Ich reiße ihn auf. Ein Schlüssel fällt mir entgegen. Im Umschlag steckt noch eine Karte. Zorans Handschrift. Er hat denselben roten Stift benutzt wie für die Korrekturen in seinem Buch.

»Falkensteiner Ufer 19, Blankenese.« Mehr steht nicht auf dem Kärtchen. Mein Handy piept. Noch eine SMS:

»Spaghetti mit Salbeibutter?«

Ich simse zurück. Mit zitternden Fingern und flatterndem Herzen. »Und was noch?« Glaubt der Kerl, er kriegt mich so einfach rum?

Wieder knispele ich an meinem Daumen, bis endlich eine Antwort auf dem Display erscheint: »Panna Cotta.«

Meine Antwort ist noch kürzer: »Yes.«

Irgendwie schaffe ich es, mit meinen bescheidenen Mitteln in Rekordzeit ein Gesicht aus dem verquollenen Hautberg an der Vorderseite meines Kopfes zu machen. Zum Glück habe ich vorgestern rote Wäsche gewaschen, mein schickstes Höschen mit dem dazu passenden BH hängt griffbereit auf dem Trockenständer. Noch ein Spritzer Parfum aus der beinahe leeren Flasche (Scheiß drauf, nächsten Monat wird Kohle gescheffelt und endlich wieder geshoppt!), dann rase ich aus dem Haus. Am Bankautomaten um die Ecke ziehe ich einen Hunderter. Mir doch egal, wenn mein Dispo am Anschlag jault, ich verdiene bald wieder! Dann winke ich ein Taxi heran. Eine knappe Dreiviertelstunde später setzt der Fahrer mich am Falkensteiner Ufer ab. Das Häuschen ist, wie die anderen auch, eher puppenstubenklein und kein Vergleich zu Zorans Hauptwohnsitz. Der Klinkerbau wirkt putzig. Einladend. Direkt gegenüber, nur durch die Straße und eine schmale Wiese vom Haus getrennt, fließt die Elbe. Die Lichter der Straßenlaternen spiegeln sich auf dem Wasser. Ich hole tief Luft, dann öffne ich das Gartentörchen und gehe zur Tür. Es steht kein Name auf dem Klingelschild. Ich bimmele.

Zwei Sekunden später reißt Zoran die Tür auf. In der einen Hand hält er einen hölzernen Löffel, in der anderen einen blauen Topflappen.

»Hallo«, grinse ich.

»Maja!« Er sieht unschlüssig von mir zum Topflappen und dann wieder zurück.

»Da bin ich.«

»Ja.« Und dann geht alles ganz schnell. Zoran lässt Löffel und Topflappen fallen und nimmt mich in die Arme. Minutenlang stehen wir in der geöffneten Haustür. Ich vergrabe meine Nase in der kleinen Kuhle an seinem Hals. Genau so will ich ewig stehen bleiben – aber Zoran zuckt plötzlich zusammen.

»Die Nudeln!«, ruft er und saust davon. Ich bleibe ein wenig verdattert stehen, trete dann ein und schließe sachte die Tür. Innen ist das Häuschen noch niedlicher. Eine weiße Bank steht im Flur, daneben sind gusseiserne Haken angebracht, an denen ein paar verstaubte Strickjacken hängen. Eine weiß lackierte Treppe führt nach oben. Ich folge dem Geruch in die Küche. Sie ist friesisch blau gefliest, offensichtlich mit alten Kacheln – aber der Herd ist ein galaktisch modernes Induktionsteil, wie ich es sonst nur aus den Testberichten in Silkes Magazin kenne. Zoran steht an der Spüle, eingehüllt von Wasserdampf. Als er sich umdreht, wird mir flau. Seine moosgrünen Augen strahlen im Küchenlicht. Er kommt einen Schritt auf mich zu. Noch einen.

»Maja, ich ...« beginnt er. Ich lege einen Finger auf meinen Mund. »Schhhh.« Nichts sagen. Nicht den magischen Moment kaputtreden. Zoran versteht. Er nimmt meine Hand und zieht mich die Treppe hinauf in ein Schlafzimmer. Er macht eine kleine Nachttischlampe an. Im Zimmer steht eines dieser Traumbetten, mit hölzernem Himmel und einem geschnitzten Kopfteil. Es nimmt fast den ganzen Raum ein. So wie Zoran jetzt mein ganzes Herz einnimmt. Ja, ich bin leicht zu haben, wenn ein Mann *so* riecht und *so* schmeckt und *so* küsst.

»Ich mag gar keine Kaninchen«, flüstere ich ihm ins Ohr.

»Der Elefant war leider ausgebucht.«

Ich kichere und dann setzen meine Gedanken aus.

Irgendwann liege ich satt und zufrieden neben Zoran. Wir starren den Betthimmel an. Durch das geöffnete Fenster strömt frische Elbluft in den Raum.

»Maja, ich bin nicht so, also, ich war so, ich will ...« Ich werfe mich auf ihn und ersticke seine Rede mit einem Kuss. Nicht sprechen! Dafür ist das hier zu perfekt. Ich setze mich rittlings auf ihn. Sein kleiner Scheppscheck regt sich sofort. Ich stöhne wohlig, als Zoran meine Brüste knetet.

»Darf ich mitspielen?«

WAS? Ich erstarre zur Salzsäule. Der kleine Zoran schrumpft wie eine geplatzte Leberwurst in sich zusammen.

»Marten?«

»Äh, ja, also ... er wohnt ja jetzt bei mir«, stammelt Zoran.

»Papa, ich muss mal!«

»Marten, geh ins Bett!« Wir ziehen uns die Decken bis zum Hals.

»Wieso bist du nackig? Und wieso ist Maja nackig? Und warum darf ich nicht mitspielen?« Ich stöhne. Aber alles andere als wohlig.

»Marten!« Zoran klingt ... genervt. Das Minimonster zwirbelt am Knopf seines Pyjamas.

»Ich muss mal!«

»Du weißt doch, wo das Klo ist!« Sag bloß, Zoran ist genauso genervt wie ich! Hat er also begriffen, dass das Produkt seiner Spermien Mängel aufweist?

»Ich kann aber nicht ...«

»... wenn keiner singt, schon klar.« Ich lache und beginne zu summen: »What a beautiful noise ...«

»Maja, nicht hier!« Zoran reißt entsetzt die Augen auf.

»Schon gut.« Ich wickele mich in die Bettdecke und stehe auf.

»Komm, Marten, die Tante Maja singt dir jetzt ein flottes Liedchen. Und dann spielt sie mit dem Papa weiter. Allein!«

»Okay«, sagt Marten. »Aber sing schnell, das drückt schon!«

Die ganze Wahrheit

Silke

Hallelujah, was für ein Abend. Ich verlasse zusammen mit Oliver, aber ohne Paul das Lokal und ziehe zwei Häuser weiter. »Was für ein unglaublicher Zufall«, sage ich. »Dass du ausgerechnet in die Flimmerkiste kommst.«

»War früher meine Stammkneipe.« Er schiebt die Ärmel seines Hemds nach oben. Er hat Galaxien von Sommersprossen auf den muskulösen Unterarmen, ich kann kaum den Blick von ihnen wenden.

»Du bist aus Berlin?«

Er nickt. »Dann hat es mich nach Düsseldorf verschlagen, von dort aus nach Hamburg und jetzt wieder nach Berlin.«

»Wie lange arbeitest du schon für den Verlag?«

»Schon einige Jahre. Ich habe Innenarchitektur studiert und im Ressort der *Schöner leben* gearbeitet. Aber ich gehe auch verdammt gerne essen und Kochen gehört zu meinen Leidenschaften, da dachte ich, ich probier es mal in einem anderen Ressort und habe mich bei *EatArt* beworben.«

»Tja, und ich wechsele von hier nach Düsseldorf.« Ich ziehe einen Flunsch.

»Aber erst in vier Wochen.«

Wir quatschen stundenlang, fast die halbe Nacht. Es wird keinen Augenblick langweilig, es kommt auch kein betretenes

Schweigen auf. Dieser Mann ist ein Leckerchen, ein echtes Sahneschnittchen, aber was noch besser ist: Er bringt mich zum Lachen. Und das ohne grobe Schenkelklopfer oder dumme Stammtischwitze. Er hat Humor und tickt wie ich.

Als er mich zum Abschied kurz in die Arme nimmt und mir einen Kuss auf die Wange haucht, bekomme ich Puddingknie – Vanillepudding. Lieber Gott, der Mann duftet! Das sind Pheromone, sag ich mir, als ich in die U-Bahn steige. Lockduftstoffe, eine ganz gemeine Erfindung der Natur. Warum gibt es so etwas nicht auch für die Küche? Damit könnte man jedes Gericht retten.

Ich schicke Maja eine SMS, aber sie meldet sich nicht. Ob sie schon schläft? Und von Zoran dem Schrecklichen oder seiner Krönung, Shitty-Marten, träumt? Warum ist sie nie erreichbar, wenn ich sie brauche? Bald schon ist das anders, tröste ich mich, bald wohnen wir zusammen in Düsseldorf.

Oliver hat mir den Tipp gegeben, in Krefeld oder Neuss nach einer Wohnung zu suchen. Dort gäbe es auch schöne Gegenden und die Preise wären etwas moderater. Und ob man nun quer durch die Stadt oder über die Rheinbrücke fahren muss, mache auch kaum einen Unterschied.

Ich weiß nicht. In Krefeld wohnt Al und Fred mit seiner Frau. Denen möchte ich eigentlich nicht ständig über den Weg laufen. Andererseits hat mir die Stadt schon gefallen und so ganz klein ist sie ja auch nicht. Falls wir bis zum Wochenende nichts gefunden haben, können wir ja mal einen Makler fragen.

Ich steige aus der U-Bahn und gehe die paar Schritte bis zu dem Gebäude, in dem ich wohne. Noch wohne. Seltsamer Gedanke, dass ich in einem Monat vor einem anderen Haus stehen und einen anderen Schlüssel in ein anderes Schloss stecken werde.

Ich hebe den Kopf und schaue zum Himmel – dort leuchten die Sterne und wieder muss ich an Olivers Sommersprossen denken. Verdammte Hacke, warum muss ich diesen so sympathischen Mann gerade jetzt treffen? So kurz vorm Abflug in ein neues Leben. Mistmistmist!

Ich kann nicht schlafen und schalte den PC ein, gehe auf Facebook. Meine Farm habe ich schon so lange vernachlässigt, dass dort alles tot ist. Was soll's.

Maja hat eine neue Nachricht an ihre Pinnwand geschrieben:

»Liebe Freunde, die letzten Wochen habe ich für euch orakelt. Es hat mir riesigen Spaß gemacht und euch hoffentlich auch. Aus beruflichen Gründen muss ich diese Tätigkeit nun einstellen.
Liebe Grüße
Euer Orakel Bee Maja«

Es gibt zwanzig Antworten. Ich überfliege sie. Natürlich hat Sabine geantwortet, Nummer 67. Ihr Posting hört sich weinerlich an. Tja, grüne Presswurst ist auch zum Heulen, finde ich.

»Liebe Bee Maja, kann man dich wenigstens noch privat anschreiben oder mit dir chatten? Deine Hinweise und deine Hilfestellungen waren wunderbar«, hat jemand geschrieben.

»Liebes Orakel, vielen Dank für deine Mühe und Arbeit!«

»Na endlich hört das auf. Deine verquirlten Statusmeldungen sind mir schon lange auf den Zeiger gegangen!«

Wer war das denn? Ich kenne den Typen nicht, gehe auf sein Profil, kann aber nicht viel lesen. »Bernd das Brot teilt seine Profilinformationen nur mit Freunden.« Na, wenn der immer so grummelig ist, hat er bestimmt nicht viele Freunde und muss nicht viel teilen.

Ich schaue in mein Mailfach. Dort ist eine Nachricht von Imke.

Von: imke42@t-online.de
An: SilkStockings@web.de
Betreff: Marten

Süße,
wie geht es dir? Habt ihr Marten und seine Eskapaden überlebt? Ich hätte euch vermutlich eindringlicher warnen sollen, aber ich habe nicht damit gerechnet, dass mein Bruder auch Maja so ausnutzt. Ich hatte ihn nämlich vorher gründlich geimpft, aber mir scheint, das Herzchen war schon immun.
Ich liebe meinen Neffen – aus der Ferne. Was ich nicht erzählt hatte – denn das erzählt man nicht –, war, warum sein Besuch bei uns vorläufig der letzte war. Ich schreibe es dir jetzt, aber unter dem absoluten Siegel des Vertrauens. Versprochen?

My lips are sealed, denke ich vergnügt und lese weiter.

Mia und Yoshi schleppen ja ständig Beutekinder an. Macht auch nichts, das Haus ist groß genug, die verlaufen sich hier. Die meisten Kinder können sich auch benehmen, irgendwie, oder sind jedenfalls nicht schlimmer als meine eigene Brut. Das hat bisher immer völlig problemlos funktioniert, doch an Marten scheitere selbst ich. Dieses Kind ist eine Katastrophe. Noch schlimmer als meine.
Jedenfalls war er da. Und hätte beinahe Acky, Mias Hund, ertränkt. Dagegen hätte ich ja nichts gehabt, du weißt ja,

wie ich die Geschenke der Gruselmumme schätze, aber Mia hätte es das Herz gebrochen, und das muss ja nicht sein. Aber ich rede um den heißen Brei herum. Diese Geschichte geht mir so was von an die Organe, ich kann sie kaum aufschreiben: Marten hat es irgendwie geschafft, Thommys Gewehrschrank im Hauswirtschaftsraum zu knacken.

Oh my God! Thommy, der Jägermeister, besitzt so einiges an Waffen. Und Marten, das Früchtchen, kann Schlösser knacken? Nur gut, dass Maja den Zoran-Vogel abgeschossen hat.

Er hat mit einer Haarnadel das Schloss geöffnet, dabei wurde es uns als völlig sicher verkauft. Ich muss da noch mal mit dem Händler sprechen und ihn auf seltsame Fünfjährige aufmerksam machen oder ihn direkt guillotinieren. Jedenfalls hat Marten eins der Gewehre entwendet und die Zuchtlaufenten des Nachbarn erschossen. Zu blöd, dass er nicht die Gruselmumme getroffen hat, dann hätte sein sträfliches Benehmen wenigstens noch ein positives Ergebnis gehabt. Jetzt, wo ich darüber nachdenke ... Vielleicht sollte ich Marten und die Gruselmumme noch mal einladen. Gleichzeitig. Und den Waffenschrank erst gar nicht abschließen? Ist dieser Gedanke verwerflich? Nein, sag es mir nicht.
Was ich eigentlich sagen wollte – du ziehst ja bald um, meine Süße. Meinst du, ich sollte dich vorher noch mal besuchen? Ich bin für jede Schandtat offen und bereit. Ein Wort und ich bin bei dir.

Kuss
Imke

PS: Zoran hat übrigens das Sorgerecht für Marten bekommen. War gar nicht schwer, er bekam das Kind quasi geschenkt. Er hat vor, ab jetzt ein fürsorglicher Vater zu sein. Ich befürchte nur, dass es zu spät ist, da sind schon einige Dinge ins Wasser gefallen. Weißt du um Martens Kloaktionen? Ich habe meistens auf alte Schlager zurückgegriffen – falls dir das nichts sagt, sei froh. Aber mein Bruder meint es wohl wirklich ernst. Er war mit dem Blag schon beim Pschüchologen – kannst du dir das vorstellen? Zwei Stunden war er bisher auf der Couch. Sitzend, nicht liegend. Der Psychologe ist so ein Alt-68er, ich tippe, er heißt Martin, und trägt selbstgestrickte Pullover. Aber wenigstens bemüht sich Zoran.

PPS: Ich will dich wirklich bald wiedersehen. Mit oder ohne meine Brut, zur Not überlasse ich sie sogar der Gruselmumme.

Ein Besuch? Gar keine schlechte Idee. Noch besser wäre eine schöne Abschiedsfeier. Ein Abschied von Berlin und der Start in ein neues und aufregendes Leben in Düsseldorf.

Mit diesen Gedanken gehe ich endlich zu Bett. Aber bevor ich einschlafe, denke ich an Sternbilder. Kassiopeia, der Große Wagen, der Kleine …

Hallo Hocker!

Maja

Nein, noch nicht die Augen aufmachen. Ich tauche ganz, ganz langsam aus meinem Schlummer auf. Hmmmm. Ich kuschele mich ins Kissen und genieße. Zoran spielt mit meinen Haaren. Das hat er noch nie gemacht. Schade eigentlich, denn es fühlt sich gut an. Ich schnuppere am Kissen. Es riecht nach Pheromonen. Männerschweiß. Und Kaugummi.

Kaugummi?

Jetzt klappen meine Lider von alleine auf und das Erste, was ich sehe, sind blonde Haare. Martens blonde Haare.

»Marten!«

»Guten Morgen.« Das Monster grinst mich an.

»Was machst du da?«

»Ich bin Friseur.« Marten strahlt und wedelt mit einer rosa Tube vor meinem Gesicht herum. Ich setze mich auf. Das Bett neben mir ist leer.

»Wo ist dein Vater?«

Marten zuckt mit den Schultern. »Jetzt ist es kaputt.«

»Was ist kaputt?«

»Deine Haare.« Mir schwant ... eine Naturkatastrophe. Ich greife mir an den Kopf und fasse in etwas Weiches, Klebriges. Als ich die Hände wieder wegnehmen will, ziept es. Okay, ich bin noch nicht ganz wach, aber was ich jetzt zwischen den Fingern habe, ist eindeutig eine rosa Masse, in der Haare kleben. Meine Haare. Viele Haare.

»Was ist das?« Eigentlich will ich es gar nicht wissen.

»Frisur. Papa macht das auch.« Ich reiße dem Kind die rosa Tube aus der Hand.

»Chewing Mega Bubble Gum.« Mir wird schlecht. »Das ist kein Gel. Das ist Kaugummi!« Meine Stimme überschlägt sich. »Zoran! ZOOOORAAAAN!«

»Das riecht aber besser«, kontert Marten und zieht einen Flunsch. Auf der Treppe sind Schritte zu hören.

»Ich erschlag dich«, knurre ich und springe aus dem Bett. Neben dem kleinen Schrank hängt ein Spiegel. Und aus dem starrt mich eine Frau an, deren schulterlange Haare mit rosa Flecken übersät sind. Mitten auf dem Kopf prangt ein handtellergroßer Kaugummifladen.

»Was ist denn los?« Zoran stürmt ins Zimmer.

»Ich spiele Friseur!« Marten hüpft auf der Matratze rum. Die Tube hält er wie eine Trophäe in der Hand.

Bei mir hüpft gar nichts. Ich bin zu einer Salzsäule erstarrt. Zoran blickt etwas ratlos von mir zu Marten und wieder zurück.

»Was ist das?«, fragt er matt.

»Kaugummi!« Meine Augen füllen sich mit Tränen. Es gibt nicht viel, was ich wirklich an mir mag, aber zu dem Wenigen zählen eindeutig meine Haare.

»Oh.« Mehr kommt erst mal nicht vom Superpapa.

»Was, oh?«

»Das kann man doch bestimmt auswaschen ...«

Ich bin so verkrampft, dass ich es nicht einmal schaffe, ihm zu sagen, dass kein Shampoo der Welt diesem Klebzeugs gewachsen ist. Ich weiß das, weil vorletzte Woche bei RTL ein Bericht über die schlimmsten Haushaltsunfälle lief. Mein Schicksal war auch dabei.

»Ich hab im Keller noch Terpentin«, fügt Zoran lasch hinzu. Vergiss es, Honey, nicht mal das hilft. Kam nämlich auch im Fernsehen.

»Wo – hast – du – eine – Schere?«, presse ich heraus.

»Im Bad«, murmelt er. »Frühstück ist übrigens fertig.«

»Juhu!« Indianergeschrei auf dem Matratzentrampolin. »Will Müüüsli!« Ich würde ja vorschlagen, das Kind zu Müsli zu verarbeiten, lasse es aber sein, als Zoran mir über die Wange streichelt. In seinem Blick liegt ... Mitleid? Nein. Belustigung? Auch nicht. Entsetzen? Nö.

»Rosa steht dir eigentlich«, flüstert er. Ja! Da ist ein Aufflackern von Begehren in seinen moosgrünen Traumaugen. Ich werde ein bisschen ruhiger.

Plötzlich pikt mich etwas in den Po.

»Wieso hast du da so komische Löcher?«, fragt Marten und bohrt seinen Zeigefinger in mein schlimmstes Cellulitistal. Meine Hand zuckt. Zoran ist schneller. Er schnappt sich seinen Monsterableger und zerrt ihn aus dem Zimmer. Ich starre noch einmal auf die rosaklebende Frau im Spiegel. Dann stürme ich, nackt wie ich bin, ins Bad.

Kurze Zeit später ist der Treteimer randvoll mit meinen Haaren. Mir rollen die Tränen über die Wangen, als ich mit der Nagelschere die verklebten Strähnen absäbele. Ritsch. Ratsch. Der Versuch, das Malheur mittels einer kompletten Flasche Kräutershampoo zu beseitigen, ist erwartungsgemäß gescheitert. Dafür sehe ich jetzt aus wie ein gerupftes Huhn. Die längste verbliebene Strähne ist geschätzte zehn Zentimeter lang. Höchstens. Mir ist sehr danach, dem Monster mit meinem Fell das Maul zu stopfen. Am liebsten für immer. Ich sehe so ...

scheiße aus! Ein Heulkrampf bahnt sich seinen Weg nach oben, als es sachte an der Tür klopft.

»Maja?« Zorans Stimme klingt besorgt.

»Ich komme hier nie wieder raus«, lasse ich ihn wissen. Wie lange dauert es, bis die Haare wieder nachwachsen? Ich rechne. Knapp einen Zentimeter schaffen sie im Monat. In zwei Jahren könnte ich mit viel Glück wieder die alte Maja sein.

»Maja, bitte, es tut ihm leid.«

»Ach?« Ja, der Spott ist nicht zu überhören und soll er auch gar nicht sein.

»Er dachte, dass ... also, dass das wie mein Haargel ...«

»Der hat gar nichts gedacht«, brülle ich und kann den Heulkrampf jetzt nicht mehr aufhalten. Ich lasse mich auf die Fliesen sinken.

Von draußen kommt nichts.

Ich schluchze laut. Zugegeben, ein bisschen theatralisch. Zoran muss ja nicht wissen, dass ich dann und wann schon mal mit einer Typveränderung geliebäugelt habe. Besonders in der Zeit nach Svens Auszug – mir gefällt ja schon, was Pink auf dem Kopf hat, und Sharon Stone sah mit Kurzhaarschnitt besser aus denn je.

»Maja, bitte!« Jetzt jammert auch Zoran. »Mach auf.«

»Nein.«

»Bitte.«

»Ich sehe scheiße aus.«

»...«

»Richtig scheiße!«

»Das kannst du gar nicht, szépség.« Und da sind sie wieder, die dämlichen Hormone, die in Schwung kommen, ohne dass ich gegensteuern kann. Ich rappele mich auf, schlinge das Badetuch fester um mich, drehe den Schlüssel und sprinte zurück auf meinen Kauerplatz neben der Badewanne. Die Tür schwingt langsam auf und Zoran streckt den Kopf herein.

»Ach du heilige Grützwurst!« Mit vor Entsetzen geweiteten Augen starrt er mich an. »Das … Maja … das … steht dir! Endlich sieht man dein Gesicht und du hast wunderschöne Ohren!«

»Echt?«

»So was von!« Zoran beugt sich zu mir runter und wuschelt mir durch die noch feuchten Haare.

»Sexy. Sehr sexy!« So, wie er mich anfunkelt, glaube ich das. Ich lasse mich zu gerne von ihm küssen und angesichts der Badewanne würde mir auch etwas sehr Unanständiges einfallen. Aber Zoran schaut auf die Uhr.

»Verdammt, so spät schon?«

»Was ist?«

»Ich hab gleich den Termin mit Marten bei seinem Psychologen.«

Da gehört der Knabe definitiv hin, am besten in die geschlossene Abteilung, Zwangsjacke und Gummizelle, denke ich. Sage ich aber nicht.

»Wie, Psychologe?«

»Na ja, dass seine Mutter ihn einfach so aufgibt, auch wenn sie sich noch nie groß um ihn gekümmert hat, das muss er verarbeiten. Er ist doch erst fünf. Und es muss ja einen Grund geben, warum er so … schwierig ist.«

Allerdings, das glaube ich auch. Vermutlich ist sein Anstands-Gen komplett degeneriert.

»Würdest du mitkommen? Dr. Pragg-Parsch meinte, es wäre sinnvoll, wenn er gerade zu Beginn der Therapie mit allen Bezugspersonen reden würde.«

»Ich? Moment mal …«

»Marten mag dich.«

»Entschuldige, so gehe ich nirgendwohin!« Ich deute auf meine Haare.

»Pass auf, ich leih dir eine Kappe und heute Nachmittag gehst du zum Friseur. Ich zahle.«

Oh. Das ist ... »Ja, einverstanden!«, sage ich. Ich wollte schon immer mal zu Marlies Möller. Bitte, lieber Gott des schnittigen Handwerks, mach, dass heute irgendein Promi abgesagt hat und ich einen Notfalltermin im Salon am Neuen Wall bekomme! Wir besiegeln unseren Deal mit einem Kuss.

»Ich muss mal«, ruft plötzlich ein dünnes Stimmchen.

»Nicht jetzt!«, brüllt Zoran und kickt mit dem Fuß die Tür zu.

Wir kommen nur knappe zehn Minuten zu spät. Die Praxis ist in der Hochallee. Nette Gegend. Vater und Sohn stapfen Hand in Hand die Treppen bis in den vierten Stock hinauf. Ich schnaufe unter meiner Leihkappe mit dem Aufdruck »Bounty Hunter« hinterher. Kopfgeldjäger, das wär's! Ich stecke Marten in den Kinderknast und brenne mit seinem Vater durch. Der Wicht hat übrigens keinen Piep zu meiner neuen Frisur gesagt. Wahrscheinlich hat sein Erbsenhirn längst vergessen, was er mir angetan hat.

Als ich endlich oben ankomme, steht die Tür der Praxis offen. Ich höre Marten kreischen und folge dem Lärm durch einen schmucklosen Flur.

»Das ist gut, genau so«, sagt eine Stimme. Ich öffne die hinterste Tür und stehe vor einem Berg übergroßer Schaumstoff-Bauklötze. Ein blauer Klotz fliegt einmal quer durch den Raum, begleitet vom Kreischen eines Kindes. *Des* Kindes. Dann taucht ein Kopf aus dem Dickicht der Klötze auf.

»Ah, sind Sie die Mutter?«

»Nein!«, rufe ich entsetzt.

»Das ist die Maja«, gibt Marten bekannt und wirft einen roten Klotz nach mir. Ich ducke mich und das Teil klatscht an die Wand. Jetzt schält sich der Rest des Mannes aus dem Spielzeugberg.

»Wir gehen nach nebenan, das hier ist der Toberaum«, erklärt er. Er sieht erstaunlich normal aus. Kein weißer Kittel, stattdessen ein türkisblaues Poloshirt und Jeans. Auch er hat Haare gelassen, die Deckenlampen bringen seine Glatze zum Spiegeln. Zum Ausgleich hat er einen Bart, den ich sonst nur von den Ziegen bei Hagenbeck kenne. Auf seiner Nase sitzt eine randlose Brille.

»Jens-Jochen Pragg-Parsch«, stellt er sich vor. Ein feiner Spuckeregen nebelt mich ein. Wieso muss ein Mensch mit Sprachfehler *so* heißen?

Ich schüttele seine feuchte Hand. Dann folge ich ihm in den Nebenraum. Dort sitzt Zoran auf einem der beiden Rattansitze, die einem Ledermonstrum erster Güte gegenüberstehen. Pragg-Parsch lässt sich in den Ohrensessel fallen, ich setze mich neben Zoran.

»Peng, peng!«, kommt es aus dem Toberaum.

»Marten fühlt sich wohl, das ist gut«, sagt Pragg-Parsch.

Aha.

Der Psychologe langt nach dem Klemmbrett, das hinter ihm auf einem Tischchen liegt, und blättert ein paar Seiten durch. Ich schicke einen hilflosen Blick zu Zoran. Der stiert auf den Boden. Ich fixiere das Beistelltischchen, auf dem eine Giga-Packung Kleenex steht. Wahrscheinlich heulen sich hier pro Tag mehrere Dutzend Eltern aus. Abgesehen von einem verstaubten Gummibaum ist der Raum leer.

»Keine Couch?«, frage ich, um ein Gespräch in Gang zu bringen.

»Bitte?« Pragg-Parsch sieht mich irritiert an. Ich werde rot.

»Nichts.«

»Gut, dann rekapitulieren wir die letzte Sitzung.« Zoran nickt beflissen. »Ich habe mit Marten mit den Therapiepuppen gearbeitet. Dabei wurde ganz deutlich, dass ihm eine feste Bezugsperson bislang gefehlt hat. Die Komponente der Mutter als elementare Basis einer gesunden Entwicklung kam so gut wie gar nicht vor. Die Vaterfigur implizierte er nur am Rande und so schwach, dass kaum von einer Autorität ausgegangen werden kann.«

Bahnhof.

»Im Widerspruch dazu ordnet sich Marten in der Familienaufstellung im Mittelpunkt ein, was altersgerecht zu bewerten ist. Jedoch fehlt ihm das kognitive Verständnis für Reglementierungen im Umgang mit seiner Umwelt.«

Zentralbahnhof.

»Es muss nun darum gehen, die Beziehung zu Marten zu festigen, ihm klare Strukturen zu vermitteln und ein liebevolles Umfeld zu schaffen.«

Ich frage mich, was Zoran dem Kerl pro Stunde in den Rachen schmeißt. *Das* hätte er von mir kostenlos haben können: mal ordentlich den Hintern versohlen. So verstehe ich das.

»Ja«, sagt Zoran kleinlaut. »Ist ja nicht alles so perfekt gelaufen.«

Pragg-Parsch fixiert erst ihn, dann mich.

»Wissen Sie, das ist ein bisschen wie in der Hundeschule hier«, sagt er. Super, das kapiere ich: Holt Marten das Stöckchen, ist alles gut. Wird er bissig, dann trete ich nach ihm. »Ein Hundetrainer arbeitet mit dem Herrchen, nicht mit dem Hund. Wir erziehen eigentlich nicht die Kinder, sondern die Eltern.«

Hauptbahnhof.

»Sehen Sie die Hocker da hinten?« In der Ecke sind schlichte Holzhocker aufeinandergestapelt. Ich erkenne sie sofort wieder:

Modell Frosta aus dem schwedischen Möbelhaus. Pragg-Parsch will, dass wir die Frostas holen, ihnen Namen geben und so aufstellen, wie wir »unsere Familie« im Moment sehen.

»Wir sind keine Familie«, will ich sagen. »Und ich habe auch keine Lust, mit Hockern zu spielen!« Aber Zoran ist schon aufgestanden und nimmt sich vier Hocker vom Stapel.

»Kann ich nicht einfach zusehen?«, frage ich. Jens-Jochen schaut mich über den nicht vorhandenen Rand seiner Brille an und kratzt sich am Gamsbart. »Nein«, sagt er dann. Ich seufze und nehme mir ebenfalls ein paar Hocker.

Zorans Sitzgelegenheiten stehen ordentlich in einer Reihe. Ich verteile meine irgendwie.

»Wer ist das?«, fragt Pragg-Parsch, als wir fertig sind. Zoran tippt nacheinander auf die Hocker: »Marten, ich, Maja und Astrid, Martens Mutter.« Jens-Jochen macht sich Notizen.

»Und bei Ihnen?« Upps, jetzt bin ich dran. Ich kann mir nur mit Müh und Not ein Grinsen verkneifen, als ich den Hockern Namen gebe.

»Das ist Marten«, sage ich zu dem Hocker, der am weitesten weg steht. »Das bin ich, das ist Zoran und das ist Silke.«

»Hm«, macht der Psychologe. Habe ich bestanden? Er will von mir wissen, wer Silke ist, und ich gebe ihm eine Kurzversion des Polizei-Sucheinsatzes.

Der soll gerne wissen, mit welchem Satansbraten er es hier zu tun hat. Noch brüllt Marten fröhlich im Toberaum, aber ich bin mir sicher, dass Pragg-Parsch gleich das Jugendamt anrufen und den Knaben ins Heim stecken wird.

»Interessanter Aspekt«, sagt er stattdessen. »Da müssen wir auch an der Bindung zu Ihnen arbeiten.«

Wie bitte? Der soll das Monster gradebiegen oder wegsperren! Ich versuche, Pragg-Parsch mit milden Worten davon zu überzeugen, dass ich a) nicht die Mutter bin und b) sowieso bald umziehe und c) meine Haare lassen musste.

Keine Chance. Stattdessen soll Zoran sich wieder auf den Rattansessel setzen und ich mich mit dem Marten-Hocker unterhalten.

»Hallo Hocker«, sage ich zum nächstbesten Sitzmöbel.

»Das ist nicht Marten, das sind Sie selbst«, korrigiert mich Jens-Jochen, der mit verschränkten Armen an der Wand lehnt. Auf gut Glück wende ich mich dem nächsten Frosta zu. Ich stehe kurz vor einem Lachkoller, mein Bauch tut schon richtig weh. Aber ich darf meinen Gefühlen jetzt keinen freien Lauf lassen, psychologisch gesehen, denn Zoran sitzt mit steinerner Miene da und nickt andächtig. Wenn das Erziehung ist – dann kann ich auf Mutterschaft verzichten.

»Tag Marten«, grinse ich einen der Hocker an.

»Begeben Sie sich doch auf Augenhöhe«, schlägt der Psychoonkel vor.

Welche Augen? Astlöcher? Ich kann nicht mal eine Schraube entdecken. Aber gut, wenn es hilft, dass der echte Marten künftig die Energie und den Wirkungskreis eines schwedischen Kleinmöbels hat, dann tue ich alles dafür. Ich knie mich hin.

»Und jetzt fragen Sie ihn mal, warum er so ist, wie er ist.«

Warum ist ein Hocker holzig? Hat eine runde Sitzfläche und vier Beine? Ob er es seelisch verkraftet, gestapelt zu werden?

»Bitte, Maja!«, sagt Zoran leise. Ich hole tief Luft. Das Lachen giggelt in meiner Kehle, aber ich schlucke es runter.

»Also gut, Hock... Marten. Warum bist du so aufgedreht? Wieso schmierst du meine Haare mit Kaugummi voll, versaust mein Bad, haust einfach ab und kackst nur, wenn jemand dazu singt?« Ich merke, dass ich wütend werde. Stinkwütend. Und tatsächlich scheint Frosta sich zu verwandeln, blonde Haare zu bekommen, mich anzugrinsen. Da! Der Hocker popelt in der Nase und isst das dann auf!

»Gut, sehr gut«, feuert Pragg-Parsch mich an.

»Ich finde es zum Kotzen, so benimmt sich kein normales Kind, du fieser kleiner Stinker, du Affenarsch!« Der Hocker schaut mich betreten an. Dann füllen sich seine Augen mit Tränen.

»Was sagt Marten?«

Ich bekomme eine Gänsehaut. Ganzkörpergänsehaut. Der Stuhl spricht wirklich mit mir!

»Er sagt«, stammele ich, »dass er ... dass er ... mich mag.« Jetzt kann ich mich nicht mehr halten. Statt eines erlösenden Lachens kommt ein Schluchzen aus meiner Kehle. Zoran springt auf und kniet sich neben mich. Ich rotze sein kariertes Hemd voll.

Pragg-Parsch klatscht in die Hände. »Sehr gut!« Dann bittet er uns zurück auf die Rattansessel. Der Hocker ist wieder ein Hocker. Ich schwitze.

»Sehen Sie, das Kind – jedes Kind – sucht nach Aufmerksamkeit. Stellen Sie sich ein leeres Gefäß vor, das mit Liebe gefüllt werden will.«

Aha. Ich fahre im nächsten Bahnhof ein.

»Ich werde in den nächsten Sitzungen mit Marten an seiner Kommunikation arbeiten. Offensichtlich ist ihm nicht bewusst, dass er eine andere Sprache spricht als die Menschen um ihn herum.«

Andere Sprache? Das Biest kommt von einem anderen Planeten! In diesem Moment fliegt die Tür auf und der völlig verschwitzte Außerirdische platzt ins Zimmer. »Mir ist langweilig, ich habe Durst und ich muss mal!«

»Marten, das ist jetzt nicht so ...«, beginnt Zoran.

»Schon gut.« Ich stehe auf. »Was soll ich singen?«

Marten grinst mich an. »Das Schnappi-Lied.«

»Klo ist erste Tür rechts«, ruft Pragg-Parsch uns hinterher.

»Pragg-Parsch, du Kack-Arsch!«, trötet Marten. Zoran zuckt zusammen. Der Kack-Arsch zeigt keine Regung. »Späte anale Phase«, murmelt er.

Da spüre ich eine kleine Hand in meiner. »Maja, komm schnell, das drückt so!«

Hormonisches Familienleben

Silke

Noch nie ist mir ein Tag so lang und so kurz zugleich vorgekommen. Als ich heute Morgen ins Büro kam, war ich ein Zombie. Ich hatte kaum geschlafen und in den wenigen Stunden von Astrologen und Sternbildern geträumt. Was das bedeutet, kann ich mir selbst erklären, dazu bedarf es keiner Glaskugel.

Dabei will ich das nicht. Nicht jetzt. Nicht hier und schon gar nicht mit meinem Kollegen. Mit meinem Nachfolger, um genau zu sein. In vier Wochen bin ich nämlich weg. Er wird hier sein und hier bleiben. Er freut sich auf den Job. Soll er doch. Ich freue mich doch auch auf Düsseldorf.

Oliver ist Profi, viel mehr als ich. Er kommt ins Büro, begrüßt mich charmant und lächelt. Wir sind Kollegen. Nette Kollegen. Wir mögen uns und jetzt müssen wir sehen, wie hier alles funktioniert.

Das ist Mist. Obermist. Stallmist und überhaupt! Gegen Mittag bekomme ich Kopfschmerzen vor lauter gut gemeintem und unehrlichem Lächeln.

Als wir nachmittags Schluss machen, bin ich mir sicher, dass ich das nicht aushalten werde. Nicht vier Wochen lang. Wir verabschieden uns höflich, hauchen uns gegenseitig einen Kuss auf die Wange. Ich drehe mich um und gehe zum Parkplatz.

»Silke?« Er ruft mir hinterher, seine Stimme klingt zögerlich.

Ich drehe mich um und sehe ihn an.

»Sollen wir etwas trinken gehen?«

»Schon wieder?« Ich lächele. »Ich weiß nicht …«

»Nein, du hast recht. War keine gute Idee.«

Mist, er gibt zu schnell auf und klingt auch noch erleichtert. Mistmistmist.

Zu Hause hole ich den Weißwein hervor und schalte den Computer an. Ich gebe Olivers Namen ein und klicke mich durch das WWW. Dummerweise hat er zwei Namensvettern. Der eine ist ein Ruderer, der andere beim Film. Irgendwann gebe ich auf. Mein Magen knurrt und mein Kühlschrank gibt nicht viel her, zum Kochen habe ich keine Lust, alleine essen macht einsam und fett. Ich will keins von beidem sein.

Aber verhungern will ich auch nicht.

Eine Pizza. Das ist es. Geschmolzener Käse macht glücklich. Ich rufe den Lieferservice meines Vertrauens an und bestelle Pizza mit Salami, Anchovis, Krabben, Peperoni und extra viel Käse. Die macht vermutlich ebenfalls fett, aber auch glücklich. Den Salat Extragroß mit Krabben und Ei nehme ich dazu. Zur Not kann ich ihn morgen essen und wenigstens habe ich so das Gefühl, etwas für meine Gesundheit zu tun.

Ich müsste dringend wieder mit Pilates anfangen. Die DVD liegt ganz unten in meinem Stapel. Bis vor einigen Wochen habe ich regelmäßig mit Barbara Becker in meinem Wohnzimmer geturnt, aber in der letzten Zeit haben sich die Ereignisse überschlagen und ich musste Barbara immer wieder versetzen.

Google bringt mich nicht weiter, was Oliver angeht, und ich beschließe, die Zeit bis zur Pizza zu nutzen und eine Gesichtsmaske aufzutragen. Ich lege eine CD ein und drehe die Musik auf, dusche heiß (zum Schluss einmal schnell ganz kalt, das soll gut sein für den Kreislauf), verwende Meersalzpeeling und eine Haarkur.

Es klingelt und ich winde mich in meinen alten, aber geliebten Bademantel. Statt des Pizzaservice steht Oliver vor meiner Tür. In der einen Hand eine Flasche Rotwein, in der anderen Weißwein. Er sieht mich genauso verdattert an wie ich ihn.

»Hast du dich in der Tür vertan?«, frage ich.

»Silke?«

Ach du Scheiße, ich habe noch die Maske im Gesicht und die Packung in den Haaren. Ich räuspere mich. »Das Mutterschiff kommt gleich und beamt mich hoch. Magst du reinkommen?«

»Ich störe bei irgendetwas ...«

»Nicht wirklich. Die Salatsoße ist mir misslungen und der Pudding auch. Das eine habe ich mir aus Frust ins Gesicht geschmiert, das andere in die Haare. Beides lässt sich abwaschen und gleich kommt hoffentlich die Pizza.«

Oliver lacht. »Weiß oder rot?«

»Mir egal. Ich restauriere mich und du suchst in der Küche nach dem Korkenzieher?«

Er nickt und ich verschwinde im Bad. Oh Gott. Was macht Oliver hier? Bei mir?

Hektisch wasche ich mir die Spülung aus den Haaren, schrubbe mein Gesicht. Meine Klamotten liegen im Schlafzimmer. Ach egal, mit dem Bademantel hat er ja jetzt schon Bekanntschaft gemacht. Ich schlinge ein Handtuch um meinen Kopf, Haare stylen macht auch keinen Sinn mehr.

Oliver sitzt im Wohnzimmer, zwei Gläser mit Rotwein stehen auf dem Tisch. Dort steht auch mein Notebook. Aufgeklappt. Hat er schon gesehen, dass ich ihn gegoogelt habe? Ich erröte nicht so zart wie die Frauen in einer Schmonzette, ich werde rot wie eine Tomate, die man mit kochendem Wasser übergießt, um ihr die Haut abzuziehen. Und genauso fühle ich mich auch. Mit einer hoffentlich beiläufigen Bewegung klappe ich das Notebook zu.

Es klingelt. Das ist der Pizzaservice. Ich nehme die Pizza und den Salat in Empfang, bekomme eine ganz besonders billige Flasche Lambrusco geschenkt und bezahle. Immer noch weiß ich nicht, wie ich mich verhalten soll.

Oliver ist auf meinen winzigen Balkon gegangen und nippt dort an seinem Wein. Ich stelle den Pizzakarton auf den Wohnzimmertisch, überlege, ob ich den Esstisch decken soll, entscheide mich dagegen. Stattdessen nehme ich mein Weinglas und folge ihm. Der Himmel über Berlin ist aluminiumfarben.

»Es wird gleich regnen«, sagt Oliver.

»Es wird gleich ordentlich krachen«, sage ich.

Er sieht mich an und lächelt. »Ich komme unpassend, aber ich muss noch etwas mit dir klären.«

Klar, denke ich. Was denn?

»Die Pizza wird kalt.« Ich drehe mich um und gehe zurück ins Wohnzimmer. Hallo? Erde an Silk! Benimm dich wie ein Mensch, los, mach schon.

Wir essen, wir trinken. Wir teilen uns sogar den Salat. Und tauschen Gemeinplätze aus. Small Talk. Das können wir beide anscheinend gut.

Dieser Abend droht schlimmer und schlimmer zu werden, aber trotzdem fühle ich mich irgendwie wohl in seiner Gesellschaft. Nachdem wir seine Flasche Rotwein geleert haben, spendiere ich eine aus meinen Vorräten. Und dann setze ich mich im Schneidersitz auf die Couch und sehe ihn an. »Warum bist du hier? Bestimmt nicht wegen der Pizza.«

Der Himmel hat sich inzwischen zugezogen und der drohende Regen liegt in der Luft. Es ist stickig schwül.

»Die Pizza war grandios und deine Gesellschaft ist es auch.« Oliver senkt den Kopf. »Aber ich habe ein Problem.«

Komm zur Sache!

»Ich weiß, den nächsten Monat sollte ich im Büro verbringen und du solltest mir alles erklären. Aber ... aber ich habe eine private Sache zu klären.«

Ich beiße mir auf die Lippe. Eine private Sache? Eine Frau?

»Es geht ... ach Scheiße.« Er grinst verlegen und schenkt sich noch mal nach, trinkt einen Schluck, hustet.

»Worum geht es?«, frage ich so ruhig wie möglich.

»Es geht um meine Tochter.« Oliver sieht mich an. Sein verlegenes Grinsen ist ein offenes Buch, mit extragroßen Buchstaben für Sehschwache.

»Deine Tochter?«

»Sie hat Probleme damit, dass meine Exfrau und ich uns getrennt haben. Sie ist ein Papakind und kann nicht verstehen, dass ich weggezogen bin. Ich muss mich um sie kümmern, ich überlege sogar, sie zu mir zu nehmen. Saskia fände das toll, aber ich muss das noch mit ihrer Mutter klären, auch rechtlich. Saskia hat einigen Scheiß gebaut in der letzten Zeit, da muss ich eingreifen. Und: Ich kenne mich in Berlin aus, habe mir alle Hefte von *EatArt* besorgt, und was die Arbeit angeht, ja, es ist ein anderes Ressort, aber was willst du mir in vier Wochen alles zeigen, was ich nicht längst schon weiß?« Er holt kurz Luft. »Und dann treffe ich dich hier gestern und wir sind – ich weiß auch nicht – auf einer Wellenlänge. Das war das erste Mal seit Jahren, dass ich mich so wohl gefühlt habe mit einer Frau. Mit dir. Und dann muss ich dich um so was bitten. Das ist doch scheiße. Jetzt wirst du mir nicht glauben, dass ich dich wirklich mag, sondern wirst denken, dass ich nur Schönwetter bei dir mache, damit du meine Abwesenheit deckst.«

Was für ein Wortschwall. Ich habe nicht mal die Hälfte verstanden. »Bitte?«

»Öhm.« Er schaut mich an. Lächelt. »Ich weiß, ich sollte die nächsten Wochen mit dir im Büro verbringen«, sagt er langsam.

»Ja.«

»Um die Berliner Szene kennenzulernen und die Arbeit im Verlag.«

»Ja.«

»Aber ich muss mich um meine Tochter kümmern.«

»Aha.«

»Und ich habe keinen Urlaub mehr.«

»So.« Endlich fällt der Groschen in Pfennigstücken. »Ach so.«

»Ja, so.« Er seufzt. Dann beugt er sich zu mir und küsst mich. Ganz sanft und zart erst, schließlich immer hungriger. Und dann ... lehnt er sich zurück und schaut mich an. »Und ich mag dich. Sehr. Ich würde dich auch mögen, wenn wir nicht zusammen arbeiten müssten. Wirklich.«

Ich schnaufe. Kann ich das glauben?

»Du willst also frei haben?«

»Ich weiß noch nicht wie lange. Aber Saskia ...«

»Wie alt ist Saskia?«

»Dreizehn.«

»Hat sie Probleme beim Stuhlgang? Ach, vergiss die Frage.« Ich kaue an meiner Lippe. Weiß weder, was ich sagen, noch was ich denken soll.

»Du bist toll«, murmelt er. Und küsst mich wieder. Es donnert. Er küsst mich noch mal. Es blitzt – als würde dort oben jemand Fotos machen.

Und dann fängt es an zu regnen. Oliver löst sich atemlos von mir. Ja, denke ich, lass uns ins Schlafzimmer gehen.

»Ich muss gehen.«

Wie bitte?

Er steht auf. »Ich will das so nicht. Ich will erst meinen Kram in Ordnung bringen. Und dann … dann …«

»Dann?«

»Erst dann kann ich mich auf jemanden einlassen. Auf dich einlassen. Ich mache keine halben Sachen.«

Sagt er und geht. An der Tür dreht er sich noch mal um. »Falls du das nicht so akzeptieren kannst, dann gib mir Bescheid. Dann würde ich meine Abwesenheit auf meine Kappe nehmen, und wenn es mich den Job kostet.«

»Okay.«

Okay? Die Tür fällt ins Schloss und hier ist gar nichts okay.

Ich greife nach meinem Handy und rufe Maja an. Sie geht dran, zum Glück. »Silk? Ich bin Mutter und folgerichtig bist du Tante.«

»Ich fürchte, ich werde auch Mutter«, antworte ich.

Zickenalarm!

Silke

Die nächsten Wochen vergehen wie im Flug. Oliver schickt mir Blumen. Ich schenke sie der Nachbarin. Oliver schickt mir SMS. Ich antworte nicht. Ins Büro kommt er nicht, er ruft auch nicht an. Und doch denke ich öfter an ihn als an Jochendennis. Im Prinzip hat er recht. Warum soll er die ganze Zeit mit mir im Büro hocken, wenn er sich in Berlin und mit Zeitschriften schon auskennt? Die wichtigsten Dinge schreibe ich ihm in eine Exceltabelle.

Langsam wird es Herbst, die absolut passende Zeit für einen Neuanfang. Und dann möchte ich alles hinschmeißen und den Umzug rückgängig machen, hinter Olivers Rätsel kommen und mit ihm zusammen Probleme lösen. Und ihn küssen. Und dann auch wieder nicht. Eigentlich sollte mir Maja mit Kleinzoran eine Warnung sein. Ich wollte nie Männer mit Anhang, und schon mal gar nicht mit pubertierenden Zöglingen. Ich bin kein Muttertier und stiefmütterlich behandele ich schon meine Zimmerpflanzen. *Pling*.

Bee Maja: Hallo Süße!

Silk Stockings: Na, Liebelein, wie stehen die Aktien?

Bee Maja: Ich packe. Und habe gerade einen Anruf bekommen – aus der Wohnung in Bilk wird nichts. Soll ich dir noch

mal einige Anzeigen von Immoscout schicken? Irgendwie haben wir kein Glück, was die Wohnungssuche angeht. Und so langsam läuft uns die Zeit weg.
Silk Stockings: Vielleicht sollten wir einen Makler einschalten? Ich such mal einen raus und rufe da an.
Bee Maja: Okay, gute Idee.
Silk Stockings: Was macht das Kind? Und der Mann? Und der Psycho-Onkel?
Bee Maja: Wir machen Fortschritte. Jetzt muss man nur noch summen, wenn Marten aufs Klo geht. Ich glaube, so langsam bekomme ich Zugang zu ihm. Er kann richtig niedlich sein.

Ja, denke ich, wenn er schläft.

Bee Maja: Gibt es was Neues bei dir und dem Astrologen?
Silk Stockings: Nicht wirklich. Wenn ich das richtig verstanden habe, kommt Saskia in eine Tagesklinik. Und Oliver hat eine Familienpflegerin an seiner Seite. Er hat mich zum Essen eingeladen. Bei sich. Am Freitag.
Bee Maja: Und gehst du?
Silk Stockings: Erst wollte ich nicht, aber ich glaube, ich überlege mir das noch.
Bee Maja: Mach das. Oh, Marten ruft. Bis später.

Sie verwandelt sich tatsächlich in ein Muttertier, bemerke ich voller Sorge. Aber auf unseren Umzug freut sie sich zum Glück trotzdem noch. Ich suche im Internet nach Maklern. Eine Anzeige von Fritz Kammer und Angelika Schnorrenburger springt mir ins Auge. Nomen est omen? Ich schicke eine Mail mit der Bitte um Rückruf. Gefühlte fünf Sekunden später klingelt das Telefon.

»Schnorrenburger«, schnurrt es in der Leitung. »Was kann ich für Sie tun?«

Ich schildere ihr die Lage, mache sie auf den knappen Zeitrahmen aufmerksam und frage, ob sie uns helfen kann. Sie kann, sagt sie. »Ich schicke Ihnen im Laufe des Tages, spätestens morgen, zwei Exposés, vielleicht auch drei. Wann könnten Sie denn zur Besichtigung kommen, falls Ihnen ein Objekt gefällt?«

Ja, wann könnte ich? Ich überlege nur kurz: »Samstag?«

»Perfekt. Ich denke, ich habe da schon etwas, was gut passen würde.«

Na endlich klappt mal etwas, denke ich. Samstagfrüh nach Düsseldorf? Ein kurzer Blick ins Internet zeigt, dass drei Flieger gehen und noch Plätze zu haben sind.

Ich schreibe Maja eine SMS.

Dann lege ich drei Denkminuten ein und schreibe auch Oliver eine Nachricht. Ich nehme seine Einladung an.

Im Laufe des Tages kommen tatsächlich zwei Exposés. Beide Wohnungen sehen auf den ersten Blick gut aus, aber die Leute wissen ja, wie man Fotos macht. Da hilft nur ein persönlicher Eindruck. Ich rufe die Maklerin an und verabrede mich für Samstagnachmittag mit ihr.

Am Freitagabend bin ich so aufgeregt wie ein Teenager beim ersten Date. Oliver will für uns kochen, Saskia wird auch da sein. Dreimal ziehe ich mich um. Das kleine Schwarze ist overdressed. In Jeans und T-Shirt komme ich mir vor wie Mutti. Da wäre noch das nette Sommerkleid mit dem Blumenmuster. Ich ziehe es an und lasse es an. Bis ich im Flur stehe, dann drehe ich um und entscheide mich für eine schwarze Jeans und eine Bluse.

Er will kochen, also habe ich ihm ein nettes Fläschchen Olivenöl und einen Balsamico-Essig gekauft. Soll ich Saskia auch etwas mitbringen? Worüber würde sich eine 13-Jährige freuen? Ich habe nicht den Schimmer einer Ahnung. Spielt sie noch mit Barbies? Vermutlich nicht. Spielt sie schon mit Jungs? Vermutlich auch nicht. Kinder in dem Alter, denke ich mir, sind weder Fisch noch Fleisch. Schwierig.

Ein Gutschein für Hasi & Mausi wäre nicht schlecht. Irgendwo habe ich noch einen rumliegen. Auch wenn er nur für zehn Euro ist, findet sie sicher etwas Nettes. Ich kram den Gutschein hervor, stecke ihn in einen pinkfarbenen Umschlag. Super. Jetzt bin ich gerüstet, hoffe ich.

Trotzdem lässt mich während der Fahrt die Unruhe nicht los. Meine Hände sind schweißnass, als ich endlich bei Oliver ankomme. Das Haus sieht eher nichtssagend und spießig aus. Ich schelle und wische mir die Hände an der Hose ab. Niemand öffnet. Bin ich wirklich an der richtigen Adresse? Aber da steht doch sein Name! Ich schaue auf mein Handy, die Uhrzeit stimmt und er hat mir auch keine Absage geschickt.

Also schelle ich noch mal.

Endlich geht der Summer. Ich öffne die Tür. Im Treppenhaus riecht es nach Gummistiefeln, der Boden besteht aus hässlichen Steinfliesen. Er wohnt in der zweiten Etage. Bevor ich die erste erreicht habe, höre ich Gekreische: »Das lass ich nicht mit mir machen … du bist so ungerecht!«

Sozialer Brennpunkt? Ich zögere, gehe dann weiter.

»Ach, halt die Klappe. Und wehe, du benimmst dich heute Abend nicht!«, brüllt nun ein Mann. Oops, das ist ja Oliver! Ich scheine in eine kleine Krise zu platzen, denke ich und erinnere mich an Al und Fred samt Verena. Zwar macht mir Streit wenig aus, aber Beschimpfungen gehören zum Rüstzeug der Kommunikationsbarbaren.

Langsam nähere ich mich dem zweiten Treppenabsatz. Noch ist Zeit umzukehren. Ich bleibe stehen. Immer noch höre ich gedämpfte aufgebrachte Stimmen, aber ich kann nicht mehr verstehen, was sie sagen.

Gerade als ich gehen will, reißt jemand die Tür auf. »Hallo Silke!«

Ich drehe mich wieder um, lächele verlegen. »Ich glaube, ich komme zu Unzeiten. Wollen wir das Treffen verschieben?«

»Nein. Nein, nein, nein.« Er räuspert sich. »Es ist nur eine vorübergehende Gewitterwolke. Hat nichts mit dir zu tun.«

»Du weißt, die Nase wächst, wenn man lügt.«

Er fasst sich verdattert ins Gesicht und ich lache prustend los. »Nur ein Spruch, mein Lieber. Okay, wir lassen uns nicht aus der Ruhe bringen.«

Oliver führt mich in den Flur. Dunkler Parkettboden, sehr edel. Ein raumhoher Spiegel mit Goldrahmen. Eine Designergarderobe. Oh ja!

Es duftet köstlich und ich schnuppere wie ein Hund.

»Ich muss in die Küche«, sagt er.

»Ich komme mit.« Definitiv Feigheit vor dem Feind.

»Nein, geh geradeaus und dann an der zweiten Tür links, da ist das Esszimmer. Nimm dir etwas zu trinken, bitte. Ich bin gleich bei dir.«

Okay, denke ich. Attacke.

Ich folge seinen Anweisungen. Die Türen sind matt lackiert, haben Drücker aus Edelstahl. Die Tür zum Esszimmer steht offen. Vorsichtig trete ich ein und meine Kinnlade fällt nach unten. Dies ist ein Esszimmer wie aus *Schöner leben, Besser wohnen*. Du lieber Herr Gesangsverein, hier funkelt es ja wie im Schmuckgeschäft. Das Geschirr. Und das Besteck. Wow! Wo ist meine Sonnenbrille?

Der muss eine Putzfrau haben, schießt es mir durch den Kopf.

»Hi. Du bist bestimmt Silke.«

Da sitzt etwas am Tisch. Ein ... nun ja – Wesen. Es hat tiefschwarze Haare, kurz geschnitten und mit einer Menge Gel oder Haarspray strubbelig frisiert. Oder eben auch nicht frisiert – vielleicht wäre eine Bürste das richtige Geschenk gewesen?

Mir fällt ein, dass ich immer noch Essig und Ölflasche in der Hand halte, irgendwie habe ich vergessen, sie Oliver zu überreichen. Ich stelle sie auf den Tisch. Sie sind noch verpackt und werden sicher keine Flecken machen.

»Du siehst ja gar nicht so scheiße aus«, sagt es.

»Bitte?«

Es hat sich ungefähr ein Kilo Kajal um die Augen geschmiert, seine Gesichtsfarbe ist blass und es hat sehr dunkle Lippen. Nicht dunkelrot, sondern dunkel. Außerdem ist es schwarz gekleidet. Schwarzer Rolli mit langen Ärmeln, schwarze Hose, schwarze Schuhe. Ich wette, die Unterwäsche ist auch schwarz.

Ebenfalls schwarz ist das Nasenpiercing, das an so einen Ring erinnert, wie ihn manche Ochsen tragen. In den Ohren hat es etwa fünfzig Stecker, die Augenbraue ist auch durchlöchert.

Wer hat dem Kind erlaubt, sich so zu entstellen? Meine Tochter würde im Heim landen.

»Ich bin Saskia Solveigh«, sagt es. Und lächelt. Na klar, auch die Zunge ist gepierct.

»Hallo Saskia Solveigh.« Mehr fällt mir gerade nicht ein.

»Deine Haare sind gar nicht strohig«, sagt es.

»Strohig?« Ich fahre mir über den Kopf.

»Ja, Papa sagte, du hättest strohige Haare.«

»Ach?«

»Und Hängetitten. Da musst du jetzt aber einen guten BH tragen.« Es lächelt.

Ich zucke innerlich zusammen. Hängetitten? Hat der sie noch alle? Selbst wenn – warum erzählt er so etwas seiner Tochter? Fassungslos schüttele ich den Kopf.

»Aber nimm ihm das nicht übel. Er ist sehr kritisch, was Frauen angeht.« Saskia macht eine ausladende Bewegung mit dem Arm. Die schwarzen Armreifen an ihrem Handgelenk klackern. »Er steht auf edel. Auf exorbitant edel. Deine Wohnung ist ja wohl nicht so der Hit, oder? Mach dir nichts draus. Ich finde gemütlich schöner.«

»Gemütlich? Edel?«, stottere ich verwirrt. Auf dem tatsächlich edel gedeckten Tisch aus Nussholz steht ein Flaschenkühler mit Weißwein und ein zweiter mit Prosecco. Auf der Anrichte aus dunklem Nussholz befinden sich diverse Flaschen, unter anderem auch Aperol. Wunderbar. Ich fülle eins der funkelnden Gläser. Und trinke. Und fülle das Glas gleich wieder. Schon geht es mir ein wenig besser.

»Magst du die Wohnung sehen? Außen pfui, aber innen hui, sagt Papa immer.« Sie lächelt und nun sehe ich auch das Piercing zwischen ihren Schneidezähnen. Das so was von der Zahnärztekammer erlaubt wird, unglaublich!

»Klar, will ich die Wohnung sehen.« Ich schlucke hart. Draußen bellt ein Hund.

»Dann komm.« Saskia steht auf und nimmt meine Hand. Sie hat einen warmen und kräftigen Händedruck. Das hätte ich nicht gedacht, ich hätte etwas Schwammiges und Kaltes erwartet.

»Seit Papa sich von Mama getrennt hat«, sagt sie wie beiläufig, »hüpft er durch alle möglichen und unmöglichen Betten. Na ja. Vermutlich braucht er das.«

Soso. Hat er mir nicht vor Kurzem gesagt, dass er erst ein paar Dinge klären müsse?

»Durch viele Betten?«, frage ich leise und beiße mir auf die Zunge.

»Oh ja. Aber ...« Sie schaut mich mit ihren schwarz umrandeten Augen an. »Aber das bedeutet nichts, hat er gesagt. Er hat nur eine besonders ausgeprägte Libido. Das muss man verstehen. Deshalb hat er Mama auch so oft betrogen. Sie hat es dann nicht mehr ausgehalten und sich von ihm getrennt.«

Olivers Version ging irgendwie anders.

Saskia zeigt mir das Wohnzimmer. Ein riesiger Raum. Dass so viel Platz in so einem unscheinbaren Haus sein kann, kann ich kaum glauben. Edler Holzboden, ein offener Kamin, hochglanzlackierte Regale mit Büchern – eine Wohnlandschaft, in der man sich verlieren kann. Ohne Worte.

Saskia zieht mich weiter. Tageslichtbad mit Eckwanne, Dusche und zwei Waschbecken. Ein Träumchen.

»Du bist irgendwie seine Chefin, oder?«

»Nein!« Verblüfft gucke ich sie an.

»Aber er hat gesagt, ich müsse nett sein, weil sein Job von dir abhängt. Deshalb ist er ja auch nett zu dir.«

Mir wird einiges klar. Natürlich hängt sein Job irgendwie von mir ab. Er hat in den letzten Wochen nur einen einzigen Tag im Büro verbracht, statt dort mit mir Übergabe zu proben. Ein Wort von mir und er ist die Stelle los.

»Ich bin doch nett?«, fragt das schwarze Es mit herzigem Augenaufschlag. »Sag bitte ja, sonst haut er mich wieder und ich weiß dann nicht, wie ich das meiner Therapeutin erklären soll ...«

Ich bin keine Mutter und werde auch keine sein. Weder Pflege- noch Stief- noch Leih- und schon gar nicht Ersatzmutter. Ich nehme den pinkfarbenen Umschlag mit dem H&M-Gutschein aus meiner Handtasche und drücke ihn Saskia Solveigh in die Hand. »Hier, für dich. Die haben auch Sachen in Schwarz.«

Und dann verlasse ich fluchtartig die Wohnung, in der es funkelt und glänzt und köstlich duftet. Auf dem Heimweg kehre ich bei McDonald's ein. Mein Magen hängt am Boden und meine Laune noch zwei Stockwerke tiefer.

Ich schreibe Maja eine SMS: »Sehen wir uns morgen? Ich freu mich auf Düsseldorf.« Dann schalte ich mein Handy ab.

»Sind Sie die Vierzimmerwohnung?«

Maja

Das Lachen bleibt uns im Halse stecken, als wir das sagenhaft große, sagenhaft pinkfarbene Pappschild erblicken, auf dem unsere Namen stehen. Hinter dem Schild verbirgt sich eine Person, von der nur stramme Waden in schwarzen Netzstrümpfen und lackschwarze Pumps zu sehen sind.

»Bitte nicht«, flehe ich zum Götterzentrum.

»Ich fürchte doch«, erwidert Silke furztrocken. »Das ist sie.« Und tatsächlich linst in dem Moment eine Wasserstoffperoxyd-Kundin hinter dem Plakat hervor. Ihr Lippenstift passt exakt zum Plakat, das Top unter dem weißen Kostümchen mit verboten kurzem Rock ist einen Ton dunkler.

»Hallihallo!«, flötet Miss Pinky. »Angelika Schnorrenburger, Sind Sie die Vierzimmerwohnung?«

Silke gibt mir einen Stups in die Seite.

»Sind wir nicht, wir sind Silke und Maja«, sage ich.

Eine Hand mit babyblau lackierten Nägeln streckt sich uns entgegen. »Willkommen in Düsseldorf! Darf ich vorausgehen? Mein Wagen steht gleich da hinten. Die Schnorrenburger geht die Reihe der parkenden Taxen entlang. Ihr Wagen parkt tatsächlich gleich da hinten – nämlich im absoluten Halteverbot.

»Ach, ach«, lacht die Maklerin, reißt das Strafticket vom Scheibenwischer des BMW und wirft es achtlos auf den Beifahrersitz, wo bereits das zusammengefaltete Plakat liegt. Silke und ich steigen ... nein, klettern in den Wagen.

»Wozu braucht man in der City einen Geländewagen?«, wispere ich Silke zu, als wir in dem Schiff Platz nehmen.

»Und dazu noch schwarz lackiert. Die ist innerlich genau so ein Emo wie Saskia.« Silke hat das gestrige Treffen mit Olivers Tochter noch nicht verdaut, das spüre ich. Wäre ja auch ein Wunder.

»Auf dem Mittelsitz habe ich die Exposés für Sie bereitgelegt«, sagt die Schnorrenburger und startet den Motor. Der Geländewagen schnurrt los. Wir reihen uns in den Verkehr ein, wobei ich von meinem erhöhten Sitzplatz aus das Gefühl habe, die anderen Autofahrer in ihren winzigen Wägelchen würden Abstand halten, um von diesem überbreiten Schwertransporter nicht zermalmt zu werden. Ich versuche, mich auf die Exposés zu konzentrieren, aber meine Aufmerksamkeit gilt voll und ganz meinem Magen. Oder dem, was drin ist und drin bleiben soll – denn anscheinend kann dieses Auto keine eleganten Kurven fahren, sondern sich nur wie ein Achterbahnwagen bewegen. Vielleicht wurde es mit Kängurubenzin betankt?

»Mir wird übel«, keucht Silke, als die Schnorrenburger so fest in die Bremse tritt, dass wir beide ungewollt nicken.

»Da sind wir schon!«, flötet unsere Fahrerin. Erleichtert klettern wir aus dem Wagen. Ruhige Straße, zerwohnte Häuser, bröckelnde Fassaden. Schön geht anders.

»Das ist jetzt nicht so ...«, beginnt Silke. Die Schnorrenburger fällt ihr ins Wort und stöckelt zum Eingang: »Das ist nur die Fassade, nur die Fassade, ich habe Ihnen ein Schätzchen versprochen und das bekommen Sie auch!«

Zwischen uns und dem Schätzchen liegen allerdings sechs Stockwerke. Wir sind alle drei außer Atem, als wir oben ankommen. Ich versuche mir vorzustellen, dass ich jeden Tag nach der Arbeit hier hochhecheln soll.

»Gibt's hier keinen Lift?«, fragt Silke und pumpt Luft in ihre Lunge. »Das ... also ... wird vielleicht noch ...« Frau Schnorrenburger klimpert mit dem Schlüsselbund. »Gehen wir doch hinein in das Perlchen!«

Die Tür ist schmal und schmucklos. Silke und ich werfen uns einen fragenden Blick zu. Meine Freundin zuckt mit den Schultern – schlimmer als die Fassade kann es nicht sein.

Ist es auch nicht. Im Gegenteil: Das Perlchen ist ein Wohn-Traum! Direkt hinter der Eingangstür öffnet sich ein Raum, der die gesamte Breite des Hauses einzunehmen scheint.

»Schiffsboden«, sagt die Schnorrenburger. Sie stöckelt trotzdem gnadenlos übers Parkett. Der Raum ist von einer Fensterfront dominiert, hinter der sich ein schmaler, aber langer Balkon befindet.

»Südostseite«, erklärt uns die Maklerin. »Markise ist vorhanden, wegen der Beschattung.«

»Boah!« Silke stürmt nach rechts, wo sich hinter zwei weißen Säulen die Küche auftut. Blitzender Stahl, eine graue Arbeitsplatte aus Granit und weiß glänzende Designermöbel.

»Induktion! Und ein Gasherd! Ja, jaaaa! Ein Dampfgarer!« Silke hibbelt durch die Küche. »Bleibt die drin?«

»Selbstverständlich«, schnurrt die Schnorrenburger.

»Maja, guck mal, ein Kühlschrank mit Eiswürfelbereiter! Das ist sicher mindestens Olivers Niveau. Mindestens.«

»Hast du seine Küche auch gesehen?«

»Nein.« Ihre Laune sinkt auf den Grad des Eiswürfelbereiters, scheint mir. Sie wird sich schon wieder einkriegen.

Ich bin ja keine Köchin. Aber wenn Silke zufrieden ist, dann werde ich bestimmt von ihr bekocht. Ich seufze wohlig und gehe nach links.

»Silk! Komm sofort her!«, brülle ich. Da ist doch tatsächlich ein offener Kamin! Hochmodern, völlig ohne Kitsch, aus Beton gegossen.

»Wahnsinn!« Meine Freundin strahlt. »Hier kommt die Couch hin, da ist Platz für ein Regal und in der Mitte soll ein großer, großer Tisch stehen! Walnuss. Dunkles Holz. Alt!«

»Meine Damen, das ist erst der erste Teil. Dies ist eine Maisonette«, sagt die Schnorrenburger und schaut auffällig-unauffällig auf das goldene Ührchen an ihrem rechten Handgelenk. Ich werde nie verstehen, warum Menschen die Uhr an der falschen Hand tragen. Mir sind diese Leute irgendwie ... suspekt.

Wir folgen der Maklerin eine schmale Treppe aus Sichtbeton hinauf in den ersten Stock. Hier scheint alles symmetrisch zu sein – auf jeder Seite des schmalen Flurs, der von Oberlichtern erhellt wird, sind drei Türen.

Rechte Tür Nummer eins: ein Bad. Mit Wanne, Dusche, Bidet, Colani-Klo und zwei Waschbecken. Linke Tür Nummer eins: noch ein Bad. Mit Wanne, Dusche, Bidet, Colani-Klo und zwei Waschbecken.

Rechte Tür zwei: ein schmaler Raum mit bodentiefem Fenster, der in einen zweiten, fensterlosen mündet: ein begehbarer Kleiderschrank! Alle Regale, Stangen und Schubladen sind schon drin! Linke Seite, zweite Tür: dasselbe in spiegelverkehrt.

Die dritten Türen führen jeweils in einen ansehnlich großen Raum mit kleinem Balkon, Bullaugenfenster und ... tatsächlich nochmals je einem offenen Kamin.

»Wahnsinn.« Silke ist sprachlos.

»Zur Wohnung gehören noch ein großes Kellerabteil und eine Tiefgarage«, rattert die Schnorrenburger. »Außerdem eine Gemeinschaftswaschküche und ein Trockenraum.«

Silke sieht aus, als würde sie gleich akute Schnappatmung bekommen – die Wohnung ist perfekt. Zu perfekt?

»Ich habe Ihnen ein Perlchen versprochen, und das ist eines, nicht wahr?« Angelika Schnorrenburger schaut uns siegessicher an.

»Maja, das ist ... allein die Küche!«

Bevor Silke den Mietvertrag an Ort und Stelle unterschreibt, habe ich noch ein paar Fragen. Normalerweise wäre das Silkes Job, aber seit sie den Gasherd gesehen hat, ist ihr Verstand etwas derangiert.

Ich erkundige mich nach den Basics. Alles klingt super: Hausmeisterservice, moderate Nebenkosten.

»Die Wohnung ist sogar im *Düsseldorf Living Art* verzeichnet!« Triumphierend guckt uns die Maklerin an.

»Oh«, sage ich. Ich habe keine Ahnung, was das sein soll.

»Der Design-Stadtführer? Der ist ja aus unserem Verlag!« Der Küchenglanz verschwindet aus Silkes Augen.

»Ist das gut oder schlecht?«, frage ich.

»Gut für die, die sich die Wohnung anschauen. Schlecht für die, die drin wohnen.«

»Warum?« Ich verstehe nicht. Die Schnorrenburger wird nervös. Auch das verstehe ich nicht.

»Weil man jeden, jeden und jeden Samstag die Wohnung für Führungen freigeben muss!«

»Wie bitte?«, rufe ich.

»Aber das ist doch nur für ein paar Stündchen«, flötet die Schnorrenburger.

»Nie im Leben!«, sagen Silke und ich unisono.

Angelika ist etwas pampig – klar, zweieinhalb Monatsmieten Courtage sind kein Pappenstiel –, aber sie versucht, sich nichts anmerken zu lassen.

Mit ihrem ruppigen Fahrstil dauert es nur eine knappe halbe Stunde bis zum nächsten Objekt. Silke starrt aus dem Fenster. Offensichtlich trauert sie der Traumküche nach. Ich schaue mir die paar Fetzen von Düsseldorf an, die am Fenster vorbeifliegen. Gar nicht so übel hier, auf jeden Fall ein paar Grad wärmer als in Hamburg.

Die nächste Wohnung ist in einem Altbau. Genau so muss ein Haus aussehen, in dem ich leben will. Mit Geschichte. Schnörkeln. Nicht glatt und platt und neu. Und: Unser vielleicht zukünftiges Heim liegt im zweiten Stock, also sehr fitnessfreundlich. Vor der Tür gegenüber parkt ein Kinderwagen, in dem ein Baby schlummert. Wahrscheinlich wollte die Mutter es nicht wecken.

»Süß«, sagt Silke und guckt auf die rosa Pausbäckchen.

»Noch«, erwidere ich und grinse. So klein und goldig war Marten auch mal.

»Aus so was wird doch keine Saskia!«

Die Wohnungstür ist zweiflügelig, hat Milchglasfenster und ist weiß gestrichen.

»Hier dürften Synergien mit den Nachbarn möglich sein«, sagt die Schnorrenburger und fummelt den Schlüssel ins Schloss.

»Woher weiß die, dass wir Teilzeitmütter sind?«, raune ich Silke zu.

»Keine Ahnung. Auf dem Fragebogen habe ich das nicht angegeben. Außerdem bin ich keine Teilzeitmutter, werde ich auch nie sein. Das überlasse ich dir ganz allein.«

»Hereinspaziert, nur zu!« Mit einer einladenden Geste bittet die Maklerin uns in die Wohnung. »Natürlich muss man noch renovieren, aber mit ein bisschen Farbe und Geschick … und außerdem ist dann ja der erste Monat mietfrei.«

Ein bisschen Farbe und Geschick dürften wohl kaum ausreichen: Der rote Teppich im Flur ist mit Brandlöchern durchsiebt, die spinatgrün gestrichene Wand nimmt einem schier den Atem und die verspiegelte Decke kann den muffig-dunklen Eindruck auch nicht ändern.

»Oha.« So wie Silke das sagt, klingt das schlimm. Aber noch haben wir ja die anderen Zimmer nicht gesehen.

»Bitte, die Damen, hier wäre die Küche.«

Silke ist sichtlich enttäuscht. Zwar ist der Raum ausreichend groß, um auch einen Esstisch unterzubringen, doch von Hightech ist hier keine Spur – nur eine ausgelutschte Spüle und ein verkrusteter Elektroherd stehen vor dem gelblich-fettigen Fliesenspiegel. Wo die früheren Möbel standen, ist leicht zu erraten, sie haben schwarze Ränder auf dem Linoleum hinterlassen.

»Bitte lassen Sie Ihrer Fantasie freien Lauf«, sagt die Schnorrenburger aufmunternd. »Man kann so viel aus diesem Raum machen!«

Wir schweigen und folgen ihr ins Bad, das genau gegenüber liegt. Hier dominiert eine Eckbadewanne das Bild.

»Mit Whirlpoolfunktion«, hebt die Maklerin hervor und zeigt auf die Düsen in der Wanne.

»Kann ich mir nett vorstellen«, sage ich.

Die Schnorrenburger zwinkert mir zu. Wieso das denn? Ist die etwa … will die was von mir?

Das Bad hat außerdem eine Dusche, ein Klo und zwei Waschbecken. Passt.

»Es gibt vier weitere Zimmer, wovon eines einen Balkon hat.« Okay, wir müssten also ausknobeln, wer den bekommt.

Ich hätte schon gerne einen Raucherplatz, den ich ungefragt betreten darf.

»Nur einer?« Silke hebt die Augenbrauen.

»Dafür hat eines der anderen Zimmern eine Spezialität, lassen Sie sich überraschen ... aber nein, das hebe ich mir für den Schluss auf!«

Oh. Okay. Die beiden anderen Zimmer sind unspektakulär normal. Im einen liegt ein nachtblauer Teppich (ohne Brandlöcher), im anderen ein blutroter (mit Schmuddelflecken). Silke hebt sie an den Ecken an, was gar nicht so leicht ist, denn anscheinend haben die Vormieter den besten Kleber der Welt benutzt.

»Mist, mein Fingernagel!«, ruft sie. Und dann: »Aber Dielen! Hier sind Dielen, Maja, die könnte man sicher abschleifen!«

»Sehen Sie, sehen Sie«, ruft Angelika begeistert. »Mit ein wenig Fantasie kann man alles aus dieser Wohnung machen!«

Der Funke ist bei mir noch nicht übergesprungen, aber es steht ja noch ein Zimmer aus. In das führt uns die Maklerin nun mit ganz großer Geste. »Bitte schön!«

Silke bleibt wie angewurzelt stehen und reißt die Augen auf. Mir fällt die Kinnlade runter. Der Raum ist schwarz gestrichen, nur ein schmaler Lichtstreifen fällt durch einen schweren, schwarzen Vorhang. Mitten im Raum steht ein Stuhl. Genau so ein Stuhl, wie ihn der erste Gynäkologe hatte, den ich als 14-Jährige zu Aufklärungszwecken besuchen musste. In der linken Ecke steht ein fast raumhoher Stahlkäfig. Ihm gegenüber zwei überkreuzte Balken mit Aussparungen.

»Das können Sie kostenfrei übernehmen!« Angelika strahlt uns an.

»Das wird dein Zimmer, Silk«, grinse ich. Meine liebste zukünftige Mitbewohnerin hat ihre Sprache noch nicht wiedergefunden. Bei ihr will das wirklich etwas heißen.

»Wieso …?«, stammelt sie schließlich.

»Das ging wohl nicht so einfach durch die Tür«, erklärt die Schnorrenburger. »Aber Ihnen spart das ja Kosten.«

Mir dämmert etwas.

»Moment mal«, hake ich nach. »Was ist das hier?«

»Na, eine Modellwohnung!« Unsere Maklerin klingt etwas pikiert. »Genau das, wonach Sie suchen.«

»Wir suchen *wonach*?« Silke kann wieder sprechen.

»Ja, das haben Sie doch im Fragebogen angegeben.« Angelika klingt etwas ratlos, als Silke sich vor ihr aufbaut.

»Wofür halten Sie uns eigentlich?«

»Aber bitte, Sie hatten doch geschrieben, dass Ihre Kollegin …«

»Was hast du?« Jetzt stemme auch ich die Hände in die Hüften.

»Langsam, langsam!« Silke hebt beschwichtigend die Hände. »Ich habe geschrieben, dass meine Freundin Lebensberatung in Auftrag macht.« Zu mir gewandt: »Ich wusste nicht, wie ich das nennen soll.«

»Wie wär's mit Kummerkasten-Tante?«, schlage ich vor.

»Ja eben!«, fällt die Schnorrenburger ein. »Das ist doch eindeutig.«

Mir wird das eindeutig zu bunt. Silke auch. Wir sehen uns an.

»Frau Schnorrenburger«, setzt Silke an. Die strahlt und kramt in ihrer Handtasche. Ich nehme an, sie sucht nach einem Kugelschreiber, damit wir sofort den Mietvertrag unterzeichnen können. »Wir benötigen Ihre Dienste nicht mehr.«

Angelikas Gesichtszüge entgleisen. Silke hakt sich bei mir unter und wir stolzieren aus der Wohnung. Die Schnorrenburger bleibt wie angewurzelt stehen. In dem Moment, als

Silke die Tür mit Schmackes hinter sich zudonnert, geht die Wohnungstür gegenüber auf und das Baby beginnt zu schreien. Ein junger Typ im Wollpullover und mit Oberlippenbart beugt sich über den Wagen. Im Türrahmen erscheint eine Granate im rosa Negligé.

»Tschüss, Süßer, komm gut nach Hause zur Mutti«, haucht sie. Der Süße beugt sich über den Kinderwagen. Die Granate hält ein Telefon in der Hand: »Französisch 75, ohne Gummi gibt's bei mir nicht.«

Schöner leben, Besser wohnen

Silke

Ich muss erst mal tief Luft holen. So etwas habe ich ja noch nie erlebt. Was bildet sich diese aufgeblasene Maklerin eigentlich ein?

Wütend zerre ich Maja durch das Treppenhaus und auf die Straße. Maja zittert. Das kann ich gut verstehen. Ich schaue nach rechts, dann nach links – keine Ahnung, wo wir hier sind. Also erst mal nach rechts. Am Ende der Straße bleibe ich schließlich stehen. Immer noch zittert Maja wie Espenlaub. Ich drehe mich zu ihr um, da platzt es aus ihr heraus. Ein wahrer Lachanfall.

Mit großen Augen sehe ich sie an.

»Das … das … das …«, kichert sie, »war das Komischste, was ich seit der Hockersitzung erlebt habe.«

»Mieten, kaufen, wohnen, totlachen.« Ich kann das gar nicht so lustig finden, aber schließlich steckt mich Maja an. Wir lachen beide laut und wischen uns dann die Tränen aus den Augenwinkeln.

»Der Stuhl. Wie geil!«

»Und der Balken!«

»Französisch 75 …«

Langsam beruhigen wir uns. »Und jetzt?« Ich schaue auf mein Handy. Wir haben noch jede Menge Zeit, bis unsere Flüge gehen. Zu viel Zeit. Was machen wir damit? Unschlüssig schaue ich mich um. Ziellos durch Düsseldorf zu laufen ist Blödsinn. Außerdem müssen wir eine Wohnung finden und zwar schleunigst. Aber Angelika Schnorrenburger ist nicht die Richtige dafür. Wir müssen jemanden fragen, dem wir vertrauen können und der aus der Gegend ist.

Al und Fred fällt mir ein. Er kommt vom Niederrhein und weiß bestimmt, welche Gegend man hier bevorzugt, wo es gut ist und wo eher nicht. Ich bespreche mich kurz mit Maja und wähle dann seine Nummer. Er geht schon nach dem zweiten Klingeln dran.

»Silk, schön deine Stimme zu hören«, sagt er, bevor ich auch nur den Mund aufmachen kann. Na, wenn das so ist ...

»Hi Al. Wie geht es dir?«

Er beginnt, mir irgendetwas von Verena zu erzählen, was ich gar nicht hören will.

»Du, hör mal«, unterbreche ich ihn. »Wir sind in Düsseldorf und in einer Notlage.«

»Was? Wo seid ihr? Ich bin auch in Düsseldorf.«

Das trifft sich ja. Und zwanzig Minuten später treffen wir ihn. Er musste irgendetwas für sein Lokal abholen und will gerade zurückfahren. Wir beschließen, ihn zu begleiten, schließlich müssen wir auch etwas essen und die Küche des Cicero ist ausgezeichnet. Auf der Fahrt kläre ich ihn über unsere missliche Lage auf.

»Ihr zieht also hierhin?«, fragt er.

»Ja, wenn wir eine Wohnung finden.«

»Wenn nicht, könntet ihr für eine Weile bei uns wohnen.«

Maja reißt die Augen auf und schüttelt entsetzt den Kopf. Sie sieht so aus, wie ich mich fühle.

»Nettes Angebot«, stammele ich. »Aber eigentlich suchen wir ja was ... welche Gegend kannst du uns denn empfehlen?«

»Günstig sind in Düsseldorf nur wenige Ecken, und die liegen dann am Stadtrand. Da fährt man ewig bis zum Medienhafen.« Alfred verzieht nachdenklich das Gesicht. »Ich denke drüber nach.«

Schwungvoll fährt er auf einen großen Parkplatz, auf dem Lagerhäuser aus Backstein stehen. Schön sieht es hier nicht aus, aber plötzlich weiß ich, wo wir sind – am Großmarkt.

Im vorderen Teil werden immer noch LKW be- und entladen, aber die letzten beiden Parzellenreihen belegen inzwischen Restaurants. Der Großmarkt von Krefeld ist längst mehr als ein Insider-Tipp und inzwischen kommt viel Publikum aus Düsseldorf und den anderen umgrenzenden Städten hierher.

»Das ging aber schnell«, sage ich überrascht.

»Über die neue Rheinbrücke braucht man nur etwa zwanzig Minuten.«

»Ach, echt?« Maja springt aus dem Wagen und schaut sich um. »Na ja, schön ist es hier nicht.«

»Du vertust dich«, meint Alfred. »Hier ist es nicht sonderlich schön, aber Krefeld hat durchaus reizvolle Ecken und Viertel. Wollt ihr meinen Wagen haben? Fahrt mal hier links runter und dann die Straße geradeaus und dann rechts.«

»Dürfen wir wirklich?« Maja klimpert mit den Wimpern und greift schon nach dem Autoschlüssel, bevor sie die Frage zu Ende gestellt hat.

»Nehmt euch ruhig Zeit, schaut euch um. Wenn ihr zurückkommt, gibt es auch ewas zu essen.«

Eigentlich ist er ein ganz Lieber. Aber jetzt, beim zweiten oder dritten Blick, wird mir klar, dass aus uns nie etwas hätte werden können. Mein Magen zieht sich schmerzhaft zusammen und ich denke an Oliver. Dieser Mistkerl! Er hat mir mindestens zwanzig SMS geschrieben und dreißigmal bei mir angerufen. Aber ich habe das Handy auf lautlos gestellt, könnte im Leben nicht mit ihm sprechen. Große Libido – soll er die doch woanders ausleben. Nicht bei mir und nicht mit mir. Das arme Kind, denke ich, das hat ja schon ein ordentliches Päckchen zu tragen.

Wir setzen uns in den Wagen und fahren los. Siemes Schuhcenter. Wunderbar, einkaufen kann man in Krefeld zumindest. Auf dem Großmarkt gibt es einen tollen Fischhändler, einen Asiaten und mehrere andere Geschäfte.

Wir kommen an einem Pit-Stop vorbei. Rechts von uns liegt ein großer Platz. Dann fahren wir über eine Kreuzung in eine enge Straße. Oh wow, das dort muss eine Schule sein. Gründerzeit oder so. Sie sieht sehr imposant aus.

»Hier links«, sagt Maja, als wir an einer Ampel stehen.

»Hat er nicht rechts gesagt?«

»Nö, links.«

Ich fahre links und wir sind auf einer Allee. Große, alte Bäume an beiden Straßenrändern und dahinter, hinter schmucken Vorgärten voller blühender Hortensien und Rhododendren, stehen Häuser. Jugendstil. Wunderschön, fast wie in Hamburg – in manchen Hamburger Vierteln zumindest.

»Er hat doch rechts gesagt«, kommentiert Maja. »Aber nett ist es hier.«

Ich biege wieder rechts ab und parke den Wagen. Diese Allee ist noch imposanter.

Ein großer Grünstreifen, gut zwanzig Meter breit, mit Rasen und Rabatten. Hohe Bäume, vermutlich Kastanien, spenden Schatten. Wir steigen aus und gehen langsam die Straße hinunter.

»Das ist ja total schön hier«, murmelt Maja.

Ich kann nur nicken, mir hat es die Sprache verschlagen. So etwas hätte ich in der Industriestadt Krefeld nicht erwartet. Sitzen hier nicht die Chemie-Giganten? Bayer und so? Wir kommen an einem kleinen Denkmal vorbei. Ein Junge und ein Mädchen sitzen dort, wie versteinert. Ein rührendes Bild.

Plötzlich kichert Maja.

»Was ist jetzt schon wieder lustig?«, frage ich.

»Guck mal, da sitzen Marten und Saskia.«

»Nee. Saskia ist komplett schwarz und nicht so lauschig wie das Mädel.« Ich schüttele mich.

»Sie ist ein Emo.«

»Ein was?«

»Ein Emo. Ein emotionaler Teenager. Sie leiden. Alle. Immer. Das steht in ihrer Jobbeschreibung. Sie tragen Schwarz, um die Trauer auszudrücken, die sie empfinden.«

»Was? Trauer? Mit dreizehn? Da fängt das Leben doch gerade erst an.«

»Ach, Silk, doch nicht für Pubsis.«

»Pubsis? Ist das auch so etwas?« Ich bleibe stehen. »Woher weißt du so was überhaupt?«

»Internet. Und Pubsis sind einfach pubertierende Teenager. Wir hatten früher die Popper und die Punker. Heute gibt es Emos. Und Hippies. Und Rapper.«

»Hippies hatten wir auch«, werfe ich ein.

»Ja schon, aber unsere Hippies waren anders. Heute ist das nur eine Kleiderordnung, keine innere Überzeugung. Bei den Emos schon, die sind düster.«

»Düster passt. Oder metallisch. Ich möchte nicht wissen, wo sie sonst noch Piercings hat. Ist das nicht verboten? Mit dreizehn so durchlöchert zu sein wie nach einem Attentat mit einer Maschinenpistole?«

»Nein, verboten ist das nicht. Es gibt das Recht auf freie Entfaltung.«

»Auch mit dreizehn?«

»Eigentlich müssen die Eltern ihr Einverständnis erklären ...«

»Dieser Vater hat das bestimmt getan, dieser Schmock.« Ich schnaufe wütend und gehe weiter. Bewegung beruhigt und tut gut. An der nächsten Querstraße stehen zauberhafte Häuser aus Backstein. Und ein Umzugswagen. Zwei Typen wuchten ein Sofa auf die Straße, wir schauen interessiert zu.

»So ein Mist!«, brüllt der eine. »Als ob ich heute nichts Besseres zu tun hätte.«

»Sorry, Jonas. Ich kann auch nichts dafür, dass meine Oma gestorben ist.«

Ich schaue das Haus an. Nett sieht es aus, Jugendstil oder Gründerzeit oder so etwas. Es hat Erker und Balkone, große Fenster.

»Wird hier eine Wohnung frei?«, frage ich.

»Nein«, brummt der junge Mann.

Ich will mich gerade abwenden, da sagt er: »Sie ist schon frei. Seit letzter Woche.«

»Und ist sie noch zu haben? Wie groß ist sie denn?«

»Gehen Sie doch hoch, da ist mein Vater, dem gehört das Haus.«

Die Wohnung ist bestimmt in einem gruseligen Zustand, verwohnt und wahrscheinlich braucht sie eine Kernsanierung und den Kammerjäger. Und sie hat, denke ich, bestimmt nur zwei Zimmer.

Wir gehen trotzdem hoch. Die Eingangstreppe führt zur Haustür, die offen steht. Es riecht angenehm frisch nach grüner Seife – so hat es bei meiner Oma auch immer gerochen. Der kühle Flur ist mit Jugendstilkacheln gefliest. Wunderschöne

Ornamente. Das geschwungene Treppenhaus führt in luftige Höhen – ganz oben ist das Dach verglast.

Maja seufzt. »Ein Träumchen.«

Eine Tür steht offen. Ist das die Wohnung? Plötzlich kommen die beiden Jungs an uns vorbeigeschossen.

»Kommen Sie mit«, sagt der eine. »Papa? Hier sind zwei Damen, die die Wohnung ansehen wollen.«

Wir folgen ihm und treffen in der Diele auf »Papa«. Ein Anzugträger erster Güte, aber er lächelt nett.

»Wir kamen hier rein zufällig vorbei«, stammele ich. »Ihr Sohn sagte, die Wohnung sei zu vermieten?«

Der Mann schaut über seine Schulter, sieht uns dann an und nickt. »Ja, eigentlich schon. Meine Schwiegermutter hat hier gewohnt. Bis vor einem halben Jahr. Dann kam sie ins Krankenhaus und dann ins Pflegeheim. Sie hat immer noch gehofft, wieder hierher zurückkehren zu können, aber leider ist sie verstorben.«

»Das tut mir leid«, sage ich leise. »Ist die Wohnung denn tatsächlich zu vermieten?«

»Um ehrlich zu sein, habe ich mir noch gar keine Gedanken gemacht. Schauen Sie sich ruhig um, in der Zeit denke ich nach.«

Wir folgen seiner Anweisung, er verschwindet im hinteren Bereich, wo die Jungs ächzen und fluchen.

Ich öffne die erste Tür, die vor meiner Nase. Es ist das Wohnzimmer mit dem Erker. Hohe Decken mit Stuck. Parkettboden. Der Raum ist leer. An der einen Wand sehe ich eine runde Öffnung. Darüber wurde Tapete geklebt, aber man kann sie noch erahnen.

»Was ist das?«, fragt Maja.

»Der Platz für einen gusseisernen Ofen, meine Liebe.« Der Raum ist wunderschön. Ein wenig dunkel, weil er zur Straße geht und dicke Vorhänge vor den Fenstern hängen. Ich ziehe sie auf. Die Holzfenster scheinen neu zu sein, sie sind doppelt verglast.

An der Rückseite des Raumes befindet sich eine große Schiebetür. Zielstrebig geht Maja darauf zu und öffnet sie. Dahinter ist ein weiterer leerer Raum.

An der Rückseite befindet sich ein – ich fass es kaum – Wintergarten. So ein alter, halbrunder, der durch eine große Glastür abgetrennt ist. Rechts ist eine kleine Terrasse, von der einige Stufen bis in den Garten führen, der an der rechten Seite von einer Backsteinmauer begrenzt wird. An der linken Seite ist der Flügelanbau.

Der Wintergarten und dieser Raum sind gefliest. Alte, wunderschöne Kacheln in Blau und Rot. Auch die eine Wandseite hat einen Fliesenspiegel. Hier ist die Küche, wird mir klar. Und der Wintergarten ist das perfekte Esszimmer.

Wir gehen von der Küche aus in den Flur. Uns gegenüber ist eine Tür, sie ist nur angelehnt. Dahinter liegt das Badezimmer. Eine Wanne mit Klauenfüßen. Ich kriege kaum noch Luft. Das ist zu schön, um wahr zu sein!

Im Flügelanbau sind die restlichen Zimmer. Drei an der Zahl. Ein großes und zwei kleinere zum Garten hin. Darin stehen noch Möbel, die gerade von den Jungs nach draußen verfrachtet werden, und da steht auch »Papa«.

»Haben Sie sich schon Gedanken gemacht?«, frage ich vorsichtig.

»Haben Sie sich die Wohnung angeschaut?«, fragt er zurück.

Wir nicken synchron. »Schöööön!«

»Ja«, sagt er. »Wenn man es mag. Meine Frau und ich mögen es nicht. Aber das Haus ist schon immer in Familienbesitz gewesen.«

Ich sage nichts. Maja öffnet den Mund, aber ich stoße ihr mit dem Ellenbogen in die Rippen. Wir lassen den Mann schweigen, schließlich hat er gerade einen großen Verlust erfahren.

»Es ist noch einiges zu tun an der Wohnung«, sagt er endlich. »Tapezieren, streichen, Böden abschleifen. Die Küche haben wir weggeschmissen.«

»Kein Problem«, sagt Maja. »Wir haben eine Küche.«

»Ich bin übrigens Peter Wollhausen-Zeis.« Er reicht uns beiden die Hand, ein angenehmer Händedruck. »Verzeihen Sie mir die Frage, aber Sie wollen beide hier einziehen?«

»Ja.« Ich lächele ihn freundlich an. »Meine Freundin und ich arbeiten im Medienhafen in Düsseldorf bei der Verlagsgruppe G&M, falls Ihnen das etwas sagt.«

»Ist nicht Ihr Ernst?« Er lacht plötzlich. »Ich arbeite auch dort. Für *Schöner leben, Besser wohnen.*

Oh nein – dann kennt er Oliver, denke ich entsetzt.

»Wir sind also Kollegen? Das ist ja toll!« Plötzlich ist er ganz euphorisch.

»Ja, wir sind dann wohl Kollegen. Eigentlich ist die Wohnung groß genug, aber uns fehlt ein Gästezimmer. Für unsere Partner. Die wollen uns ja auch besuchen.«

Wieder schaut Wollhausen-Zeis von mir zu Maja und zurück. »Sie ziehen nicht als Paar ein?« Er schüttelt den Kopf, nickt dann, lächelt. »Das hätte mir natürlich nichts ausgemacht. Oben wohnen zwei Männer. Zusammen. Sie wissen schon …«

Ich muss mir auf die Lippe beißen. »Nein, wir sind nur beste Freundinnen. Deshalb bräuchten wir ein bisschen mehr Platz …«

»Haben Sie denn schon die beiden Zimmer im Souterrain gesehen?«, fragt Wollhaus-Zeis. »Die erreicht man leider nur über die Kellertreppe. Aber sie haben Tageslicht.« Er führt uns nach unten. Und tatsächlich sind hier noch mal zwei kleine

Zimmer mit Heizung und Fenster. Wunderbare Gästezimmer, denke ich.

»Eins für Marten, eins für Saskia«, flüstert Maja mir zu.

»Saskia will ich nie wiedersehen und ihren Vater auch nicht«, zische ich zurück.

»Und?«, fragt Wollhausen-Zeis. »Gefällt es Ihnen?«

Wir reden noch ein wenig über die Modalitäten, verabreden uns in einer Stunde mit ihm im Cicero.

»Da gehe ich am liebsten essen«, sagt er und entlässt uns mit einem warmen Händedruck.

»Das ist ja ein Traum«, meint Maja.

»Was wird es kosten?«, frage ich.

»Ach, das wird schon gehen.« Maja runzelt die Stirn. »Hoffe ich. Ich habe mich nämlich in die Wohnung verliebt.«

Das habe ich auch.

»Du, Silk«, sagt sie dann leise. »Wie machen wir das mit den Zimmern?«

»Weiß nicht«, nuschele ich und starte den Wagen. »Was meinst du denn?«

»Fändest du es schlimm, wenn ich die beiden kleineren Zimmer ...«

Ich grinse. »Nein, wenn ich dann das große haben darf ...«

Wir finden zurück zum Großmarkt, voller Pläne und Ideen. Dort wartet schon ein riesiger Vorspeisenteller auf uns. Das muss unser Glückstag sein.

Carl der Kampfhund

Maja

Mein erster Gang, als ich am Abend wieder in Hamburg bin, führt mich zum Basilikumtopf auf dem Balkon. Er hat brav auf meine Zigaretten aufgepasst und ich verspreche ihm, dass er einen Ehrenplatz im Wintergarten-Küchentraum bekommt. Ich zünde mir eine Kippe an, nehme einen tiefen Zug und – Plopp! – endlich ist der Druck auf meinen Ohren verschwunden. Endlich gelandet. So ganz angekommen bin ich aber noch nicht, gedanklich befinde ich mich immer noch in Krefeld. Ich puste noch ein paar Rauchkringel in die Luft, dann streichle ich das Basilikum und gehe in die Wohnung.

Schon ein komisches Gefühl, dass hier bald jemand anders wohnen wird. Ich mache einen Rundgang durch Majas heilige Hallen – es war eine schöne Zeit hier mit Sven. Ein paar Wochen lang. Dann ja nicht mehr, und als erst er und dann mein Job weg waren, haben meine vier Wände eine Menge Tränen gesehen. Bis Zoran kam. Ich gehe ins Bad und muss grinsen – in den Fugen vor dem Klo klebt immer noch Lippenstift. Das kommt davon, wenn man hochpigmentierte Qualität kauft, das lässt sich nicht so leicht wegputzen. Ich werde dieses Denkmal meinem Nachmieter überlassen, genau wie die Löcher in den Wänden und diverse andere Spuren. Zum Glück habe ich die Wohnung damals unrenoviert übernommen. Es war zwar nervig, erst alles zu streichen, aber dafür spare ich mir beim Auszug diesen ganzen Kokolores.

Ich mache mir eine Notiz »Mietvertrag kündigen«, gruschtle die letzte halbe Milka aus dem Küchenschrank und kuschle mich aufs Sofa. Fernsehen ist genau das, was ich jetzt brauche. Eine schrille Blondine und ein kugelrundes Etwas mit Tropenhelm flimmern über den Bildschirm. Ich sehe Menschen, die angeblich Stars sind (aber von denen ich nur zwei leidlich kenne), dabei zu, wie sie frittierte Kakerlaken und pürierte Känguruhoden essen. Wie gut, dass ich Silke habe, sie kann so gut kochen und unsere neue Wohnung ist garantiert gemütlicher als die Hängematten im Dschungelcamp.

Al, Fred oder wie auch immer Silke ihn nennt, hat geguckt wie ein VW Käfer in der Schrottpresse, als wir vorhin ins Cicero platzten. »Was strahlt ihr denn so?«, fragte er.

Silke blieb souverän. »Ach Al«, schnurrte sie, ging quer durch den Laden auf ihn zu und hauchte ihm links und rechts ein Küsschen auf die Wange. »Wir brauchen einen ruhigen Tisch für drei.«

»Was ... wieso ... wer?«

»Hi Al!«, mischte ich mich ein. Und bekam einen Glupschaugen-Blick zurück.

»Äh, also ... da drüben vielleicht?« Herrlich! Es war dem armen Mann regelrecht anzusehen, wie es in seinem Schädel ratterte.

»Dein Tipp war Gold wert, wir haben vielleicht eine Wohnung. Hohenzollernallee«, flötete Silke und nahm Platz.

»Äh ... so schnell? Und in der teuren Gegend?«

»Ja. Wir haben gleich eine Besprechung.«

Al schluckte trocken. »Besprechung? Hier? Mit wem?«

»Ich hätte gerne erst mal einen Milchkaffee«, konterte Silke. »Und du, Maja?«

»Gerne, ich auch.«

»Mit Milch?« Ach du liebe Zeit. War der Mann durcheinander!

»Nein«, grinste Silke. »Ich trinke meinen Milchkaffee immer ohne Milch. Und ohne Kaffee.«

»Oh. Sorry. Es ist nur ...«

»Al! Schon gut. Nicht jetzt, nicht hier und nicht heute!« Wenn Silke will, dann macht sie einem Feldwebel alle Ehre. Ich hätte damit gerechnet, dass Al die Hacken zusammenschlagen würde. Tat er aber nicht. Stattdessen trollte er sich und gab dem Kellner unsere Bestellung weiter.

»Oh Mann«, stöhnte meine baldige Mitbewohnerin. »Da werde ich wohl noch mal ein klärendes Gespräch führen dürfen.«

»Schätze, du hast recht, Schätzchen«, antwortete ich. »Aber nicht jetzt, nicht hier und nicht heute, da kommt schon unser künftiger Vermieter.« Peter Wollhausen-Zeis kam direkt auf uns zu. Unter dem Arm trug er eine Mappe. Mein Herz schlug schneller – ob das schon der Mietvertrag war?

»Hallo, die Damen«, begrüßte er uns und nahm Platz. Die Mappe legte er auf den Tisch. Schlicht und schwarz, ohne Aufschrift. Auch er bestellte erst einmal einen Milchkaffee – beim Kellner. Al oder Fred oder wer auch immer hatte sich vermutlich im Keller verkrochen.

»Ich habe mit meiner Frau gesprochen«, begann Wollhausen-Zeis. »Schließlich war es ja ihre Mutter.« Silke und ich nicken mitfühlend.

»Wie ich schon sagte, wir haben kein Interesse an der Wohnung und in der Verwandtschaft besteht wohl kein Bedarf. Natürlich hatten wir uns auch vor dem Tod meiner Schwiegermutter schon lose Gedanken gemacht, was mit der Wohnung geschehen soll, und wir sind einer Vermietung durchaus nicht abgeneigt.« Wollmaus-Fleiß, wie ich ihn im Stillen nannte, rührte andächtig Zucker in seine Tasse. Unter dem Tisch bekam ich von Silke einen Tritt gegen das Schienbein. Sie grinste auffällig-unauffällig.

»Da Sie ja Kolleginnen sind, somit also beste Referenzen haben (an der Stelle lachte Wollmäuschen scheppernd und Silke plinkerte ihn mit dem Silk-will-was-und-kriegt-es-auch-Augenaufschlag an), können wir uns durchaus vorstellen, Ihnen die Wohnung zu überlassen.«

»Hui!«

Wollmäuserich starrte mich erstaunt an – aber echt, ich konnte mein Jubeln nicht zurückhalten.

»Nun«, fuhr er fort, »ich habe hier schon mal den Mietvertrag mitgebracht.« Er tippte auf die schwarze Mappe. »Das geht zwar alles sehr schnell, für Sie sicher auch, aber ich bin für klare Verhältnisse.«

»Ja«, sagte Silke und trat mich noch einmal.

»Absolut, Herr Wollmau ... hausen-Zeis«, fügte ich hinzu.

»Nennen Sie mich doch Peter, unter Kollegen!« Jetzt plinkerte er.

»Gerne. Ich bin Silk.«

»Maja.« Wir prosteten uns mit den Milchkaffeetassen zu.

»Was die Renovierung angeht, da werden wir uns sicher einig. Wir legen Wert auf Qualität. Wenn ihr nichts dagegen habt, dann würden wir einen Fachbetrieb engagieren. Der hat bislang alles erledigt und kennt sich mit den Feinheiten im Haus aus.«

»Sehr gerne«, sagte Silke.

»Gut, dann bräuchte ich eure Daten, und natürlich die Unterschriften.« Peter schlug die Mappe auf. Darin lag ein Standard-Mietvertrag, wie man ihn im Bürobedarf kaufen kann. Er nestelte einen Füller aus der Sakkotasche. Männer, die mit Füller schreiben, haben auch sonst edle Geräte, dachte ich.

»Eine Frage noch, Peter«, sagte Silke und legte ihm die Hand auf den Arm. »Wie hoch ist denn die Miete?«

»Ach, wisst ihr, wie wären fünfhundert kalt?«

Mir klappte die Kinnlade runter. Silke riss die Augen auf.

»Bloß?«, platzte ich raus.

»Meine Schwiegermutter hat ein Testament«, fügte Peter hinzu und rutschte auf dem Stuhl hin und her. »Es gibt da noch eine Sache.« Grabpflege? Mach ich!

»Jaaa?«, fragte Silke gedehnt und wieder kassierte ich einen Tritt.

»Die neuen Mieter müssten sich um Carl kümmern.«

Fragezeichen. In Fettschrift. Carl? Ihr Ehemann? Muss der gepflegt werden? Ohne Maja.

»Wer ist Carl?« Silke beherrscht das tonlose Sprechen in Perfektion.

»Er ist, oder vielmehr war, der Teckel meiner Schwiegermutter. Sie hing sehr an dem Tier und wollte, dass er entweder bei uns lebt oder in seiner gewohnten Umgebung bleiben darf.«

»Ein Hund?« Ich musste grinsen – wir waren mit Marten fertig geworden, da wäre so ein Dackel doch die leichtere Übung.

»Wisst ihr, meine Frau und ich, wir sind keine Hundefans. Bei uns geht es nicht, Marleen wurde als Kind mal gebissen und hat seitdem massive Angst vor Hunden.«

Ein Dackel war kein Kampfköter, so viel wusste ich. In meinem Kopf ratterten die Fotos von Hundewelpen durch, mit denen ich als Kind mein Zimmer plakatiert hatte, ehe sie von Madonna und Michael Jackson abgelöst wurden. Da war ein Hündchen dabei, dessen Dackelblick mich damals in seinen

Bann gezogen hatte. Süß sind die, absolut! Ein bisschen niedrig vielleicht, aber das gleicht ja die Länge wieder aus.

»Habt ihr Hundeerfahrung?«, wollte Peter wissen.

»Klar«, rief ich. »Ich hatte als Kind …«

»Wunderbar«, fiel Wollmäuschen mir ins Wort. »Und du, Silke?«

Jetzt trat ich an ihr Schienbein. »Doch«, stammelte sie.

»Wisst ihr was, ihr lest mal den Vertrag durch und ich hole Carl. Ich hab ihn im Auto.« Sprach's und verschwand.

Silke zeigte mir einen Vogel. »Woher hast du Hundeerfahrung?«

»Na, ein Hund ist eine Katze, irgendwie. Und meine Nachbarin hat eine, die ich manchmal füttere, wenn sie im Urlaub ist.«

»Maja! So ein Hund, der will Gassi gehen. Egal um welche Uhrzeit und egal bei welchem Wetter!«

»Ja, ist doch prima, Hunde sind geniale Kontaktleute. Herrchen und Frauchen treffen sich im Park und die Wauzis verkuppeln sie sozusagen.«

»Du spinnst.« Silke schnappte sich den Vertrag und überflog ihn. »Na, immerhin gibt's sonst keine versteckten Kamele, Laubbooster oder sonst was!«

»Lass mal sehen«, sagte ich und blätterte auf die letzte Seite. In akkurater Handschrift stand dort:

»Die Mieterinnen verpflichten sich, den Teckel Carl vom Stutenhof im Sinne der Verstorbenen bei sich aufzunehmen. Diese Verpflichtung schließt die artgerechte Haltung, Fütterung und Pflege inklusive tierärztlicher Betreuung ein. Die jährlich fällige Hundesteuer wird auf die Nebenkosten angerechnet.«

»Carl vom Stutenhof?« Silke grinste. »Mach mir den Hengst, Carlchen …«

»... oh Baby, jaaaa«, setzte ich nach.

Der Kellner bedachte uns mit einem missbilligenden Blick. »Darf es noch etwas sein, die Damen?«

»Ja, darf es«, sagte Silke mit Gönnermiene. »Ein Fläschchen Prosecco und drei Gläschen.«

»Ist das nicht ein bisschen voreilig?«, gab ich zu bedenken, als der Kellner abzwitscherte.

»Wieso? Ich habe eben den Vertrag für unsere neue Wohnung unterzeichnet«, rief Silke, schnappte sich den Füller und setzte ihr Autogramm auf die vorgesehene Linie. Dann schob sie mir den Vertrag zu.

»Also gut!« Das teure Schreibgerät glitt lautlos über das Papier, als ich neben ihr unterschrieb. Wir sahen uns an.

»Tschakka!«, rief Silke. In dem Moment kam Wollmäuschen zurück. In der Hand hielt er eine strassbesetzte schwarze Lederleine, an deren Ende ein dazu passendes Halsband hing. Im Halsband steckte ein sehr niedriger, sehr langer struppiger Hund.

»Ein Rauhaardackel«, sagte ich und tat fachmännisch.

»Exakt«, meinte Peter. »Den Stammbaum und seine Papiere bekommt ihr dann beim Einzug. Bis dahin kümmern wir uns noch um ihn.«

Silke und ich standen auf und gingen vor unserem neuen Mitbewohner in die Knie. Carl stand unschlüssig da, sah von einer zur anderen und hechelte vor sich hin.

»Wie süß«, flötete Silke. »Wie er mich anschaut!«

Ja, tatsächlich, Carlchen hatte den knuffigsten Dackelblick, den man sich nur vorstellen konnte. Vorsichtig streichelte sie ihm über den Kopf. »Das ist ja ganz weich«, sagte sie begeistert. Carlchen legte den Kopf schief. Dann gab er ein leises Brummen von sich. Silke zog die Hand zurück.

»Oh, er ist ein bisschen schüchtern«, lachte Peter und drückte mir die Leine in die Hand. Carlchen fixierte mich mit seinen Kulleraugen. Ich hielt ihm die flache Hand hin und er schnupperte mit seiner feuchtkalten Schnauze. Dann wedelte er mit dem Schwanz und trippelte auf mich zu.

»Na, geht doch!« Carlchen rieb sich an meinem Bein. »Willst du schmusen?« Der Dackel gab einen Laut von sich, der wohl als Bellen gemeint war. Silke setzte sich, Peter griff nach dem Mietvertrag.

»Ihr habt schon unterschrieben?«

»Ja, klar«, antwortete ich und mir wurde ganz warm. Am rechten Fuß. Carl balancierte auf drei Stummelbeinchen und pinkelte mir auf den Schuh. Ich hatte nicht gewusst, dass in einen so kleinen Hund so viel Pipi reinpasst.

»Er ist noch ein bisschen unerzogen«, sagte Peter. Silke grinste. Der Kellner kam mit dem Prosecco und starrte fassungslos auf die Pfütze.

»Hunde sind hier nicht erlaubt«, sagte er tonlos.

Carlchen setzte sich auf seinen Po und legte den Kopf schief. »Wuff«, machte er.

»Äh«, machte ich.

Silke machte gar nichts. Sie grinste und ich nahm mir vor, so schnell wie möglich nach einer guten Hundeschule in Krefeld zu googeln.

Das ist genetisch!

Silke

Es ist kurz vor Mitternacht, als ich summend die Haustür aufschließe. Im Flugzeug habe ich mir zwei Piccolöchen gegönnt und mit mir selbst auf unseren Mietvertrag angestoßen. Maja musste ja leider zurück nach Hamburg und dort mit Zoran und dem Mini-Hocker Marten patchworken.

»Freundinnen müsste man sein … man könnt sich neue Schuhe kaufen und auf Partys gehen …«, singe ich leise und in meinem Kopf singt Ina Müller mit. Bald wird es wieder so einfach werden – Maja und ich in dieser Traumwohnung. Das Rundum-glücklich-Paket 1a. Ich kann unser Glück noch gar nicht richtig fassen.

Irgendwo in meinem Hinterkopf sitzt jedoch ein kleines Männchen und lacht hämisch. »Sie«, sagt es, »hat ihren Zoran und Monster-Marten. Und du, wen hast du? Demnächst nur Carl vom Stutenberg. Du darfst an den Wochenenden einsam mit dem Köter durch den Stadtwald wandeln, während sie mit ihrem Traummann Familie spielt. Familie – die wirst du wohl nie haben.«

Ach Klappe, denke ich böse. Ich kann auch ohne Mann glücklich sein, Männer werden sowieso überbewertet. Wozu sind sie gut? Höchsten für Sex und um schwere Dinge zu tragen. Und dafür findet man immer jemanden.

Ich verdränge das Männchen und trällere leise »Hamburg, meine Schatzstadt ...«, als ich plötzlich einen dunklen Schatten auf dem Absatz vor meiner Wohnungstür liegen sehe.

Hat der leicht senile Herr Kottensprung von gegenüber schon wieder seinen Müllsack vor meine Tür gestellt? Na, bald brauche ich mich ja nicht mehr über ihn zu ärgern. Bald sitze ich in dieser traumhaften Altbauwohnung in Krefeld.

Plötzlich bewegt sich der Schatten. Ein Tier? Langsam gehe ich weiter. Wenn das dieser verdammte Kater von den Schneiders ist und er mir wieder auf die Matte gepisst hat, dann drehe ich dem Kerl den Hals um.

Jetzt hustet es.

Es ist weder ein Müllsack noch ein Kater. Es ist ... Oliver. Er hat sich vor meiner Tür zusammengerollt und scheint zu schlafen. Na warte, du Früchtchen, denke ich wütend und ziehe vorsichtig meine Schuhe aus. Ich will nicht auf der Zielgeraden noch scheitern. So langsam wie möglich hole ich meinen Schlüsselbund aus der Tasche, halte ihn ganz fest, damit die Schlüssel ja nicht klimpern. Ich beuge mich über Oliver, suche den Wohnungsschlüssel, stecke ihn ins Schloss und drehe ihn langsam um.

Knarrend öffnet sich die Tür und Oliver murmelt etwas im Schlaf. Ein feiner Speichelfaden läuft ihm aus dem Mundwinkel. Das sieht fast schon rührend aus ...

Nein, Silke, bloß kein Mitleid! Denk an seine Libido und all die Frauen, die er damit beglückt. Das ist ein Psychopath in Schafskleidung.

Behutsam steige ich über ihn hinweg. Gerade als mein rechter Fuß schon quasi in der Wohnung ist, der linke allerdings noch im Flur, und zwischen beiden der Mann, wacht dieser auf. Verwirrt sieht er mich an.

Mit einem Satz hüpfe ich in die Wohnung und schmeiße die Tür krachend zu.

»Silk ...«

Nix da, für dich bin ich nicht zu sprechen! Ich lasse die Schuhe fallen, werfe den Schlüsselbund auf das Tischchen und eile in die Küche. Es muss noch Sekt im Kühlschrank sein. Den restlichen Abend trinken wir uns jetzt schön, wenn es sein muss.

Dring!

»Nein, es klingelt nicht, nein, es klingelt nicht«, wird zu meinem Mantra, bis ich die Anlage im Wohnzimmer erreicht habe. Ina Müller, Queen Bee – ich schiebe die CD rein und drehe die Lautstärke hoch. »Rumfahren, waren wir schon in Frankfurt ... Die Landschaft hier ist wahrscheinlich schön. Kühe, Kühe, Kühe ...« Ich singe laut mit. »Jesus liebt dich, wo am Hafen die Schiffe und die Fische schlafen ...«

»Silk!« Jetzt klopft er gegen die Tür. »Ich muss mit dir reden.«

»Du musst nur gehen!«, erwidere ich. »Nicht schon wieder Hip-Hop ...«, singe ich. »Bodennebel. Heut Nacht ruft mich jemand an.«

In diesem Moment klingelt mein Handy. Oliver. Nix da, ich bin gar nicht zu Hause, nicht erreichbar.

»The person you have called is not available!«, rufe ich.

Wieder klopft es. Diesmal aber von unten. Frau Schmidt scheint über das nächtliche Programm nicht erfreut zu sein.

Ich drehe die Musik etwas leiser, gehe zur Tür.

»Silk, ich muss mit dir reden.«

»Ich aber nicht mit dir.«

»Bitte, lass mich rein.«

»Warum zum Teufel sollte ich etwas so Bescheuertes tun?«

»Was hat sie dir erzählt?«

»Die Wahrheit.«

»Silke, bitte, Saskia lügt wie gedruckt. Es gehört zu ihrem Krankheitsbild, sie ist Pseudologin.«

»Ja, ist klar.« Ich gehe zurück zur Küche und schenke mir noch ein Glas ein.

»Wirklich. Sie lügt, weil sie nicht anders kann. Was hat sie dir erzählt? Dass ich sie schlage?«

»Ja.«

»Und was noch?«

»Oliver, ganz egal, was sie mir erzählt hat, ich glaube ihr.« Ich gehe wieder zurück zur Tür.

»RUHE!«, brüllt jemand. Das kam von oben. Schneiders. Kann mir ja eigentlich egal sein, wenn ich hier alle gegen mich aufbringe, bald bin ich eh weg. Trotzdem tun mir meine Mitmieter leid.

»Geh nach Hause«, zische ich gegen den Türrahmen. »Jetzt! Los! Geh!«

»Nein, ich will das klären.«

»Damit du den verdammten Job bekommst? Herrgott. Ja, du kriegst ihn, ist mir so egal, was hier in Berlin passiert, wenn ich in Düsseldorf bin.« Ich spüre, dass ich wütend werde.

»Nein, darum geht es mir nicht. Es geht um uns. Saskia macht immer alles kaputt. Ich hatte gehofft, dass es sich gebessert hätte, aber ...«

»Wie armselig ist das denn? Alles auf das arme Kind schieben.«

»Ruhe jetzt! Oder ich rufe die Polizei!« Das ist Werner Mäuskens von unten – der Name täuscht, der Mann ist eigentlich ein Schrank. Und er hält, was er verspricht. Zum Tragen von schweren Sachen ist er prädestiniert und ich hatte ihn schon gedanklich für den Umzug eingeplant.

»Geh nach Hause!«, zische ich wieder. »Los. Geh!«

»Ich dachte, da sei etwas zwischen uns. Etwas Besonderes.« Oliver holt tief Luft. »Bitte, Silke!«

Ich muss an Andromeda denken, Kassiopeia. An die Galaxien auf seinen Armen, die warmen Augen und das verschmitzte Lächeln.

»Silke!«, brüllt Mäuskens. »Lass ihn endlich rein oder soll er weg? Dann ruf ich die Polizei. Aber macht hinne, ihr beiden. Wir wollen schlafen!«

Ich schließe die Augen. Atme ein.

»Silk?« Oliver klingt verzweifelt.

Ich atme aus, öffne die Tür. »Nur dass du es weißt – da läuft nichts zwischen uns. Ein klärendes Gespräch. Deine Libido kannst du für dich behalten. Du hast genau zehn Minuten.«

»Danke«, sagt Oliver und schaut betreten zu Boden.

»DANKE!«, brüllt Werner. »Und wenn er gehen soll und es nicht tut, dann ruf mich, ich komme hoch.«

»Altbau«, sage ich. »Hellhörig. Also, glaub bloß nicht, du kämst mit irgendetwas davon. Meine Nachbarn mögen mich.«

»Oh Gott, was hat sie dir erzählt?« Oliver geht langsam an mir vorbei ins Wohnzimmer. »Hast du etwas zu trinken?«

»Bin ich eine Bar?«, frage ich pampig zurück, hole aber den Rotwein aus dem Regal.

Oliver lässt sich wie ein Stein auf die Couch fallen, wischt sich über das Gesicht. Entspannt sieht er nicht aus. Ich öffne die Flasche und schenke ihm ein Glas ein. »Geatmet hat der Wein jetzt nicht.«

»Egal. Danke.«

Die Queen-Bee-CD läuft noch. Ich schalte die Anlage aus – irgendwie passt das jetzt nicht – und setze mich ihm gegenüber in den Sessel.

»Und jetzt?«

»Pseudologen lügen krankhaft. Um Aufmerksamkeit zu bekommen.«

»Na, da würde ja ihr Erscheinungsbild schon reichen«, erwidere ich lapidar.

»Richtig. Ihr Erscheinungsbild gehört mit dazu. Die Piercings, die Tattoos … ihre Kleidung.«

»Sie hat auch Tattoos? Ihr habt das erlaubt? Grundgütiger!«

»Silk, ich habe mich vor fünf Jahren von meiner Frau getrennt und hatte dank Petra nur sporadischen Kontakt zu Saskia. Sie wollte das nicht. Jetzt hat sie einen neuen Partner und erwartet das zweite Kind von ihm. Saskia hat massiv das Familienleben gestört, deshalb ist sie nun bei mir.«

»Saskia hat gesagt, dass deine Frau dich verlassen hat, weil du sie immer wieder betrogen hast.«

»Saskia erzählt viel, wenn der Tag lang ist. Sehr viel. Fast nichts ist wahr.«

Ich schnaufe. »Und wem soll ich jetzt glauben?«

»Ich kann verstehen, dass du lieber einem Kind glaubst, das sich ja auch nett und verletzlich geben kann. Du kannst mit unserer Therapeutin sprechen. Sie wird es dir erklären.«

Sofort steigt ein Bild in mir hoch. Familienaufstellung mit Hockern. Das hat mir Maja genau erklärt. Einer der Hocker ist Saskia. Das kann nur ein schwarzes Exemplar sein, denke ich, einer mit Nieten. Ich schüttele den Kopf. Ich will das nicht. Reicht schon, wenn ich quasi Martens Tante werde.

»Es wäre wirklich hilfreich, wenn du mit der Therapeutin sprichst.«

»Hilfreich für wen, Oliver?«

»Für dich.« Er trinkt einen großen Schluck. »Für uns, denn ich möchte, dass es ein ›uns‹ gibt. Ich habe mich ganz furchtbar in dich verliebt. Du bist eine tolle Frau und ich möchte nicht, dass Saskia das schon wieder kaputt macht.« Er streicht sich durch die Haare, sie scheinen zu knistern. »Das hat sie bisher immer getan, aber noch war es nie wichtig. Bei dir ist es mir wichtig.« Er schaut mich an. Seine Augen sind riesig und schwimmen.

Ich fühle in mich hinein. Alle Ablehnung ist weg. »Ich weiß nicht …«, stammele ich.

»Ich weiß auch nicht, was wird«, sagt er. »Aber ich hätte gerne eine Chance.«

»Du musst das nicht tun«, flüstere ich. »Den Job hast du sicher.«

»Der Job ist mir latte. Aber du bist es nicht.«

Ist das jetzt die Morgenlatte oder die Abendlatte, denke ich verwirrt und kichere dann. Dieser Tag war einfach zu viel für mich.

Oliver steht auf und kommt wie in Zeitlupe zu mir, setzt sich auf die Lehne des Sessels und streicht mir über die Haare. Seine Hände sind groß und kräftig, aber die Berührung ist sanft und zärtlich. Dann küsst er mich. Erst vorsichtig, dann immer hungriger. Sein Mund ist warm, er schmeckt und riecht so gut. Ich lasse mich fallen.

Am nächsten Morgen weckt mich die Sonne, die durch mein Schlafzimmerfenster fällt. Es duftet nach Kaffee und frischen Brötchen und Oliver summt in der Küche, irgendetwas brutzelt. Ich schnuppere wie ein Hund: Das muss Frühstücksspeck sein. Ich träume, denke ich glücklich und zücke das Handy. Eine SMS an Maja: »Bin im Traumland mit dem Traummann, muss aber dringend zur Familientherapeutin.«

Tyrannen-Saurier

Maja

Meinst du, Marten und Saskia kommen miteinander klar?«, frage ich den Rücken von Zoran. Er liegt auf dem Bauch, die Bettdecke ist nach unten gerutscht und ich fahre mit dem Zeigefinger langsam seine Wirbelsäule entlang. Mein Liebster stöhnt wohlig und gähnt dann herzhaft.

»Miteinander schon ... aber alle anderen mit ihnen?« Zoran dreht sich um und sieht mich aus nachtverquollenen Augen an. Wieder einmal denke ich, wie niedlich er ist. »Warum fragst du?«

»Ich will, dass es heute Abend schön wird.«

Zoran lacht und zieht mich zu sich runter.

»Maja, jetzt wird es schön, die Party ist noch lange hin.«

Im Flur hören wir Schritte von nackten Füßen. Die Klinke quietscht ein bisschen, aber es lohnt sich nicht, sie so kurz vor dem Umzug noch zu ölen.

»Papa! Maja!«, ruft Marten. »Ich muss mal!« Er hämmert gegen die Tür – aber wir sind lernfähig, sie ist abgeschlossen.

»Wir schlafen noch«, ruft Zoran zurück. »Drück die Taste mit dem grünen Aufkleber!«

»Jahaaa«, nölt das Kind, dann entfernen sich die Schritte und kurz darauf singt Lady Gaga im Bad los.

»Sehr gute Idee mit dem CD-Player«, flüstert Zoran mir ins Ohr. Und noch ein paar unanständige Sachen hinterher, die ganz bestimmt nichts für Martens Ohren wären.

Nach dem ausgiebigen Frühstück verabschieden sich die zwei. Zoran muss in seinem Laden ein paar Bestellungen checken und die lange Zutatenliste von Silke abarbeiten, die sie gestern noch gemailt hat, und Marten hält es keine fünf Minuten bei mir aus, seit ich vorgestern den Fernseher reisefertig gemacht habe. Immerhin findet er es cool, statt auf der Couch in einem selbstgebauten Umzugskarton-Zeltlager zu nächtigen.

Ich besuche das Basilikum, proste ihm mit einer Tasse Kaffee zu und blase ein paar Rauchschwaden in die Luft. Im Wohnzimmer stapeln sich 42 große Umzugskartons, in denen ich in den vergangenen Tagen meine Habseligkeiten verstaut habe. Heute Abend sollen die Kisten als Hocker und Tische dienen. Silke und ich haben entschieden, die Abschieds-Zusammenzieh-Wehmuts-Freudenparty bei mir zu feiern. Erstens sind ihre Sachen schon auf dem Weg nach Krefeld und zweitens wollte sie nicht die ganzen Kollegen einladen. Sich und Oliver zuliebe – es ist zwar ein offenes Geheimnis, dass die Ex-Chefin und der neue Chef ein Paar sind, aber weder Silke noch ihre wandelnde Galaxie legen Wert auf allzu große Publicity innerhalb des Verlags.

Nach einer schnellen Dusche habe ich eben noch Zeit, die Winterklamotten in eine Kiste zu stopfen – soll ich wirklich alles mitnehmen? Oder die Kleiderkammer glücklich machen … immerhin ist Düsseldorf ein Shoppingparadies –, als es bimmelt. Keine zwei Minuten später fällt mir Silke um den Hals.

»Süße!« Sie knutscht mich, drückt mich und vertreibt damit das letzte bisschen Wehmut, das ich bis eben noch hatte. Und dann steht auch schon Mr Universum vor mir.

»Oliver – Maja«, stellt Silke uns vor. Meine Herrn, der hat wirklich die ganze Milchstraße im Gesicht. Ich kann Silke verstehen, das ist genau der Typ Mann, der einem die Sterne vom Himmel holen kann.

»Und das ist Saskia Solveigh.« Hinter Oliver taucht ein Mädchen auf, das hübsch sein könnte ohne das Pfund Blech im Gesicht und die schwarze Farbe um die Augen.

»Hi, willkommen«, sage ich.

»Freut mich, dich kennenzulernen, auch wenn du mir Silk quasi wegschnappst«, scherzt Oliver.

»Tag«, brummt Saskia. Immerhin zückt sie nicht sofort eine Handgranate, denke ich und bugsiere die drei in die Küche. Das ist der einzige Raum, der noch nicht mit Kartons vollgestapelt ist. Silke hat mir unter Androhung von Teeren und Federn verboten, auch nur ein Küchengerät einzupacken, das sie vielleicht, unter Umständen und möglicherweise bei der Zubereitung des Buffets brauchen könnte. Die ersten Zutaten hat sie in einer knallgrünen Kühlbox schon dabei.

»Wo sind deine Männer?«, fragt Silke und steuert direkt auf meine Kaffeemaschine zu. Die wird heute ihren letzten Einsatz haben, dann wandert sie mit vielen anderen Dingen zu Oxfam. Ich kläre die Besucher kurz auf. Oliver nimmt dankend den Kaffee an, ich entschuldige mich dafür, dass es unterirdische Filterplörre ist. Saskia verzieht angewidert das Gesicht, verschränkt die Arme vor dem, was mal ein Busen werden soll, und zieht einen Schmollmund. Ihr Zungenpiercing lässt sie dabei gegen die Zähne klackern.

Silke klatscht in die Hände. »Dann fangen wir mal an!«, ruft sie voller Tatendrang und beginnt, mein Geschirr und meine Töpfe aus den Schränken zu nehmen. Sie weist mich und Oliver an, welche Teller ins Wohnzimmer kommen, wo welcher Kerzenständer stehen soll, wie die Servietten drapiert und die Gläser verteilt werden sollen. Das Blechmädchen rümpft die Nase und sieht tatenlos zu. Auch gut, so kann sie wenigstens nichts kaputt machen.

Oliver packt kräftig mit an und lässt die Muskeln spielen, als er die Umzugskartons partytauglich arrangiert.

»Das perfekte Timing habt ihr ja nicht gerade«, versuche ich ihn aus der Reserve zu locken. »Du und Silk, meine ich.«

Oliver streicht sich eine Haarsträhne aus der Stirn. Selbst schwitzend ist der Mann eine Augenweide. Glückwunsch, liebste Freundin!

»Nein, eigentlich nicht. Aber Billigflieger sei Dank werden wir uns regelmäßig sehen. Und außerdem kann ich das so deichseln, dass ich regelmäßig im Verlag in Düsseldorf zu tun habe. Oder Silk in Berlin.« Er zwinkert mir zu und ich freue mich schon jetzt auf die Wochenenden, an denen er in unsere Traumwohnung einfallen wird. Ich stelle es mir traumhaft vor: Zoran und ich, Silke und Oliver ... vielleicht bei einer Lesung? Zorans Buch kommt in knapp vier Wochen raus und Düsseldorf hat doch sehr nette Buchhandlungen ...

»Spinnst du?« Ein lauter Schrei aus der Küche lässt uns aufhorchen. »Das mache ich NICHT!«

»Saskia«, sagt Oliver entschuldigend und rennt in die Küche. Ich bleibe ihm auf den Fersen.

»Papa, das kann niemand von mir verlangen!« Das Teeniemonster steht wutschnaubend am Tisch, vor sich ein Brett und ein Messer. So, wie sie guckt, traue ich ihr zu, sofort auf den Nächstbesten einzustechen. Ich hechte an Oliver vorbei, schnappe mir das Küchenmesser und stelle mich neben Silke. Die sieht aus, als ob sie Schutz bräuchte.

»Saskia!« Oliver fixiert seine Tochter. So, wie er »Saskia« sagt, könnte man meinen, er habe eine glänzende Karriere beim Militär hinter sich. Das Gör ist allerdings herzlich wenig beeindruckt.

»Papa, ich soll hier Fleisch schneiden! Ich!«

»Moment mal, ich habe dich lediglich gebeten, mir zu helfen.« Silke schnaubt. In der Hand hält sie etwas Hellbraunes, das in Folie eingeschlagen ist und entfernt an ein labbriges Wiener Schnitzel erinnert.

»Du hast von mir verlangt, dass ich tote Tiere kleinhacke, nur damit ihr euer bescheuertes Buffet bestücken könnt!«

»Das habe ich nicht.« Einatmen. Ausatmen. Silke bleibt ruhig. Oliver sieht von der einen zur anderen. Ich lasse das Messer unauffällig von der linken in die rechte Hand wandern. Mit rechts treffe ich wahrscheinlich besser, wenn das Monstergör gleich meine Freundin anfällt.

»Papa!« Saskia bekommt wässrige Augen – was der schwarzen Schminke gar nicht guttut.

»Ganz langsam, okay?« Oliver steht da wie ein Fels in der Brandung. Eine ähnliche Haltung kenne ich von Zoran – meistens dann, wenn er innerlich um Fassung ringt, um Marten nicht umgehend an die Wand zu klatschen.

»Nichts langsam«, entrüstet sich Saskia und zieht geräuschvoll die Nase hoch.

»Ich bin Vegetarier! Ich esse kein Fleisch und ich fasse keine toten Tiere an. Das müsste sie doch wissen!«

»Das weiß ich auch«, sagt Silke sehr, sehr ruhig. Wow. Hat sie einen Mütterkurs besucht? »Ich habe dich gebeten, das Tempeh kleinzuschneiden.«

»EBEN! Ich töte keine Tiere!«

Ich lasse das Messer hinter mir in die Spüle gleiten und huste gegen ein Kichern an. Oliver verdreht die Augen.

»Saskia«, sage ich jetzt in genau dem Ton, mit dem in der *Sendung mit der Maus* hochkomplizierte Themen kindgerecht serviert werden. »Tempeh ist kein Tier. Das ist vegetarisch. Aus Sojabohnen.«

»Verarschen kann ich mich alleine«, brummt Saskia. Trotzdem kratzt sie sich am Kopf.

»Wirklich!« Silke hält das Fake-Schnitzel hoch. »Rein pflanzlich!«

»Sieht aber aus wie Fleisch!«

»Schmeckt auch so«, kontere ich. »Fast. Also ... eigentlich auch nicht.«

»Das hat Silke extra für dich besorgt«, wirft Oliver ein. »Und du wirst das erstens schneiden und zweitens essen. Klar?«

Es liegt etwas Bedrohliches in seiner Stimme. Nur eine Prise – aber die ist stark genug, um das gelöcherte Kind zum Einlenken zu bringen.

»Wenn's euch happy macht«, sagt sie großspurig und wischt sich mit dem Handrücken unter der Nase rum.

»Aber erst Hände wa...« will Silke sagen. Ich stoppe sie mit einem gezielten Ellbogenhieb in die Rippen.

»Du magst also Tiere?«, schalte ich mich ein.

»Schon.«

»Komm, ich zeig dir mal unser Carlchen. Unser Vermieter hat neue Fotos gemailt.«

»Von mir aus.« Saskia trottet mir tatsächlich ins Schlafzimmer hinterher, wo mein Laptop steht. Die Mail mit den neuen Dackelbildern ist noch geöffnet: Carl im Körbchen. Carl vor dem Körbchen. Carl auf der Couch. Carl unter der Couch.

»Süß!« Wie? Saskia kann Dinge sagen, die ein normales Mädchen auch sagt? Ich bin begeistert – danke, Carl vom Stutenhof!

»Kann ich mal bei SchülerVZ rein?«

»Äh ... also ...«

Um Himmels willen, wenn die meine Dateien löscht? Meinen Facebook-Account knackt?

»Bitte, Maja.«

Andererseits – sie wäre außer Gefecht. Eine Zeit lang wenigstens.

»Okay«, sage ich lahm.

Ich will Saskia eben zeigen, wie sie sich ins Internet einloggen kann, als die Wohnungstür aufgeschlossen wird.

»Wir sind wieder da!«, ruft Zoran und wuchtet eine übergroße Kiste in den Flur. »Essen!«

»Und die Köchin auch«, flötet Silke und kommt aus der Küche gestürzt. »Lass mal sehen, womit ich heute zaubern darf!« Sie gibt Zoran ein flüchtiges Wangenküsschen, dann macht sie sich über die Lebensmittel her.

»Das ist übrigens Oliver«, sage ich. Der Sternenmann steht etwas unschlüssig im Flur.

»Zoran, hi. Du kannst gleich mitkommen, ich hab noch die Getränke im Auto.«

»Klar, kein Ding!«

Zack und weg sind die beiden. Bei Männern geht so ein Kennenlernen rasend schnell. Bei Kindern übrigens auch, wie ich Millisekunden später feststelle.

Marten saust in die Wohnung, in der rechten Hand einen Plastikdino, an dem noch das Preisschild klebt, und in der linken eine Tube Kaugummi. Als er mich sieht, versteckt er die Tube hinter dem Rücken. Ich fahre mir demonstrativ durch die kurzen Haare – die ich mittlerweile nicht mehr gegen eine pflegeintensive Mähne eintauschen würde, aber das muss er ja nicht wissen.

Marten lächelt schief. »Hi!«

»Hallo Marten. Guck doch mal im Schlafzimmer, da ist Saskia, Olivers Tochter«, sage ich und hoffe, dass er lange, lange dort bleiben wird.

»Okay.« Begeistert klingt das nicht. Trotzdem schlüpft Marten ins Zimmer.

»Boah, hast du viel Blech am Kopf!«, ruft er. Saskia fährt herum. Die Creolen an ihren Ohren klackern gegen die Stecker. Die Augenbraue mit dem Piercing fährt nach oben. Silke zieht mich zur Seite. Wir pressen uns an die Wand und lauschen.

»Was dagegen?«, blafft Saskia.

»Wieso? Nö. Kommst du vom Mars? Das ist cool. Ich komme aus Hamburg. Und das ist ein Tührannensaurier und das ist Kaugummi. Maja mag keinen Kaugummi. Magst du Kaugummi? Ich kann keine Blasen machen, aber Schnüre ziehen.«

Ja, wenn Männer wollen, dann sind sie durchaus kommunikativ.

»Halt die Fresse, Zwerg.«

Okay. Wenn Frauen nicht wollen, dann wollen sie nicht.

»Tut das weh, wenn man sich so Draht in die Ohren macht? Hast du geblutet? Und geweint?« Marten lässt nicht locker.

»Geht dich nichts an.«

»Ich muss mal. Musst du auch aufs Klo?«

»Kannst du mal die Klappe halten?«

»Ich mag Dinos. Soll ich dir die anderen zeigen? Ich hab auch einen Prontensaurier!«

»Zieh Leine!«

Ich ziehe Silke in die Küche. Dort prusten wir los.

»Das ist der Beginn …«, lacht sie. Und ich ergänze:

»… einer wunderbaren Freundschaft.«

Schokolade ist eigentlich Gemüse

Silke

Die Croustades habe ich schon vorbereitet, ich muss nur noch die verschiedenen Füllungen machen. Zoran hat mir wunderbaren Salat mitgebracht und frische Jacobsmuscheln. Die zwei Enten liegen schon auf dem Tisch und warten auf ihre Zubereitung. Ich überschlage im Kopf, ob das wohl ausreicht. Wir werden vierzehn Leute sein – unsere besten Freunde kommen zur Abschiedsparty. Imke darf nicht fehlen, Torsten und seine Rakete auch nicht. Kurz überlege ich, ob wir irgendwie Karaoke spielen können, doch der Fernseher ist schon verfrachtet. Macht nichts, denke ich und grinse. Auch Alfred kommt, obwohl er uns in der nächsten Zeit wohl häufiger zu sehen bekommen wird als unsere Hamburger Freunde. Doch Hamburg liegt zum Glück keine Weltreise von Krefeld entfernt.

Ich stelle einen Topf mit Sahne auf den Herd, denn der Nachtisch hat Vorrang, er muss schließlich noch kalt werden. Ich koche Milch auf, hacke weiße Schokolade und gebe sie hinzu.

»Was wird das?«, fragt Maja und linst mir über die Schulter.

»Weiße Schokoladen-Mousse.«

»Und wofür ist die dunkle Schokolade?« Sie greift nach einer Packung und öffnet sie.

»Hey, die brauche ich noch für die Soße, die es zur Ente gibt.« Ich drehe mich zu ihr um. Genüsslich bricht sie einen Riegel ab und schiebt ihn sich in den Mund. »Schokoladensoße zur Ente? Klingt köstlich.«

»Das ist es auch. Nur gut, dass ich genug Schokolade gekauft habe. Und auch gut, dass dein Stoffwechsel so hervorragend ist, bei deinem Schokokonsum.«

»Ach was, so viel esse ich gar nicht.« Nun lacht Maja auch. »Außerdem ist Schokolade doch auch nur Gemüse. Sie wird schließlich aus Kakaobohnen hergestellt. Und was sind Bohnen?«

»Gemüse!«

Maja holt eine Flasche Veuve Clicquot aus dem Kühlschrank, Zoran hat uns einen ganzen Karton spendiert. Mit einem satten Ploppen öffnet sie die Flasche und schenkt uns beiden ein.

»Auf uns. Auf unsere Zukunft. Und auf die Freundschaft.«

»Ja!« Wir stoßen an, fallen uns dann um den Hals.

So glücklich wie heute war ich schon lange nicht mehr.

Silk: Qualität geht vor Quantität

Kochen für Fortgeschrittene

Ich liebe es, zu kochen. Kochen ist so sinnlich. Und so kreativ. Und man kann Menschen glücklich machen. Obwohl – manchmal habe ich das Gefühl, dass ich mich damit selbst am glücklichsten mache. Das liegt aber daran, dass zu einer Köchin auch immer ein Glas eisgekühlter Weißwein gehört.

Kochen ist auch eigentlich gar nicht schwierig, auch wenn Maja das immer behauptet. Es gehört nur etwas Übung dazu.

Oliver liebt alles, was ich koche. Und das beste ist – er kann es auch, vielleicht sogar noch besser als ich. Das wird sich zeigen. Irgendwann. Falls ich ihn in meine Küche lasse oder er mich in seine. Aber oft genug reichen uns ein Glas Wein und ein Zimmer, zu dem Saskia keinen Zugang hat

Amuse guele – der Gruß aus der Küche

Zutaten:

- Croustades (Mürbeteig-Förmchen – kaufen oder selbst machen)
- Ziegenfrischkäse
- eine Paprika und eine Frühlingszwiebel
- Pfeffer
- eine Zitrone
- Peperoni (rot, scharf, frisch)
- Olivenöl

Zubereitung:

- Paprika und Frühlingszwiebel sehr fein würfeln.
- Mit dem Ziegenfrischkäse vermengen und alles mit einem Spritzer Zitrone und gemahlenem schwarzen Pfeffer abschmecken.
- Dann Peperoni in ganz feine Streifen schneiden, kurz in Olivenöl rösten und auf Küchenkrepp legen.
- Die Ziegenkäsemischung kommt in die Croustades und wird jeweils mit einer Peperonischleife verziert.

Vorspeise – Suppenduo

Zutaten:

- ein Hähnchen (kein Suppenhuhn, das ist viel zu fett)
- ein Bouquet garni
- eine Zwiebel
- Weißwein
- Suppengrün und Salz
- Tomaten
- Sellerie
- Sherry
- Tomatenmark
- Zucker
- Mozzarellakugeln
- Basilikum
- Frühstücksbacon

Zubereitung:

- Als Grundlage bereitet man aus dem Hähnchen und dem Bouquet garni eine gehaltvolle Brühe. Zwei Stunden köcheln lassen, damit viel Geschmack reinkommt.

- Dann das Hähnchen zerteilen, kurz mit der Zwiebel anbraten und mit Weißwein ablöschen. Suppengrün dazugeben, aufkochen, mit Wasser anfüllen und ordentlich salzen.
- Währenddessen Tomaten abbrühen, abziehen, entkernen und würfeln. Sellerie ebenfalls schälen und würfeln.
- Die Brühe abseihen und in zwei Gefäße füllen. In den einen Teil die Tomatenwürfel, einen Schuss Sherry und etwas Tomatenmark geben, eine Prise Zucker nicht vergessen.
- Aufkochen lassen, in den anderen Teil die Selleriewürfel und einen Schuss Weißwein geben. Ebenfalls aufkochen lassen.
- Beides pürieren.
- Kleine Mozzarellakugeln in die Tomatensuppe geben und mit Basilikum garnieren.
- Für die Selleriecremesuppe Frühstücksbacon kross braten und dazugeben.
- Ist nicht schwer, macht aber optisch viel her und schmecken tut es auch!

Hauptspeise – Rinderfilet mit Garnelen

Zutaten:

- Rinderfilet vom Metzger
- eine Vanilleschote
- weiche Butter
- Peperoni (scharf)
- Riesengarnelen vom Fischhändler (mit Kopf und Schale, roh)
- Kartoffeln (Drillinge)
- Salat
- Öl
- Balsamicoessig

- Ahornsirup
- Kräuter der Provence
- Rosmarin
- grobes Meersalz

Zubereitung:

- Die Vanilleschote auskratzen und das Mark mit der Butter vermengen.
- Peperoni ganz fein würfeln. Von Vorteil sind dabei Latexhandschuhe – und bitte weder die Finger ablecken, noch die Augen reiben!
- Die Peperonistückchen kommen auch in die Butter und werden gut untergerührt. Das Ganze für etwa dreißig Minuten ins Tiefkühlfach legen.
- Inzwischen die Garnelen waschen und mit einem scharfen Messer vom Kopf bis zum Schwanz aufschneiden, den Darm entfernen, waschen, trocken tupfen.
- Kartoffeln gut waschen, in etwas Wasser zehn Minuten lang kochen, abgießen.
- Salat waschen, trocken schleudern und klein zupfen. Aus Öl, Balsamicoessig, einem Schuss Ahornsirup und Kräutern der Provence eine Vinaigrette anrühren.
- Die Peperoni-Vanille-Butter aus dem Tiefkühler nehmen, mit einem Teelöffel kleine Portionen abstechen, zu Röllchen formen und in den Garnelenrücken geben. Die Garnele in Alufolie verpacken und in den Ofen geben – ca. 15 Minuten bei 180 Grad.
- Eine schwere Pfanne erhitzen und, wenn sie richtig heiß ist, ein wenig Bratöl hineingeben. Wenn das Fett geschmolzen ist und sich gut verteilt hat, das Fleisch von jeder Seite zwei Minuten anbraten.

- Einen Stich der Peperoni-Vanille-Butter hinzugeben (Vorsicht, das kann spritzen!) und das Fleisch mit geschmolzener Butter übergießen.
- Dann aus der Pfanne nehmen und in Alufolie wickeln.
- Jetzt die Kartoffeln in Butter anbraten, mit frischen Rosmarinnadeln und Meersalz würzen.
- Dann kann schon angerichtet werden: Zwei Garnelen zu einem Steak, das leichte Aroma von scharf-süßer Peperoni-Vanille-Butter – ein Traum!

Nachspeise-Naschteller

Zutaten:

- Eier
- Schlagsahne
- eine Vanilleschote
- brauner Zucker
- weißer Zucker
- Wodka

Zubereitung:

- Das Beste kommt zum Schluss, aber es muss vor allen anderen Gerichten vorbereitet werden.
- Wie der Name schon sagt – es soll ein Naschteller sein, der verschiedene Aromen anbietet. Das alles lässt sich gut vorbereiten, ist gar nicht schwierig, macht aber eine Menge her, wenn man es nett anrichtet.
- Die Portionen sollten nicht zu üppig ausfallen, dem Mann soll ja anschließend noch Appetit auf andere Dinge bleiben …

Crème brûlée

- Eigelb mit Zucker schaumig rühren, das Mark einer Vanilleschote hinzugeben. Schlagsahne unterrühren. Die Masse sollte cremig sein.
- In ofenfeste Glasförmchen geben und in eine Fettpfanne stellen, diese mit kochendem Wasser auffüllen.
- Im Ofen bei 180 Grad etwa 20 Minuten backen. Die Crème sollte fest, aber nicht dunkel werden. Da muss man experimentieren, denn jeder Ofen ist anders.
- Die abgekühlte Crème mit braunem Zucker bestreuen und diesen mit einem Brenner karamellisieren.

Parfait

- Einen Schuss Wodka in eine schmale, rechteckige Form geben und sie dann mit Frischhaltefolie auslegen. Durch den Alkohol lässt sich das Parfait später besser aus der Form lösen.
- Sahne steif schlagen, ein Eigelb mit Zucker schaumig rühren und ein Eiweiß steif schlagen. Alles vermengen und noch mal süßen.
- Wahlweise püriertes Obst (zum Beispiel Kirschen, Erdbeeren, Himbeeren), geschmolzene (abgekühlte!) Schokolade oder auch zerkleinerte Amerettini einrühren.
- Die Masse in die Form geben und mindestens sechs Stunden ins Eisfach stellen.
- Wenn man Schokoparfait serviert, passt dazu sehr gut mit Schokolade überzogenes Obst, die perfekte Ergänzung zum Fruchtparfait sind Pralinen.

Viel Spaß beim Nachkochen wünscht Silk!

Maja: »Faule-Weiber-Küche«

Das Menü für Kochanfänger

Ich kann nicht kochen. Das muss aber keiner wissen! Es ist wie beim Wonderbra: Die Mogelpackung macht's. Jeder weiß, dass nicht das drin ist, wonach es aussieht. Trotzdem finden alle den Anblick lecker. Mein Wonderbra für die Küche ist ein absolut idiotensicheres Menü. Gelernt hab ich es von Silke. Und bislang noch jeden damit geblendet – einschließlich Zoran. Ihm haben die Erdbeeren am besten geschmeckt. Aber wahrscheinlich nur deshalb, weil wir sie nicht am Tisch geknabbert haben.

Vorspeise – Kartoffelsuppe »Very easy«

Zutaten:

- 500 Gramm weichkochende Kartoffeln (steht auf der Packung)
- Gemüsebrühe
- Shrimps
- Speckwürfel (kann man kaufen, auch in der Lightversion)
- Croutons (gibt's fertig im Salatgewürz-Regal)
- Frische Kräuter (z.B. Basilikum, Schnittlauch)

Zubereitung:

- Die Kartoffeln ungeschält in kaltes Wasser geben, erhitzen und ca. 10 Minuten auf voller Dröhnung kochen. Dann den

Herd abschalten, den Deckel auf dem Topf und den Topf auf der warmen Herdplatte stehen lassen. Je länger, desto weicher, desto mehr Zeit für ein ausgiebiges Bad.

- Etwa einen Liter Gemüsebrühe aufkochen.
- Nebenbei die abgekühlten Kartoffeln von der Schale befreien und mit dem Zauberstab (oder mit Muskelkraft) zu Matsch verarbeiten und zur Brühe hinzufügen. Leichter geht's, wenn die Kartoffeln in kleinen Stücken in die Brühe kommen, aber aufpassen: Wenn es heiß ist und spritzt, macht das Aua!
- Wenn die Suppe zu dick ist, einfach Wasser nachschütten.
- Mit ein bisschen Pfeffer würzen.
- Shrimps und Speckwürfel kurz anbraten (getrennt, natürlich!). Jeweils in eine kleine, hübsche Schale füllen.
- Die Croutons auch in eine Schale geben.
- Kräuter waschen und kleinschnippeln. Alle Zutaten einzeln auf den Tisch stellen, dann kann jeder Gast seine Suppe selbst kreieren.
- Majas Extratipp: Schnittlauch schneidet sich am schnellsten mit einer Schere klein!
- Noch ein Tipp: Wer mag, kann etwas Zitronengras in die Suppe geben und schwups wird ein asiatisches Menü daraus!

Hauptgang – Spaghetti mit Salbeibutter »Very, very easy«

Zutaten:

- Spaghetti (pro Person circa 125 Gramm)
- Butter
- Frischer Salbei
- Frischer Knoblauch
- Salz und Pfeffer

Zubereitung:

- Die Spaghetti nach Anleitung kochen. In der Zwischenzeit die Butter in einem Topf bei sehr geringer Hitze schmelzen lassen. (Für zwei Personen circa 100 Gramm, das ist etwas weniger als die Hälfte von einem Butterklotz.)
- Den Schaum, der sich auf der Butter bildet, abschöpfen.
- Eine Knoblauchzehe schälen und in dünne Scheibchen schneiden. (Majas Tipp für alle, die nicht auf Mundgeruch stehen: In der Knoblauchzehe ist ein grünlicher Kern. Am besten die Zehe halbieren und den rauslösen – da steckt das meiste Stinkzeug drin!)
- Eine Handvoll Salbeiblätter abzupfen, waschen und mit einem Küchenkrepp abtrocknen.
- Wenn die Butter geschmolzen ist, den Herd aufdrehen.
- Erst den Knofi und etwa zwei Minütchen danach den Salbei hineingeben. Die Soße ist exakt dann fertig, wenn der Knofi goldgelb wird und die Salbeiblätter sehr dunkelgrün und knusprig sind.
- Ein bisschen Salz und Pfeffer dazu und auf Tellern anrichten.
- Majas Tipp: Pinienkerne in ein bisschen Olivenöl in einer Pfanne schwenken, bis sie goldbraun werden, und darüberstreuen.

Dessert – Panna Cotta »Very, very, very easy«

Mädels, damit könnt ihr richtig punkten, weil alle Welt denkt, dass Panna Cotta das komplizierteste Dessert überhaupt ist. Die Fertigpackung-Industrie boomt, dabei ist es so einfach!

Zutaten:

- vier Tetrapaks Schlagsahne à 200 ml (für 4 bis 6 Portionen)

- Blattgelatine
- Zucker
- Vanillezucker
- Orangenaroma (für Kinder) oder Orangenlikör (für Große)

Zubereitung:

- Die Sahne in einem Topf erhitzen. Vorsicht: Kocht schnell über!
- Währenddessen pro Sahnepackung ein halbes bis ein Blatt Gelatine in einer Schüssel mit eiskaltem Wasser einweichen.
- Wenn die Sahne kurz vor dem Kochen ist, pro Sahnepackung einen Esslöffel Zucker, eine halbe Packung Vanillezucker und einen guten Schuss Aroma oder Likör einrühren. Ganz kurz aufkochen.
- Die labbrig gewordene Gelatine aus dem Wasser nehmen und gut ausquetschen. Dann in die heiße Sahne einrühren. Nicht mehr kochen lassen.
- Das Ganze in langstielige Gläser oder kleine Einmachgläser füllen und ab damit in den Kühlschrank.

Topping-Variante 1:

- Fertig gekaufte Karamell- oder Himbeersoße

Topping-Variante 2 – selbst gemachte Himbeersoße:

- Tiefgekühlte Himbeeren aufkochen, bis alles Matsch ist.
- Zucker dazugeben und durch ein Sieb pressen, bis keine Kernchen mehr drin sind.
- Erkaltete Soße auf die fest gewordene Panna Cotta geben.

Topping-Variante 3 – schokolierte Erdbeeren:

- Frische Erdbeeren kaufen, so groß wie möglich. Es gehen auch Trauben, Äpfel, Birnen oder Mangoscheiben. (Keine Ananas oder Kiwi, die machen die Sahne bitter.)

- Dunkle Kuchenglasur schmelzen lassen. (Es steht freundlicherweise auf den Packungen, wie das geht.)
- Die Erdbeeren waschen, das Grüne möglichst dranlassen.
- Zur Hälfte in die geschmolzene Schokolade tauchen, sofort rausnehmen und auf Backpapier legen, bis die Schokolade fest geworden ist. Schneller geht's im Kühlschrank.
- Die mit Schokolade überzogenen Früchte auf der Panna Cotta drapieren. Sieht super aus, schmeckt himmlisch lecker und man muss das Dessert ja nicht immer am Tisch essen ...

Guten Appetit wünscht Bee Maja!

Bitte beachten Sie auch die Hinweise auf den folgenden Seiten.

DIE AUTORINNEN

Ulrike Renk wurde 1967 in Detmold geboren, inzwischen lebt sie jedoch in Krefeld – gemeinsam mit ihren vier Kindern und einigen Haustieren. Sie ist Mitglied der »42er Autoren« und hat bereits mehrere Krimis über den Kommissar Jürgen Fischer, historische Romane und Kurzgeschichten veröffentlicht.

Silke Porath, Jahrgang 1971, hat eine Tochter und drei Männer: Mit dem einen ist sie verheiratet, zwei sind ihre Söhne. Die Autorin lebt im schwäbischen Spaichingen. Sie ist ebenfalls Mitglied der »42er Autoren« und hat schon mehrere Romane geschrieben. Für ihre Kurzgeschichten wurde sie bereits vielfach ausgezeichnet.

DANK:
Dieses Buch ist sehr spontan entstanden und hat uns eine Menge Spaß bereitet. Ohne Facebook hätten wir es nicht schreiben können, deshalb gilt unser Dank dem Social Networking und unseren Freunden dort. Ganz besonders möchten wir uns bei Zoran und Imke bedanken. Sie waren nicht nur Namenspaten.
Aber natürlich ist alles in diesem Buch rein fiktiv und frei erfunden!
Außerdem bedanken wir uns bei den 42er Autoren, der besten Autorenvereinigung der Welt!

Ulrike Renk & Silke Porath
Schokolade ist auch nur Gemüse
Roman | AMELIE Band 2

ISBN 978-3-86265-089-7

Titelfoto: © Sven Schwalm/www.nujolie.com | Autorinnenfoto Silke Porath: www.guidokarp.com | Autorinnenfoto Ulrike Renk: privat | Lektorat: Mareike Pörner

INTERNET | E-MAIL
www.schwarzkopf-schwarzkopf.de | www.amelie-verlag.de
info@schwarzkopf-schwarzkopf.de